HERMES

在古希腊神话中，赫耳墨斯是宙斯和迈亚的儿子，奥林波斯神们的信使，道路与边界之神，睡眠与梦想之神，亡灵的引导者，演说者、商人、小偷、旅者和牧人的保护神……

西方传统 经典与解释 **HERMES**
Classici et Commentarii

布鲁姆集

刘小枫 ● 主编

爱的戏剧
—— 莎士比亚与自然

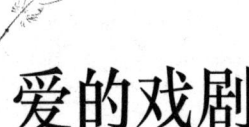

The Drama of Love:
Shakespeare and Nature

[美] 阿兰·布鲁姆 Allan Bloom | 著

马涛红 | 译

华夏出版社

古典教育基金·"资龙"资助项目

"布鲁姆集"出版说明

阿兰·布鲁姆(1930—1992)因其《美国精神的封闭》(1987)一书引发争议,不仅在美国名气很大,在我国读书界也名气不小。我们知道,他是出生于普通社工(social worker)家庭的才子:15岁上芝加哥大学,18岁本科毕业,25岁以研究古希腊修辞家伊索克拉底(Isocrates)的博士论文获得博士学位。

38岁那年(1968),布鲁姆翻译的柏拉图《王制》出版,并附有义疏,为他赢得了古典学家的声誉,尽管译文因严格按字面翻译而过于生硬,受到不少批评。同一年,布鲁姆还出版了他翻译的卢梭《致达朗贝尔论剧院的信》,11年后又翻译出版了卢梭自认为最重要的著作《爱弥儿》(1979)。无论柏拉图的《王制》还是卢梭的《爱弥儿》,都是大部头经典。我们可以设想,倘若不是哈钦斯(1899—1977)校长划时代地改造了芝加哥大学本科教育,确立起"阅读大书"(Great Books)的博雅教育理念,①布鲁姆这样罕见的才子恐怕不会把自己的大量人生时间用来翻译这样的大部头经典。

《美国精神的封闭》引发的争议让我们想起卢梭在39岁那年因《论科学和文艺》而引发的争议。尽管卢梭在其写作生涯的开端就惹事,布鲁姆惹事时已经57岁,他们惹事的性质都一样:挑明了民

---

① 参见哈钦斯等著,《大学与博雅教育》,落崖编/译,北京:华夏出版社,2015。

主政体必然会面临的公民教育难题。《美国精神的封闭》有这样一个副标题:"高等教育如何导致民主失败和大学生心灵枯竭"(How Higher Education Has Failed Democracy and Impoverished the Souls of Today's Students)。在卢梭的时代,民主政体尚未形成,不可能谈论相应的高等教育问题,但《美国精神的封闭》与《论科学和文艺》所挑明的问题一以贯之:即便民主政体也应该封闭国家精神。

建立民主政体得凭靠哲学,民主政体建立之后,哲学自然会成为高等教育的基础。民主政体的基本特征之一是,智识人群体不再受任何建制约束,除非自己约束自己。由此不难设想,在开放的民主政体中,五花八门的哲学主张难免导致国家精神的混乱。《美国精神的封闭》表明:哲学的民主状态会危及民主政体的国家精神。布鲁姆去世前一年与同仁编辑过一部文集,他用书名及其副标题进一步挑明了这一问题。①

问题的吊诡在于:"美国精神"恰恰是心仪民主政体的哲学家们打造出来的。建立民主政体首先需要靠自由的哲学破除原生性的政治生活的基本原则——民主政体建立之后,又需要阻止哲学的自由破坏民主政体的立国精神。布鲁姆呼吁"封闭美国精神",我们则仍需要致力于"开放中国精神"——我们的许多智识人会说,理由很简单:尚未"开放",谈何需要"封闭"。

除了翻译大部头经典和教书育人培育好学生,②布鲁姆还写过

---

① 参见 Allan Bloom/Steven J. Kautz 编, *Confronting the Constitution: The Challenge to Locke, Montesquieu, Jefferson, and the Federalists from Utilitarianism, Historicism, Marxism, Freudism*, Washington, DC, 1991。

② 参见 Michael Palmer/Thomas Pangle 编, *Political Philosophy and the Human Soul: Essays in Memory of Allan Bloom*, Maryland, 1995。

一些绎读西方经典的文章,以政治哲人姿态与破坏政治生活基本原则的民主智术师们搏斗。布鲁姆从自己的老师施特劳斯那里懂得:

> 就算人们真的不需要绝对意义上所讲的政治哲学,只要某种错误政治教导会危害某种合理的政治行为,人们还是需要政治哲学。如果芝诺未曾否认运动的真实性,就没有必要去证明运动的真实性。如果智术师们未曾破坏政治生活的基本原则,也许柏拉图就不会被迫精心营造他的《王制》。①

布鲁姆绎释经典有两个显著特色:首先,以绎读文学经典为主;34岁那年,他就出版过《莎士比亚的政治学》(1964)。第二,其文风表明他不是为学院人写作,而是为普通大学生甚至知识大众写作——这意味着布鲁姆自觉地在做反向启蒙教育。

西方文史上的经典大家很多,布鲁姆主要绎释的是柏拉图、莎士比亚和卢梭的作品。可以推想,他选择这三位伟大的西方经典作家,与他思考自己的国家的政治生活品质息息相关。更明确地说,布鲁姆尤其关注古典作品中的"爱欲"主题,想必与美国大学上世纪60年代经历的"文革"有关。这场"爱欲解放"运动爆发时,正在康奈尔大学执教的布鲁姆才30多岁,他所经受的思想冲击恐怕不亚于我们所经历过的"文革"。美国的"文革"历时不长,其后续影响却未必逊于我们的"文革"。两种"文革"固然不可同日而语,却有着共同的品质:爱欲的民主化。由于"文革"后的中国更坚定了

---

① 施特劳斯,《苏格拉底问题与现代性》(增订本),刘振、彭磊等译,北京:华夏出版社,2016,页125。

拥抱美国式"文革"理想的决心,布鲁姆对西方经典的绎读在今天也适合我们的脾胃。

"经典与解释"系列已经先后翻译出版过布鲁姆的若干著述,在一些热心朋友的建议和努力下,我们将布鲁姆的所有著述翻译过来(含未刊博士论文),结为专辑,以飨读者。

刘小枫
古典文明研究工作坊
西方典籍编译部丁组
2016 年 10 月

目 录

中译本导言 / 1

导　言 / 1
第一章　罗密欧与朱丽叶 / 4
第二章　安东尼与克莉奥佩特拉 / 36
第三章　一报还一报 / 74
第四章　特洛伊罗斯与克瑞西达 / 98
第五章　冬天的故事 / 135
第六章　哈尔和福斯塔夫 / 158
结　语 / 171
索　引 / 178

中译本导言

常听人说，有些大思想家可能著述等身，毕生却只思考一个问题，这问题必定最古老又最新。布鲁姆将自己的遗著题为"爱与友谊"，这不禁让我想到：爱，便是他终身思考的问题。

正如空气之流动、星辰之运行，爱是世间再自然不过的力量，它最凡俗也最神圣，最低也最高，高到与哲学联结在一起……布鲁姆当然知道，苏格拉底是第一个爱欲的专家：苏格拉底曾自称不懂别的，除了爱欲的知识（柏拉图，《会饮》177d）。蒂俄提玛传授给苏格拉底爱欲的奥秘，将爱分作六个层次：从爱某个身体开始，到爱所有美的身体（形象），再到爱灵魂，爱诺谟司（nomos），爱各种知识，最后到爱美本身。爱勾连起了人最自然的欲望与最高的智性追求，没有起始处的身体之爱，人就无从上升到更高的爱。人唯有在爱中变得更完美和更完整。故而，柏拉图把爱视作对整全的渴望，而整全恰恰是哲学力图把握和探询的对象，于是爱在柏拉图那里"第一次成了一种形而上学的激情"。①

布鲁姆38岁译出柏拉图的《王制》，49岁译出卢梭的《爱弥儿》。在他看来，《爱弥儿》与《王制》好似一对儿伴侣，卢梭深刻理解了柏拉图的爱欲学说，并致力于恢复现代世界已经干涸的爱欲——在这部公民教育小说的最高潮，卢梭教导了爱弥儿爱欲的知识。布鲁姆在导言中说：

---

① 伯纳德特，"爱欲的辩证法"，见《经典与解释8：苏格拉底问题》，华夏出版社，2005，页151。

只有柏拉图以与卢梭媲美的深刻对爱进行了思考。而正是柏拉图激发了卢梭创造爱的努力。卢梭以之为起始的现代哲学家的学说显然缺乏欲爱。他们的算计的、被恐惧支配的人是一些个体,他们不会倾向他人、追求婚配和其中隐含的忘我精神。这些人心灵平庸。他们以自然呈现的那样看待自然;而且因为他们是无欲爱的,也因而是无诗意的。卢梭,一个像柏拉图一样的哲学家诗人,试图在这个世界上复归诗。①

"卢梭以之为起始的现代哲学家"始自马基雅维利。基督教罢黜了异教世界的爱欲之神,以 agape 取而代之;文艺复兴之后,现代哲人不知怎么就忘却了曾经的"爱"……马基雅维利只有一部性喜剧《曼陀罗》,但剧中的爱欲主题完全是政治主题的隐喻,马基雅维利的后学们随之把爱欲置之度外,或者把爱欲贬低为赤裸裸的性欲。霍布斯的《利维坦》重新建构人性,但其中很少谈到爱,甚至把人的欲望简化为对食物的欲望,似乎人吃饱喝足就别无所求。柏拉图所展示的充满爱欲、热爱美好事物的人沦落为霍布斯、洛克笔下以自我保存为要务的自私的个人。现代政治哲学修改了人的自然,也修改了古典政治哲学的前提:假如哲学也有爱欲,就首先意味着哲学不是自足的,哲学就需要另一种智慧(诗)作为补充,而现代政治哲学无一例外是无爱欲的,因此也是非诗的。《爱弥儿》中爱的教育既是对基督教 apage 的反驳,又是为了疗治现代政治哲学第一次浪潮带来的危机。如布鲁姆所说,《爱弥儿》是为了抵制布尔乔亚对人类带来的威胁,人不可堕落成自私自利的个体,而要学会同情,学会爱。

对爱的另一个伟大思考者是莎士比亚。布鲁姆终生热爱柏拉图与卢梭之间的莎士比亚,《莎士比亚的政治学》(*Shakespeare's Politics*,1964 年)便是他正式写就的第一本书。他明言,现今西方文

---

① 布鲁姆,《巨人与侏儒》,张辉等译,华夏出版社,2011,页 214–215。

教传统中只有莎士比亚戏剧仍然活力十足,其他的教化之诗都已凋零败落,"莎士比亚几乎是我们与古典和过去的唯一连结,教育的未来在很大程度上将仰赖于我们是否能紧紧跟从他"。布鲁姆对西方文明的深厚关切,便投射在柏拉图、莎士比亚、卢梭身上。在生命的暮年,他邀请这三位大思想家登上同一个舞台,就"爱"进行了一场贯古通今的对话。

《爱与友谊》分作三部分:第一部分讲解卢梭以及浪漫派小说(《红与黑》《傲慢与偏见》《包法利夫人》《安娜·卡列尼娜》),第二部分解读莎剧(附带论及蒙田的《随笔》),①第三部分解读柏拉图的《会饮》(后收入 2001 年出版的伯纳德特《会饮》译本)。《爱与友谊》计五百多页,结构呈现为从现代返归古典的上升,恰如一部"爱的阶梯",莎士比亚戏剧便处在这部阶梯的中间位置。

浪漫派与卢梭的关联毋庸讳言,浪漫派笔下的布尔乔亚社会庸俗、势利、伪善、无聊,一个个天真烂漫女子坠入情网,又一步步走向悲剧,爱神秘莫测、摄人心魄,又总是与习俗陈规相冲突。莎士比亚早于卢梭一百多年,他对爱的理解没有受卢梭影响,他对爱的刻画的深度和广度也远非浪漫派所能比。在莎剧的舞台上,不仅有异教时代的爱(《安东尼与克莉奥佩特拉》《特洛伊罗斯与克瑞西达》),也有基督教时代的爱(《罗密欧与朱丽叶》《一报还一报》),甚至还有混合着异教与基督教的爱(《冬天的故事》),即便在威尼斯这样的近代商业共和国(《威尼斯商人》《奥赛罗》),爱也更纯粹更脱俗,与布尔乔亚社会不可同日而语。

卢梭及浪漫派"试图向非爱欲的布尔乔亚世界重新置入爱",但置入的只是"对爱若斯神造作的模仿"。浪漫派高扬爱来反抗布尔乔亚的理性主义和市侩气质,试图重构或重新创造人性,结果反而背离了人性的自然。"古代诗人的悲剧几乎不谈爱,而浪漫派诗

---

① "爱"与"友谊"虽然并列,但布鲁姆只借论述"哈尔和福斯塔夫""蒙田和拉波埃蒂"触及了友谊主题。

人只谈爱",爱成了浪漫派唯一的神,由于取消了人更高的渴求,人性的高度随之拉低。莎士比亚则如同自然之境,呈现人本然的样子,而非意在创造,他虽然是爱的伟大刻画者,但他从不曾站在激情一边反对理性。对莎士比亚来说,爱不是全部,爱是人性的高与低之间的连接点,勾连起人最强烈的快乐与最高的活动、最高贵最美的言行。因此,莎士比亚笔下的爱比浪漫派"更健康",更接近柏拉图笔下的爱欲——"莎士比亚是古代诗人与浪漫派诗人之间的中道",借助这条中道,才能从爱欲沦落的现代返归古典的爱欲。

  本书开篇引到莫米里亚诺的谶言:"如果莎士比亚在19世纪开端之前成为主流,我们也就不用遭遇卢梭了。"读这本小书,无不时刻感受到一个西方思想家对自家文明的关切。无奈的是,我们身边的爱日益矫情造作,社会日益布尔乔亚化,我们是不是在重蹈覆辙?

彭磊

2011 年 10 月

中国人民大学文学院

古典文明研究中心

导　言

[1]伟大的古典史学家莫米里亚诺(Arnaldo Momigliano)曾跟我说,如果莎士比亚在19世纪开端之前成为主流,我们也就不用遭遇卢梭了。我从来没有问过,他说这话究竟是什么意思,但我一直这么理解:要填补启蒙运动以及自然科学造成的虚无(void),莎士比亚的熏陶会比卢梭以及卢梭引发的浪漫主义更健康。莎士比亚能登上如今这般不可置疑的高度,多赖于浪漫派的关系。但是,浪漫派的插手败坏了莎士比亚,而浪漫派自己却扎下了牢固的根基。对我而言,莫米里亚诺的评价显然正确,因为莎士比亚有如自然之镜,呈现人本来的样子。他的诗让我们看清世界的本来面目(what is there)。他与浪漫派的不同在于他绝不说教。他无意于重构灵魂来安置人的意义,或在一个没有完美的世界树立完美,又或使家庭以及家庭关系免受布尔乔亚(bourgeois)理性主义的腐蚀。简言之,莎士比亚没有任何要改善或拯救人类的大计。这并不是说,莎士比亚就不相信真理于人有益,而是说他认为艺术家不是应该担此重任的人。他的戏剧让我们想到沉思的古典式目标,而不是志于改良的现代野心。他不自视为人类的立法者。他忠实地记录人的问题,却未明确提出解决途径。将他描绘成天才或者创造者都有失精准。

[2]他深深沉浸在自然的奇观之中,顾不得把自己当成其中最重要的存在。他不像浪漫派那样试图创造,而是尽力记录自然。

正是莎士比亚的自然性,促使我在此沉思他的戏剧,探索人与人之间的相互联系,希望藉此阐明一种现代以前的对人与人之间关系的看法,在我们看待事物的典型方式以外,提供其他严肃的或者更令人满意的途径。例如,莎士比亚对爱的描述并不需要一套精深的心理学,把深情笃意当作奇迹来解释,因为他笔下的社会并不以疏离和自私为前提。他不像卢梭,以笛卡尔式的极端怀疑论出发,再重新整饬组合这台社会机器。他一开始便证实,我们相互关联着。他的预设是:自我与他人并非敌对的极端。虽然自然科学教给我们许多有用的东西,但是莎士比亚并没有就此认为,它就是更好的认识方式,能够消解寻常男女最有力的日常经验。他保留现象,分析困境,突破了决定这些现象和困境的先验(a priori)框架。人类相互联系,也相互隔绝;是联系还是隔绝,不是一些貌似合理的假设决定的。莎士比亚的戏剧充满最美好的相遇和最残酷的分离,我们亟待发现他如何看待这一切,因为他有智慧,却没有我们的普遍成见。

莎士比亚是唯一受大众欢迎的古典作家,这个异常的事实证实了他的自然性。批评界白蚁群集,啃食着莎士比亚的根基,力图推倒他;这些人的前途如何,将是对莎士比亚生命力的考验。他们想向我们宣扬,莎士比亚是所有邪恶偏见的堡垒,而不是我们的朋友和救星。但是一个至今依然颠扑不破的事实是,莎士比亚剧名在全世界范围内,都有着直抵人心共识的意味。《哈姆雷特》、《李尔王》和《奥赛罗》都能让不同民族不同阶层的人们心中翻腾不已。也许,人们对莎士比亚戏剧的理解尚浅,甚至只谈得上泛泛的了解,但没有人厌倦他,或者觉得他只是迂腐的说教。这就是英格兰戏剧生机勃勃、不断产出优秀演员的原因。不论是法国的拉辛和莫里哀,还是德国的莱辛和歌德,抑或意大利的但丁[3]和彼得拉克,在普通年轻人眼里,他们全没了活力。他们已经死去,仅是文化而已。没有哪个正常的年轻人,情愿放弃最时新的摇滚乐队的音乐会,跑去和这些伟大作家当中的哪一个共度时光。莎士比亚几乎是我们与古典和过去的唯一连结,教育的将来在很大程度上将仰赖于我们是否能紧紧跟从他。

第一章　罗密欧与朱丽叶

[5]《罗密欧与朱丽叶》总能轻易博得年轻人的厚爱。它莫名地传达着爱的本质，告诉我们爱应当是什么：一种永恒的可能，每个新生希望的实现，一件令人敬慕之物。不论这场爱情离当今年轻男女的真实经历有多么遥远，不论它与主流的氛围——中规中矩的契约关系，抑或放浪形骸的淫乱——多么格格不入，这一对薄命情人都会让大多数人自动投来艳羡之情。一见钟情轻叩着人们最丰沛的情感，让两个人的全部能量都倾注在彼此身上，发掘出彼此最好的品质，压制住卑微而丑陋的欲念。一见钟情似乎毫无疑问就是好的，并且总是可能的。这是上天的旨意（natural imperative）。学生们发现，浪漫小说虚情假意，尽是偏见，与他们真实生活中对待男女之事的方式相差天远，但《罗密欧与朱丽叶》却神奇地避免了这些缺点。试问有哪部浪漫小说能让街头黑帮的生活也黑得合理，就像《罗密欧与朱丽叶》成就《西城故事》一样？《罗密欧与朱丽叶》撇开浪漫小说特有的爱情的复杂心理，超越了关于男女角色的诸多口水仗。莎士比亚笔下女人的千奇状貌让我们忘记了浪漫派笔下拘谨、僵硬的女人形象。在莎士比亚那里，男人与女人、男人的角色与女人的角色之间的全部区别都是不存在的，女人们能够把自己装扮成男人，去完成一些男人们[6]自己都常常无法完成的行为。莎士比亚从来不是个嗜好理论的人，这一点很好地传达给了他的观众。

爱，正是莎士比亚的主题。反思莎士比亚笔下的爱，我们必须从《罗密欧与朱丽叶》开始，因为它似乎是对爱的现象最纯洁的描述，是对爱在这个世界中的命运的刻画。莎士比亚是古代诗人和浪漫派诗人之间的中道(middle ground)：古代诗人的悲剧几乎不谈爱，而浪漫派笔下的悲情故事则只谈爱。除开柏拉图这个奇怪的例外，古代的严肃诗人们没有把置身于爱中的男女当作面对最严肃问题的最严肃人物来刻画。个中原因很值得深究，但是我们大概可以说，这与古典视域之下美德和理性比激情更占主导地位有关；相反，浪漫派以爱为主题，正是因为他们偏爱激情，不爱美德和理性。就爱而言，基督教欧洲的历史当然是充满悖论、模棱两可的，不过正统立场当然贬低爱欲、偏爱基督教的爱或者agape[爱]。① 这是让莎士比亚大感兴趣的一个问题。

　　莎士比亚的悲剧中有两部是关于情侣的，从其标题即可见一斑：《罗密欧与朱丽叶》和《安东尼与克莉奥佩特拉》(Antony and Cleopatra)。《特洛伊罗斯与克瑞西达》(Troilus and Cressida)如果不算悲剧，至少也接近这一身份。唯有这三部戏的标题由两个名字组成，这表明共同的悲剧命运首先属于情人。莎士比亚的历史剧中没有真正的爱情，与爱欲似乎毫无关系的政治才是最重要的主题。他的喜剧当中当然贯穿着性主题。喜剧把人的爱欲当作使人荒唐可笑的东西，最突出地显示了人的理想与现实之间的鸿沟——这一做法绝对是古典的。古代人把爱降低为喜剧，可能是为了教化的缘故，以免撺掇起平凡老实人去追逐往往是空洞的激情；或者是为了

---

① [译按]agape为希腊语，后经保罗基督教化，成为与eros[爱欲]相对立的概念。

更哲学的原因,认为爱无非是人受身体所困、被幻觉欺骗。莎士比亚的悲剧没有埃斯库罗斯和索福克勒斯的悲剧那么惨,他的喜剧则又没有阿里斯托芬的喜剧那么滑稽。古代人要么完全是悲剧,要么完全是喜剧。苏格拉底在《会饮》中对爱有精彩的讨论,他最后反驳了悲剧诗人阿伽通(Agathon)和喜剧诗人阿里斯托芬(Aristophanes),责备他们不能糅合这两种体裁。而莎士比亚缓和了以眼泪为结局的悲剧和[7]以欢笑为结局的喜剧,与古代人相比,他对悲剧酌减了一些严肃性,而对喜剧则酌加了严肃性。正如在柏拉图笔下,爱跻身于政治的严肃与性的轻浮这一高一低之间。爱似乎成了人的高与低之间的一个连接,而莎士比亚耗费了极大的才情致力于细察这一点。对于莎士比亚来说,爱当然不是生命的全部,但它的确突出了人的某些最可贵的理想。把人最大的快乐与最高级的活动,以及最高贵而美丽的言行合二为一,还有什么比这更好?这,就是爱的理想。

罗密欧与朱丽叶是一对完美的情人。他们美貌、年轻、高贵,而且富有。人们憎恨以貌取人、年龄歧视、精英主义,以及其他种种,但是一旦说到罗密欧与朱丽叶,我发现这种愤慨就立即化解了,几乎所有人都站在这对年轻人一边。我们的妒忌沉默下来,哪怕我们当中最不受上天眷顾的人也从这样的爱情当中得到满足,从而证明,我们并不需要把世界变得丑恶来补偿自己的缺点。人自然会渴望一种自己无法企及的完美。但是,这种完美至少有部分在于我们构想它的能力。最伟大的作者满足这一渴望,至少暂时满足,从而使我们暂时完美。怨艾之心若是误入歧途,恐怕就会成为邪念,企图毁灭这种完美典范,以膏敷弱势者的伤口。果真如此的话,就会夺去所有人最自然的快乐。当读到这对恋人缠绵难舍时的美丽言词,只有最不正常的人才会弃书而去,免得想到自己永远不会有这么美的经历而受到刺痛。相反,自然的倾向似乎是,就在那么一瞬间,我们用莎士比亚呈现给我们的盛大的情感,发现并放大了自己卑微的情感。"这就是我感受到却难以言表的东西"才是读者健康的想法。努力驳倒文学和文学理论会夺走我们天性中也许最可贵的渴望,而莎士比亚却如此慷慨地满足着我们的这一渴望。

这一对天之骄子的毁灭,在莎士比亚悲剧中似乎最没有必然性,不过是机运的产物。在其他戏剧中,伟大人物的失败首先让我们抗拒,但紧接着我们会遗憾而明智地认识到,这个结局在于[8]事物的天性,在于人物自身的性格。麦克白的野心让他坠入犯罪和死亡的天网。但是,罗密欧的自杀,只因他以为朱丽叶死了,这种表象与实在之间的鸿沟,何以必然来自这位有情人的天性?这就是这部戏的谜团。也许,它像一部轻喜剧,而不是悲剧。《罗密欧与朱丽叶》这部戏不管读多少遍、看多少遍,总是会让人禁不住猜测:要是有这样或那样一丁点儿改变,这对情人是否就会从此过上幸福的生活?两人成家立业,看着彼此的美丽慢慢随岁月消逝,渐渐厌倦对方,于是大悲剧成为轻悲剧,这样似乎也无不可。

我们想想这部悲剧的结局,不得不说它与家庭问题有关。凯普莱特和蒙塔古两家的名字几乎与罗密欧和朱丽叶齐名。家长的权威——甚或专制——导致了意愿与职分的经典矛盾。罗密欧与朱丽叶的爱情违背了至少是传统意义上的职分。使天性符合传统正是戏剧的恰当主题。家庭,其根源虽然在于爱欲的必然需要(erotic necessities),但却有深刻的反爱欲特性(anti-erotic)。家庭让年轻人受各种各样的禁忌围困。在其伟大传统里,家庭利用两性的结合来为财产、地位和政治安排服务。

罗密欧与朱丽叶从不曾怀疑,爱是至高的,一切禁律都禁不住它,莎士比亚刻画这对情侣的高超手法,让观众们也对爱的这一至高地位毫不怀疑。这一对情侣代表着爱的自然权利。罗密欧如何体现这一点,戏剧几乎没有加以刻画。但是罗密欧完全知道,他的爱情不可能得到父母认可。至于朱丽叶这个单纯的孩子,结果证明她是说谎的天才,撒谎糊弄起父母来眼睛都不眨一下。但是莎士比亚没有为这个家庭的尊严辩护,每个人都注定无条件地站在这对情人一边。"天下都爱恋爱的人。"朱丽叶的父母粗俗、自私、麻木。她的母亲只会讲些颠三倒四的陈词滥调,大肆夸赞为她选定的丈夫。莎士比亚的同情全部投给了爱,但他或许是想要教导我们,爱就像所有的理想主义一样,必须与家庭、宗教和政治的要求达成妥协。罗密欧[9]与朱丽叶从未想过私奔、一走了之、只靠爱生活,或许就是因为习俗无处不在。

莎氏作品中的爱完全不知礼节的束缚为何物,管它是家规还是国法。它包含着一种天然的世界主义。对美丽事物的一见钟情,超越了忠孝(loyalty)的约束;只要对美丽之物的爱欲不与它们冲突,这些约束通常很容易遵守。朱丽叶即便获知堂兄蒂巴特(Tybalt)——象征着自己的家庭——被丈夫刺死,也只犹豫了一瞬间,随即恢复了爱的信心,甚至更加疯狂,而对堂兄的殒命却无动于衷。如果不是为了爱,这个行为对我们来说,似乎就是极端的狂热;如果要说这种爱也是狂热,那它恰是我们所追慕的狂热。任何其他形式的背叛似乎都只能是令人唾弃的,爱却能提供一个大多数人都承认的免死牌,在各种藩篱以外自由游弋——这是对爱的极大礼赞!但是忠孝派(loyalists)也有得意的时候。

《罗密欧与朱丽叶》中有一个政治问题,是文艺复兴时期意大利的典型,而这样一个意大利也恰是莎氏作品中的现代爱情发生的所在。马基雅维利——我相信莎士比亚知之至深——曾谈及令意大利各城邦焦头烂额的家族冲突,这些冲突被僭主和潜在的僭主利用,又通常与政治和宗教的派系斗争有关。这个问题代表了更普遍的派系斗争问题(question of faction),所有现代政治思想家——包括莎士比亚本人——都十分敏感地察觉到了。据古代政治哲人看来,唯有当各城邦有足够权力压制住族长们(fathers)时,城邦才能得以建立。必须——通常以暴力方式——压制形成宗族(clan)的血亲关系。在意大利,由于政治统治者们孱弱无力,宗法(code of the clan)更加大行其道。君主过于温良仁慈的个性就是马基雅维利所谴责、莎士比亚所刻画的。君主本人也认识到自己太软弱,但总是到了不可挽回才采取强硬的行动。我们竟能将这部戏剧的结尾看作君主权力的重新行使。他说,"宽恕杀人犯,仁慈就要种下祸根"(3.1.199),这个想法正好与马基雅维利的教导严丝合缝,①但他似乎没能够按照这个想法行事。难处绝不在于缺乏强力(brute force),而在于精神上的一种软弱,一种显然受仁慈的魅惑而致的疫病。这不是说,在一个败坏程度不至于此的政治秩序中,罗密欧与朱丽叶就不用克服父母的反对,而是说,他们的问题就[10]不至于因内战而成为悲剧。劳伦斯神父(Friar Laurence)想借这对绝世美眷重建邦国的和平,但唯有这对情人的毁灭,将死亡的安宁降临到这两个家族头上——他们失去了唯一的继承人。这让我们深味了一回爱与政治的关系。

---

① 马基雅维利,《君主论》第 17 章。

罗密欧是浪漫情人和诗人的原型：其余人深陷日常生活的泥沼而无暇关注的事物，他却对其有无休的渴望与关切；与爱人的美好情缘脆弱不堪，他因此而郁郁寡欢甚至绝望；他是那么忧郁，同时又充满热情。但是，罗密欧不是一个浪漫派英雄，莎士比亚不允许他主宰舞台。虽然对他的刻画充满同情，但是在莎士比亚的全部作品中，哪怕在这部戏剧中，仍有许多堪比甚至超越罗密欧的人物。罗密欧有被大加嘲笑的可笑一面，那是圣普乐（Saint-Preux）或者维特（Werther）身上都不具有的。① 罗密欧是激情，没有反思，也不权衡。虽然这激情罕见而迷人，但莎士比亚却笔之如此：激情似乎只是年轻所致，而年轻似乎并非最好的年纪。罗密欧在感情及其表达上绝对不合格。他坚定、倔强，不论敌人还是朋友都无法影响他的行为，这意味着，他是一个非常拙于玩计谋的人，而计谋对于成功实现他的计划又是必要的。罗密欧以为，爱是自足的，能自证其正当性，不必向人或神妥协让步。对朋友和同伴来说，罗密欧是个讨人厌又给人惹麻烦的家伙，因为他的心思在别处，他全神贯注于他的绝望（hopelessness）或他的憧憬（hopefulness），活在一个不同的、更高的世界里。他只为了与朱丽叶情投意合的甜美时刻而活。莎士比亚为罗密欧做的所有辩护，只出现在三场戏里：初遇，花园示爱，共度的良宵之末。附带提一下，这一夜或许是罗密欧唯一一次完整的性爱体验，对于朱丽叶来说当然也是如此。

戏剧前几场刻画出来的罗密欧的个性究竟是优点还是缺点，批评家们对此一向众说纷纭。他本来一心地而且疯狂地爱着罗莎琳

---

① ［译按］"圣普乐"，参卢梭《新爱洛伊丝》；"维特"，参《少年维特之烦恼》。

(Rosaline,也是凯普莱特家族的族亲,似乎整座城唯有这家人才有好闺秀),后来,他一瞬间就把他永恒的爱调转了方向。这让我们不禁猜想,要是罗密欧活下来了而朱丽叶死了,他会不会[11]找上别的姑娘。他爱着的显然是爱情,并且正如所有的情人们一样,他必定相信自己所爱的对象是绝世的可人儿,没有任何人能取代她的位置、得到自己的爱。说朱丽叶比罗莎琳更主动并不足以说明问题,因为这就意味着罗密欧的爱会向可得性原则(the principle of availability)①妥协。按照罗密欧的理解,爱当然必须是有回报的,不像对神的爱那样。不过,爱对他来说就是一种宗教,是"我的双眼的虔诚信仰"(1.2.90)。如果眼睛看到更漂亮的,他们就会变成"明显的异教徒"(1.2.93)。他反对班弗柳(Benvolio)的合理建议:比较一番,再行选择。他拒绝比较,理由是这与他的宗教信仰相悖。"我只管走着,不看不听,/只管沉浸在我双眼的盛宴里。"(1.2.102—103)按照他的理解,爱就像世界一样是对立面的产物:啊,无中生有的一切。"(1.1.175)他使用的意象既有异教又有基督教的元素。

  罗密欧最初对罗莎琳的爱,是否体现了一个具有爱的天然禀赋的男子,刚刚走完入行之前的学徒历程?又或,这份爱是否意味着,爱的全部机能都是基于不断改变的意见以及单纯的想象?此言果然不虚。不管从别人的评论还是罗密欧的自我认识来看,这一点是明确的,想象就是他的天赋。这一品性造成一个难题,即想象的可贵与可靠与否的问题。高兴的时候,他能用莎士比亚借给他的意象将世界美化,但是当他那情人的想象落空时,他便只能想到死亡,无视或蔑视现实可能呈现的任何魅力。

---

  ① [译按]即"爱谁"这个问题受"有谁可爱"这个条件的制约。

爱是一件奇怪的东西,是想和另一个人共处的强烈欲望,与生活中的严肃事情冲突,诸如养活自己、统治人和民族。爱给生活造成了一种几乎不能承受的双重性,除非谁完全屈服于它,把其余的忘掉,才能把生活统合为一。快乐和崇高理想的这种统一是人最奢侈的希望。爱是繁重而枯燥的美德的替代,因为它至少看似美德的替代。情人勇敢而慷慨,超脱了仅仅纠缠于正义的遁词晦语,并且能抵挡琐碎而有害的欲望和激情,缺乏吸引力的美德——如节制和智慧——当然不是一个情人的特点。罗密欧的确果敢而且[12]愿冒生命之险,戏剧中有大量证据表明这一点。神智正常的时候,他既有头脑又聪明,正如我们所见,唯有他能望马库修(Mercutio)之项背。他有马库修和班弗柳这样的显然是体面人的朋友。他虽然没有任何严格意义上的突出的美德,但他性情慷慨,在爱的作用下,这一点俨然就成了美德。他或许本该成为一名战士,只不过对美丽之物的爱,超过了他可能有过的任何野心。他轻易战胜蒂巴特,这表明他若是打起仗来该是多么的勇武,但是他的欢乐并不是来自于荣誉、复仇甚或征服,唯独源于他所爱的人。他的美德与恶行,全都体现在他以为朱丽叶死了就自杀的行为当中。他是一个完美的青年。关于这一点,当他告诉劳伦斯神父,与这位可敬的神父同样年纪的人中没有一个能理解自己的处境时,我们就能很好地认识到。他充满热情、想象和信心,对年纪的庄重根本看不上眼。

朱丽叶没有罗密欧身上的那种矛盾性。她的美丽便已保证了她的美德。在遇到罗密欧之前,她还没有经历过爱,但已经在违抗父母之命,不答应把自己的爱献给父母强塞给她的人。从她跟罗密欧说的第一句话开始,她便丝毫没有犹豫。罗密欧就是她的生命。她非常有女人味但莎士比亚让她超越了矜持(modesty)的常规标准。她知道自己应该拒绝,但却没有。她如此确信自己的感情,如此信赖罗密欧的外表底下有一个同样美好的内在,以至于必须向他展示赤裸的、不设防的自己。她告诉罗密欧,我可以忸怩作态地保持矜持和拘谨,但我只想提醒你,要是你不过是个登徒子,那你就是对我不义。在这里,她强烈的信心取代了矜持,但她的女人味恰好敲响了警钟,表明矜持多么必要,虽然她是在抛开矜持。这远远高过了法国人玩的爱情游戏。对朱丽叶来说,情事既不低下也不高尚;没有了高尚,正如没有了低下一样,让我们长舒了一口气。没有任何爱情比她那单纯的爱欲更完美。这个孩子能使爱的行动俨然高踞于所有罪的污浊之上。她急切地等待着自己的初夜,充满了身体的渴望,如此坦率地面对着,但却懂得用这份渴望与满足来表达那似乎是最好的一切。夜晚就是她爱情的白日:"用你那黑外套掩盖我处女的情怀,/扇凉我发烧的脸蛋吧,让忸怩的爱/不再羞答答了,[13]领会最真诚的爱情/最纯朴的自然。"(3.2.14—16)身体之爱从未有过如此高贵、如此光泽四溢的表达。或许,她代表了卢梭试图重新统一被原罪撕裂的人时开出的方子,但唯独莎士比亚能把这个方子配齐。

然而,如此非凡的造物却受到戏剧情节无比残酷的摆布。她受的苦远超过罗密欧。她在爱情中的孤独无依远比罗密欧更甚。罗密欧有朋友簇拥着,他的家庭也没有插手,而且很可能不会如此激烈地反对接受蒙塔古家的朱丽叶;相对来看,凯普莱特家族不会赚一个儿子,倒会失去一个女儿。劳伦斯神父更像是罗密欧的而非朱丽叶的亲信,朱丽叶只有奶妈帮衬着,奶妈不是个可靠的同伴,在最可怕的时刻抛弃了她。朱丽叶还得忍受罗密欧的杀兄之仇和双亲的震怒。最糟的是,是她——而不是别人——必须假装死去,再从坟墓的万般恐怖中醒来。得知堂兄蒂巴特的死讯时,她有过一瞬的迟疑,喝假死药的那一刻,她有过一小会儿犹豫,但她回心转意得如此迅速而坚定,于是那些短暂的瞬间只烘托了她的决心。

  罗密欧与朱丽叶的关系与各种人类关系一样强大、无条件,但是,当我们加以反思,他们之间的关系实质就依然神秘难解。或许,这就是爱之谜。不管我们对此观念如何熟稔,爱的神秘性却依然不减。爱胜过其他类型的情感,尤其是那些与家庭和国家相关的情感,因为爱似乎不单纯依赖于偶然,比如血缘(正如这部戏中特别强调的),而且爱也不需要习俗、职分或者法律加以约束。爱在任何一种意义上都是自由的。置身爱中所做的每一件事,人们都乐在其中、热情洋溢。虽然我们并不能主宰爱上或者不爱谁,但爱是我们自己的、无需约束的。在所有这些方面,爱只能与亚里士多德所描绘的友谊相比。然而,友谊是冷静得多的东西,既然人们选择别人做朋友是因为这个友人身上确凿的美德,那么友谊就能被解释得更清楚。友谊是一种有意选择的结果,相反,爱是人固有的一种东西,它需要许多信心,还需对美的惊人理解。朋友为善,而所爱之人为美。在吸引力上,美者完全胜过善者。善者[14]吸引理性,而美者吸引激情。友谊是人性的,爱却是神性的!

  以我自己对莎士比亚的热情,我只能说,《罗密欧与朱丽叶》是对爱的这些品质的最好的刻画,也是对爱与死的奇异姻缘最好的刻画。直白地说,这部戏剧结束于坟墓。从一开始,罗密欧就充满了死的预感。当他们共度一夜之后,朱丽叶向他告别,她说:"这会儿看着你站在下面,我恍惚/望见了落葬在墓穴深底的遗体。"(3.5.55–56)在此,朱丽叶把结局神圣化了,莎士比亚是一个不吝向观众展示死亡的作者,而这个结局很可能是他笔下所有死亡场景中最可怖的。朱丽叶带着恐惧喝了假死药,她想象到的不仅是即将遭遇的死亡的可怕景象,还有人类背负的所有罪恶感以及伴其左右的畏惧。幻想中那永生,那美,那相拥在一起的永不朽坏的秀色、丰腴之身,正是坟墓中粼粼白骨的反面。莎士比亚在这部戏里将两者的结合,正是这部戏最骇人之处,即爱的希望与死的现实之间的对比。或许,他在教导我们,望美而去的爱欲(eros),是想战胜坟墓的丑恶,但这想法却是无望的努力,是不明智之人想要粉饰一个很成问题的世界。

这两个年轻人,穿戴着如此令人艳羡的爱的盛装,对这个世界如此天真无知,却就这样被双双推了进去。悲剧结局不可避免,又显得如此冤屈,对此,我们可以试着这样说:他们注定与城邦发生冲突。城邦具有自己的法律,有自己特殊的应对死亡或者避免死亡的方式(尤其是通过家庭,保存世代[generations]的永生,而非个体[individuals]的永生)。我们可以依靠雕像想起希腊诸神美好的形貌、他们永远的年轻和美丽。但是,情人们毕竟不是希腊诸神。罗密欧与朱丽叶的魅力在于他们只考虑当下,他们觉得,当下会一直存在。但是,我们同样强烈地知道,他们不明智,还憎恨智慧:

  神　父:我要增添你力量,去抵挡这个词,
      给你送来了苦难中的甘露:哲学——
      让你得到安慰,哪怕是被流放。
  罗密欧:又来了,"流放"! 去他妈的吧,什么哲学!
     [15]难道说,哲学变得出一个朱丽叶?

>   能搬移那城市？推翻亲王的判决？
>
>   帮得了什么忙？顶什么用？别谈了吧！
>
> 神　父：唉，我看疯子全都是没耳朵的。
>
> 罗密欧：怪得了他们吗？聪明人都不生眼睛！
>
> 神　父：这么着，咱们且谈谈你目前的处境。
>
> 罗密欧：你感受不到，怎么能谈得起来呀？（3.3.54 – 64）

如果哲学就是学习如何赴死——正如莎士比亚知道苏格拉底这么说过一样，那么罗密欧并不稀罕这门科学。年轻人不会稀罕它，但正因如此，年轻人必须接受指导。

因此，智慧的优越之处，虽没有体现在任何其他人物身上，却被戏剧整体的意旨重新树立起来。莎士比亚把我们的希望捧得高高的，然后将它们摔得粉碎。在戏剧的前一半，莎士比亚似乎在赞美那迷人的放纵，通过放纵产生的后果，很好地教导了节制。哪怕这对情人中的任何一人稍作节制或反思，他们爱情的可怕结果，本就可能在许多环节上得到避免，但是，这就像斩断鸟儿的羽翼却仍期待它们飞翔一样。

这部戏的问题在于，没有任何一个人物有足够的分量与爱的魔力对抗，唯有马库修可能是个例外。在罗密欧与劳伦斯神父的对峙中，总是罗密欧占上风，不管是在戏剧情节的后果还是在打动观众方面。如果只有在放纵的计划遭到挫败之后，才在节制中寻找慰藉，那么节制实在不值得选择。年纪与青春登台对决，几乎总是青春受偏爱；智慧必然是年纪的品质，爱则是冲动的年轻人的三两个首要品质之一。人们走进剧场，不是去学习如何折衷现实与理想，不管这一点多么在所难免。除非能十分精彩地呈现出有智慧的节制,否则在剧场中,在高贵或美与生活现实之间,就只可能有一个悲剧性的选择。选择生活现实是懦夫干的事,对观众绝没有吸引力。所以,甚至连荷马也这样描述:阿基琉斯的幽灵告诉我们,既然他能够衡量各种选择,他就[16]更愿做个大地上的奴隶,而不愿做冥界中所有幽灵的王。① 如果阿基琉斯生前真的按这个想法行动,就不会有什么《伊利亚特》了。

为了表明这些是莎士比亚自己的而不仅是我的反思,就需要看一下《暴风雨》。批评家们——特别是柯勒律治(Coleridge)——评论说,《暴风雨》中的斐迪南(Ferdinand)与米兰达(Miranda)像极了罗密欧与朱丽叶。他们那突然生起的、炽烈的爱,以及他们的纯真和好品性,都与罗密欧和朱丽叶相似。斐迪南与米兰达各自的家庭也是对头,斐迪南的父亲那不勒斯国王,曾参与夺取米兰公爵——米兰达之父——爵位的阴谋。他们的爱情同罗密欧与朱丽叶的爱情一样,有着完全一样的悲剧倾向。但是,这种悲剧倾向得到了避免,没有变成现实,原因在于有一位真正智慧的人,以不可能的方式(per impossibile)存在着。这样一个人在任何真实情形之下都不可能存在,他就是普洛斯彼罗(Prospero),是他安排了这桩爱情,让这两个年轻人相聚在一起。他警觉地监管着斐迪南和米兰达的关系,通过他们的婚姻实现了一个严肃的政治大计。在普洛斯彼罗身上,莎士比亚展开了最让戏剧家感到棘手的那一个问题:刻画一个有智慧的人,并且不至于让他沦为小丑、无赖,最糟糕的是一个长话连篇的讨厌鬼。艺术几乎不可能让智慧有吸引力,这个问题柏拉图和卢

---

① 荷马,《奥德赛》,卷二,行 489 – 491。

梭都探讨过。① 柏拉图对话是对这一问题的不完全解决。莎士比亚接过手来，把有智慧的人表现成一位魔法师，这样一个人物总是受观众欢迎的。萨瓦的牧师（Savoyard Vicar）可能会说"我是幸福的"（"I am happy"），②但是即便成年卢梭也不大会相信，卢梭表现出来的自己当然带着一种完全不同的诱惑。但是，普洛斯彼罗的名字本身就是"幸福"的意思，如果把国王和情人的光环稍微去掉一些，那么他也就算得上一个真正有戏剧性和吸引力的智慧人了。在某种意义上，《罗密欧与朱丽叶》以及其他多部戏剧，可以说是提出了一些实际当中无法解决的问题，而这些问题是普洛斯彼罗这样的人能在原则上予以解决的。我们脑子里总是想着悲剧英雄的痛苦，也就以为高贵与幸福绝不可能统一。但是，普洛斯彼罗通过他自己以及他所行的事，向悲剧的舞台投射了半壁光辉，提醒我们生活本身可以不是悲剧。

米兰达激发了最具人类特色的反应——惊奇（wonder），就像她的名字所示的。如亚里士多德告诉我们的，惊奇要么导向神话，要么导向哲学。③ 斐迪南和米兰达之间完全是神话，即想象和爱。但是哲人普洛斯彼罗[17]安排这个神话，为的是一个理性的结果。"噢，全新的世界！"——这是米兰达的体验，而普洛斯彼罗完全知道，真正生活在这个世界上的是些什么样的恶徒和小丑。普洛斯彼

---

① 柏拉图，《王制》604e；《柏拉图的〈王制〉》，布鲁姆译，附注释及解读文章（New York：Basic Books，1968），页430－432（[译按]布鲁姆的注释及解读自成一书，并已有中译《人应该如何生活》，北京：华夏出版社，2009）。卢梭，《致达朗贝尔论剧院的信》，第二章和第五章。

② [译按]参见卢梭《爱弥儿》，第四卷。

③ 亚里士多德，《形而上学》982b11－19。

罗让斐迪南接受爱的考验，用惩罚来积极驯化他的叛逆。普洛斯彼罗能防止斐迪南和米兰达婚前行夫妇之事。他给他们制定了一条铁律，免得他们越礼，犯下孤男寡女肯定会犯的错。普洛斯彼罗欣喜于看到他们的美和相互吸引，这些是他年事已高不可能再有的。但是他并不感到遗憾。他知道，斐迪南和米兰达多情而娇憨。打量着他们、看他们如何实现自己的计划，就足以让普洛斯彼罗心满意足了。普洛斯彼罗的女儿曾是米兰公爵那与世隔绝的后代，现在将要成为那不勒斯的王后，她与斐迪南的结合将使斐迪南成为一位宽宏大量而又公正的国王。他们将爱着，他们爱的果实将会有益于人类。

《暴风雨》是一部关于动机（motives）和动力（motivations）的戏剧。其中最卑劣的人物，如斯蒂法努（Stephano）、特林库洛（Trinculo）和凯利班（Caliban），是追逐肉体享乐的造物，唯有经受肉体的抽打和鞭笞（pinches and cramps）之后，他们才能被改造成为公共秩序容得下的人。这些人的上一层是意大利王侯安东尼奥（Antonio）、塞巴斯蒂安（Sebastian）和阿隆索（Alonso），这些人为了获取统治权、维持统治而干尽下流勾当。他们就是马基雅维利所描述的君主；对他们，普洛斯彼罗就虚构恐怖来让他们良心不安。① 但是，与心灵处于最底层的人相比，他们仍然更有人性，因为他们虽然能为害更多，但是灵性——尽管是灵性的阴暗面——能对他们产生一定作用。社会和政治世界的最上层由斐迪南和米兰达这一对情人占据，他们也受到想象的激发，不过他们想象到的是美，于是把低劣的、琐碎的、仅仅是有威力的东西从视野中赶走了。他们并不智慧，

---

① ［译按］指普洛斯彼罗施魔法制造风暴。

但他们对事物的高贵看法可以替代智慧,即便不是完美的替代又有何妨,毕竟智慧从未真正统治过现实的城邦。普洛斯彼罗通过这对眷侣,解决了自己的继承问题,并将爱的虚幻导向公共利益。虽然普洛斯彼罗将这殿堂建造,并将其安排有序,他自己却身处其外、浮于其上。这样,我们就有了一部不是悲剧的《罗密欧与朱丽叶》,与其中的"罗密欧与朱丽叶"相比,我们更偏爱普洛斯彼罗。这或许是莎士比亚最伟大的绝技(tour de force)。普洛斯彼罗阻止了悲剧的发生。我们不能忘记这里的悲剧倾向,但是我们也决不能忘记有超越悲剧的东西。普洛斯彼罗说,他将要"回到我的米兰,在那儿终老,把我三分之一的念想,奉献给我的坟墓"。① 这是在说恰当的比例,[18]是一个知道如何赴死的人的平静的声明,同爱与死之间癫狂的彷徨迥然异趣。

《罗密欧与朱丽叶》中还有最后两个重要人物值得我们研究,他们就是马库修和劳伦斯神父。一提到马库修,我们就想到莎士比亚戏剧中的情色(obscenity)问题。马库修的台词有一大部分说的都是机巧诙谐的荤段子和典故。莎士比亚迫使我们调动想象,努力弄明白马库修暗指什么。这种揣测的过程已经污染了我们。关于这样的段落,评论家们大多保持缄默,我猜是因为他们只把这些段落看作喜剧消遣,而不是悲剧的严肃问题,俨然喜剧性的消遣便无需像戏剧的任何其他层面那样多加解释。为什么莎士比亚需要喜剧性的消遣,而索福克勒斯不要?人们可以回答说,

---

① 《暴风雨》,Frank Kermode 编,Arden 版(1954;rpt. London: Routledge, 1988),V. i. 310–311。

他是为了娱乐观众。但这就暗示了,如此伟大的艺术家竟向公众作淫媒,把自己作品的正直性给牺牲掉。或许是这样。但是,我们不该想当然以为事实就是这样,尤其是这很容易成为我们懒惰的借口。帕特里奇(Eric Partridge)这样的诠释者会有所帮助,但还远远不够全面,而且,他太以二十世纪中叶英格兰的自由思想家和性健康者自居,以至于他本身变得滑稽可笑,可靠性令人怀疑。①

我们的第一个评论肯定就是,唯一可能与主要人物有同等人性分量的人物,有着一张我们所谓的下流嘴巴,这暗示了,他有和下流嘴巴相配的一套下流思想。他是罗密欧真正的朋友,凭藉强有力的智识支配着罗密欧。他也是个有血气的人,时刻不惜一战。他的污言秽语大部分都用在了神魂颠倒的朋友罗密欧身上,他想通过嘲弄使罗密欧摆脱对罗莎琳的爱情。和戏剧里的其他任何人一样——劳伦斯神父和朱丽叶的奶妈除外,他当然不知道罗密欧与朱丽叶的关系。因此,他的不知情导致他这个治情病的人诊错了病因。他的意图显然是好的,尽管他的不知情导致了惨剧。他可能被认为对悲剧负有责任,因为是他跑去与盛怒之下的蒂巴特对峙,并向其挑衅,但他这么做是为了保护罗密欧。罗密欧想当和事佬,希望大家都慈眉善心的,这不过是情人的徒劳愿望,正因为此,才导致马库修丧命。因此,罗密欧必须拿起剑来,杀死蒂巴特,结果[19]罗密欧被维罗纳放逐。罗密欧相信,在现在的情形下,凯普莱特家绝不会善罢甘休。马库修一死,罗密欧便失去了一位本可以给他建议、保护他的亲密朋友。当马库修从舞台上消失,所有的幽默、机智和情色也

---

① 帕特里奇(Eric Partridge),《莎士比亚的情色》(Shakespeare's Bawdy, London: Routledge, 1947),页379。

随之消失了。从此,罗密欧变得孤僻,氛围变得阴郁起来。

马库修这个人物身上的各种元素混合得很好。马库修像蒂巴特一样极有血气,正如亚里士多德所说,朋友必须这样,①但是马库修并没有被蒂巴特那样的狂怒吞灭。虽然马库修不具有罗密欧那样无拘无束的想象和过于浓重的柔情,但他有着卓越的诗性想象,关于麦布女王(Queen Mab)的那段话已经表明这一点,那是关于梦幻和虚荣的一段真正美妙的话。这个高贵的诗性人物是莎士比亚最有情色意味的人物之一。据说,希腊人不喜谈吃或性,因为这两者都标志着人的不自由(unfreedom)。对待性的这种观念,被马库修带了几分到《罗密欧与朱丽叶》当中。到戏剧的后三幕,马库修已不在场,每个人——包括观众——都把他忘记了。但是,要理解这部戏剧的意味,我们必须记住他,记住他在情人们诱人的感伤之后打上的问号。马库修这个角色完全是编造的,与莎士比亚采用的素材无关,这一点强调了马库修这个角色的重要性。此类编造的人物对于传达莎士比亚的用意极为重要,正如历史剧当中的福斯塔夫(Falstaff)和《安东尼与克莉奥佩特拉》中的以诺巴布(Enobarbus)。这部戏剧是关于爱的,爱与情色有关,两者都植根于爱欲。但爱与情色之间有一种张力,即便不是完全水火不容。朱丽叶从来不是情色的。罗密欧只在与马库修的精彩交谈中才表现出情色。与马库修的此类交谈证明,罗密欧在正常情况下,就与马库修一样机智,因而是一个相称的朋友。爱与怒的共同之处在于,人们不会拿爱与怒的对象开玩笑,如果人们这么做,爱与怒的激情要么被冲淡,要么被转变成别的东西。爱与怒都需要信,笑则摆脱了信。这部剧中,只有罗密欧与朱丽叶爱,所有其他

---

① 亚里士多德,《政治学》1327b40 – 1328a1。

人——除了劳伦斯神父——说到底都是情色的。

人们容易忘记,《罗密欧与朱丽叶》开头两幕的情色意味多么浓厚。充斥在罗密欧与朱丽叶周围的人,以最为露骨、毫不浪漫的方式对性高谈阔论着。第一场戏[20]便向我们展示了一幅底层男性的习性和道德图景。蒙塔古家的仆人们唠叨着与凯普莱特家的恩怨以及迫在眉睫的冲突:

> 桑　普　森:我要做个不讲情面的暴君!我跟男的打完了硬仗,回头就跟娘们儿来软的——我把他们家大姑娘砍得头破血流!
>
> 格莱戈里:叫大姑娘头破血流?
>
> 桑　普　森:对啦,头破血流,或者呢,叫她们身破血流,——随你怎么想都可以。
>
> 格莱戈里:她们怎么想,那只有她们自己肚子里知道了。
>
> 桑　普　森:只要我挺得住,是甜是苦,叫她们自己去辨滋味儿吧。谁不知道,我这好家伙可厉害呢。
>
> 格莱戈里:谁不知道你是条上不了席面的臭糟鱼。快把你的"好家伙"亮出来吧,瞧,蒙塔古家的人来啦——来了两个!
>
> 桑　普　森:我那好家伙赤条条地亮出来了⋯⋯(1.1.20—32)

这些伪硬汉们,吹的打架牛皮里还捎带着大谈自己器官的大小和威力。与此类似,在第一幕第三场,正式向朱丽叶宣布帕里斯已被选为她的丈夫的时候,奶妈被恩准在场。奶妈禁不住当着单纯的朱丽叶,把自己丈夫的蠢笑话说了好几次:她丈夫说,朱丽叶小的时候脸朝地趴着,将来到了懂事的年纪,就该背贴地躺着了。对于奶妈来说,这个笑话实在好笑,十分恰当地描绘出了人的处境。奶妈与凯普莱特夫人构成了绝妙的对比,凯普莱特夫人刻板而虚伪地描述着,为朱丽叶匹配的亲事多么天造地设、多么美。底层人则构成了一幅粗陋的背景,混杂着夸夸其谈与露骨的话,滑头地暗示着一些可以轻轻触碰的禁忌(mentionable unmentionable)。他们的行为在这些名门世家里似乎完全可以接受。原因可能是,没有哪个贵族会想到模仿仆人或受仆人影响,就像杜夏特雷夫人(Mme. Duchâtelet)在男仆面前裸露身体也不会感到一丁点尴尬一样。① 显然,莎士比亚的世界并不认为,高贵的爱欲之苗脆弱不已,会在灵魂粗俗的人的粗暴配对中一折就断。爱不只是一个结构体,或能量从低到高的转移。罗密欧与朱丽叶在这样的影响——或者说这些人的伤害——面前异常百毒不侵。但是,马库修把他也具有的那种低等人的朴实的性意识转变到了最高尚的境界。[21]他懂得,我们最强烈的情感如何体现着我们对"美人儿"(pretty pieces of flesh)的喜剧性依赖。

情色把爱的超然变成了对身体欲望和爱欲效果的着迷。我们以为爱应该是这样,但我们实际上却是那样,其间的反差竟如此值得嘲笑。喜剧很大部分要依靠揭穿自负者的面具,从一个傲慢的傻瓜踩到香蕉皮,摔得脱了人形,恢复平衡后又人模人样,直至另一些厚颜地唱着"热爱正义"、"热爱上帝"高调的人。我们笑,因为我们从自己都不能确信的虔敬中解放了出来。这种解放或许是件乐事,

---

① 托克维尔(Alexis de Tocqueville),《旧制度与大革命》(*The Old Régime and the Revolution*),第三部分,第五章。

因为它让我们的各种本性得以释然，我们毋需再时时拿它们来接受虔敬的丈量，尽吾日三省乎吾身之事。但是，我们笑的需求（喜剧精神）同我们哭的需求（悲剧精神）一样神秘。莎士比亚从不让我们完全沉溺于这两种诱惑中的任何一种。

如果我们跟从施特劳斯（Leo Strauss）对阿里斯托芬（Aristophane）喜剧的四种区分——亵渎（blasphemy）、诽谤（slander）、戏仿（parody）和情色，那么我们必须说，莎士比亚的作品是情色占主导。亵渎削弱对诸神的信心，诽谤攻击城邦的统治者，戏仿嘲弄悲剧诗人，而情色则直击家庭的根基。① 情色在这四种类别中最为温和，要是人们需要对有关家庭的谜团，以及把我们引向家庭的爱欲有所批判，情色也就并非全然无用之物。情色当然是低下的，但却并不总是莎氏笔下的情色人物身上最低下、最无趣的一面，正如福斯塔夫（Falstaff）的例子所表明的。

卢梭说，法国人的心灵肮脏得无法比拟，所以他们的语言必定是纯洁的。这种情绪受到歌德的响应。② 卢梭说，一种不感到羞耻的（unshamed）直白并非无耻（shameless），越简单的社会当中的男女越擅长这样的话语。卢梭的浪漫派信徒们在恢复爱欲精神的同时，也试图丰富它的语言。这一点如同许多其他源于卢梭的东西一

---

① 施特劳斯，《苏格拉底问题五讲》（"The Problem of Socrates: Five Lectures"），见 *The Rebirth of Classical Political Rationalism: An Introduction to the Thought of Leo Strauss*, ed. Thomas L. Pangle（Chicago: University of Chicago Press, 1989），页107。[译按]中译见《古典政治理性主义的重生》，北京：华夏出版社，2011。

② 卢梭，《爱弥儿》，Allan Bloom 译（New York: Basic Books, 1979），页324；《社会契约论》，卷四，第七章，卢梭所做的第二个注释；歌德，《威廉·迈斯特的学徒时代》（*Wilhelm Meister's Apprenticeship*），卷五，第十六章；致席勒书信，1798年3月14日。

样,有宏图大计的品质,在卢梭捧高的爱和女人的尊位旁跃跃欲试。但并不能简单地说,莎士比亚的英格兰,比十九世纪的英格兰,以及西方的每一个地方,更具有谈论生活事实的能力,并且直到昨天还是这样。莎士比亚能够从他自己的时代选择自己想要的东西,并将其铸成符合自己意图的样子。

[22]莎士比亚的情色异常值得我们研究,因为它能帮助我们认识到,我们缺乏很好地言说某些对我们来说十分重要之事的能力。如今,秽语司空见惯,毫无内涵;同时,爱与家庭的神圣体系被剥得精光,以致莎士比亚的幽默几乎失去了意义。如今在任何时候、任何情境之中都用 fuck 这个词,这根本上并不标志着解放或直面事实的精神。当然,这体现了近来发生的一些在看待有着复杂渊源的事情上的变化,变化的结果就是话语的急剧贫乏,以及相应的思想和欲望的贫乏。使用直白的语言来谈性,导致了两种降低:一是无意义、无代价的性;二是性的"物体化"(objectification),被自然科学或社会科学以非爱欲的目的加以利用。我们谈论性的"后浪漫派"话语方式,与制造性科学的企图不可分割地联系在一起,因为性科学需要一套蹩脚得难堪的技术术语,以便让医生们更放松地谈论不可言说之事。这一点既把谈情说爱(love talk)替代掉了,又导致情色被简化、被取消。现在,爱与情色这两套相反的生动语言,相会在这两者之间苍白暗淡的区域,各自的特性都丢尽了。① 情色与科学话

---

① 在所有领域,我们的语言大都经历了这一改变,以致完全没有真正原创的大众话语,大众话语总是充满了"楷模"、"价值"、"感召力",以及许多其他与真实经验毫无关系的词儿,我们根本无法通过这些词儿了解真实经验。同时也根本没有雅致的话语,能通过细致、微妙的描绘来透彻地表达各种经验。这样雅致的话语早已被抽象的术语代替。

语竟变得完全相同,不管哪一个,都与描绘真实世界关系不大。①一个现代的、理论化的视角的成功,从爱欲的领域里除去了想象力。这是现代羞怯史(the history of modern timidity)的另一章节:爱被砍掉了危险性,持刀人们还以为自己献出了知识上的真诚或本真。

真正的问题不是我们有太多的情色,而是我们缺乏有想象力的情色。竟没有词语可用来表达爱欲经验可能的丰富性——我不是说表达我们实际的爱欲[23]经验,我猜,实际的爱欲经验会比我们用以描述它的词更平板。令人惊讶的是,相比之下,莎士比亚却有那么多词语和说法,令我们想到自己本性中的、对我们来说无比珍贵的那一部分。他不仅能教导我们如何优美风趣地言说性,而且还能帮助我们更加严肃地研究这个现象,因为他没有事先替我们把这个问题僵化,或者用各种意识形态将其过滤一遍。他的情色绝不是简化论的(reductionist),也没有把衬于事实周围的有想象力的装饰去掉。相反,它对我们在性激情控制下所遭遇的一切怪事表达了敬

---

① 对同时达到性高潮的狂热追捧——几年前非常重要的一个话题,就是所有这些的一个很好的例证。Masters 和 Johnson,穿着他们看病时的白大褂,治愈了大量期望达到这一技巧的夫妇。你能想象得到,马库修和罗密欧对此分别会做何评价。他们的喜剧和悲剧要接近现实(reality)得多。([译按]Masters 和 Johnson 这对夫妇为美国性反应研究始作俑者,并开设性失调和性障碍的诊断和治疗。他们的最大贡献(或破坏),即是将性押解进实验室,成为赤裸裸的科学研究对象。)Masters 和 Johnson,还有他们的病号们,让人想起"魔力舞蹈学校"(Murray's Dance School)及其口号——"会走路,你就会跳舞!"他们认为自己达到了尼金斯基(Nijinsky)的艺术水平。([译按]Murray's Dance School 是美国一个大型舞蹈培训连锁学校,布鲁姆的话语间对这样毫无优雅修为可言的技术速成班充满了蔑视意味,中译文亦采音译将其译为"魔力舞蹈学校"。)

仰和惊奇。

情色和爱在莎剧中的表现,表明它们是一切经验中最富兴味的那种经验的两个方面。马库修所说的"钟面上那根不害臊的指针直指着十二点钟呢"(2.4.111—112),是具有荷马式浓郁色彩的明喻,从某种意思上看,这种浓郁色彩助涨了男人的自大,但同时又将其嘲讽。马库修的讽刺,证明他是一个精明细致的观察者。班弗柳警告马库修,如此不敬地描绘罗莎琳的身体部位,还绘声绘色地说能对这些部位做什么事,这会惹恼了罗密欧(2.1.22)。当然,情色与爱的道德层面相冲突,所谓爱的道德层面,也即相信忠贞、回报以及感情的永恒性。情色还抨击一种幻觉,即被选择的那个对象是独一无二的。但是,情色并不导致人们否认自然欲爱(natural erotic attachment)的存在。它只是让爱欲吸引的全部经验更不确定,给人留下思考它的余地。莎士比亚关于性的话语,分成情色和谈情说爱(love talk),但是不管哪一种,都不像我们随随便便的情色和性科学那样没有爱欲。在这些问题上,莎士比亚十分有爱欲,但是他指出了爱欲的不确定性。朱丽叶和米兰达令人动容的纯真充满了超脱羞耻的肉欲(sensuality)。朱丽叶的身体渴望罗密欧,正如米兰达渴望斐迪南。莎士比亚笔下的情色言说者绝不为体现身体或身体欲望的龌龊。相反,他们以肉欲之美妙为荣耀。莎氏作品中没有哪里表明爱欲是有罪的,倒是在很多地方表明,爱欲反映了人性本身的某种不一致和分裂。

在《罗密欧与朱丽叶》当中,可能除了蒂巴特而外,差不多每个人都很和善,而恶人当然是没有的。善意(good intentions)随处可见

(我们不禁想起[24]贝娄(Saul Bellow)说过的"善意铺路公司"①)。老凯普莱特表现得非常像个正派人,随着年事日高,他几乎都忘了两家为何结怨,所以几乎就要与蒙塔古家和好了。他禁止蒂巴特在自己屋檐下向罗密欧挑衅生事,并口口声声转述起坊间谣传,说罗密欧品行好(1.5.63—80)。他在女儿跟前扮演暴君,蒂巴特之死带来的悲伤又煽动着他,加之他自负地以为做得了女儿的主,但是他的行为充其量只算死脑筋而不至于是恶意。至于班弗柳,他的名字就够说明问题了。② 另外还有一个无比温和的君主,他认识到,自己的温和是一种恶。罗密欧——这个情种、和事佬,信誓旦旦说自己爱蒂巴特,却染指了唯一真正有冲突意味并造成伤亡的一幕,成了杀死蒂巴特的凶手。在生活的这一个部分,真正的恨得以表达,战争占了统治地位,但这个部分却被爱口口声声的好意所扭曲。

在所有这些善意当中,劳伦斯神父的善意是最好的。他通常被看作一个有魅力、谨慎的人,一个有智慧的神父。在所有通常的意义上,劳伦斯神父的确是一个善良的人,与教民们保持着极好的关系,显然受到每一个人的爱戴,与罗密欧的关系尤其亲切。他或许是全剧中最善良的角色。我们见到劳伦斯神父时,他正在沉思自然,他对自然有某种神秘的认知。他的各种沉思,首先论证自然中的一种和谐与秩序。整个自然是按照它与人的关系来理解的,它的

---

① [译按]1984 年,贝娄接受 People 杂志采访,对罗斯(Philip Roth)的小说做了一些评论,该杂志未登贝娄对罗斯的赞美之词,好像只有批评,于是贝娄在其《纽约客》书信专栏致信罗斯,予以澄清,信的开篇写到 the Good Intentions Paving Company had fucked up again[善意铺路公司又他妈搞砸了],聊作自我解嘲。

② [译按]Benvolio 的两个组成词根分别源自两个拉丁语词,Bene[好地]和 volo[意愿]。

产物要么有益要么有害,具体要看如何利用它们。劳伦斯神父通过类比声称,仁慈与鲁莽的意志就是自然中相互矛盾的原则。这当然是与他的身份相称的一种基督徒的理解:上帝主善,人主恶。但他并不仅止于此——像似乎不可避免的那样,也没有试图驯化鲁莽的意志。他用自己配药的学问,积极扮演着上帝。他能混合各种天然的药草,服务于人的意图。劳伦斯神父不仅是一个神父,一个接受各种人告解的对象,同时他也像一个魔法师。潜藏在他的想法和行动之下的,正是主导这部戏的善良的精髓。一切都能变得和谐(2.3.1—26)。

神父谈论着自然,末了,罗密欧上场,他们的对话证明,罗密欧把神父当成自己的亲信。就像一个好神父应该的样子,劳伦斯神父对罗密欧的浪漫热情是批评的,但劳伦斯神父既是一个告解师,又是一个同谋。[25]我们不能把神父的责备太当回事,我们甚至可以说他太纵容。他身上浮现出了些微更邪恶的元素,因为他同意为这对眷侣主婚,不是因为他被两人的爱情征服,也不是为爱本身,而是他在两人的婚姻中看到了调解两个敌对家族的手段。他有政治野心,他做的是维罗纳君主本应该为重建城邦和平而做的事。他的行为等于是一个阴谋,从中利用了这对情人。他不能直接行动,因为他怯懦,并且没有世俗的权力。由于劳伦斯神父详述阴谋时,戏剧当中变故迭出,这个阴谋也就变得愈加复杂而隐秘。他先是秘密地让朱丽叶与罗密欧成婚;为了让朱丽叶逃脱父母包办的婚姻,与罗密欧同赴曼图亚(Mantua),他又给朱丽叶一种可以让她假死的药。劳伦斯神父和瘦骨嶙峋的药剂师形成截然相反的对比,为了钱,那个药剂师竟违反法律拿真正的毒药来卖给罗密欧。劳伦斯神父最终的确利用爱达到了和平,但是那一和平却是在尘世的死亡之后才到来。正如有悲天悯人之心的维罗纳君主一样,劳伦斯神父似乎代表了马基雅维利对基督教的意大利加以批判的东西。据马基雅维利的观点,尘世的和平唯有通过无情和战争才能达到,而不是通过悲悯和爱;他强烈批判神父们对世俗野心的谴责,以及他们精神的软弱。神父们对人的心灵有足够的影响,从而闹出乱子,但却没有足够的能力控制人的肉体,从而带来秩序。

在讨论戏剧的结局之前,我们应该稍假片刻,看看呈现给我们的两个例子,那就是劳伦斯神父的神职修辞。罗密欧获知自己被放逐,赌气要自杀,劳伦斯神父就建议他找哲学帮忙,但这个建议并没有成功。这个建议既然碰壁,神父便又列出罗密欧处境的各种优势和可能性——放逐比死好多了,按照法律要判死刑,但仁慈的公爵从中调停,才改成了放逐,如此这般。罗密欧告诉神父,像他那样的人——指他的独身生活——怎么也不可能理解自己面临的境况。整个这段话很显白,没什么新意,但却可能是我们任何人在同样情况下会说的话。中途撞进来的奶妈,听到神父的话便感到喜悦,她赌咒说:"这番话,多合情合理,叫我听一夜/都行。啊,真正是有学问的人啊!"奶妈是典型的神父的听众,一个无知的农妇,神父的声响都让她欢喜。但是,神父最终说服罗密欧,只因为他已安排好了罗密欧的春宵第一夜。[26]罗密欧预见到巨大的喜悦,便受到鼓舞,暂时忘了自杀(3.3.54—174)。

劳伦斯神父还说了另一席话,安慰痛失亲人的凯普莱特一家,这番话是一套标准的安慰之词,听起来近乎喜剧。凯普莱特家的人以为朱丽叶死了,但是神父和我们都知道她还活着,并且都期待着会有一个欢喜的结局。神父告诉凯普莱特家,一直以来,天堂就是终点,它就在远离这不幸尘世的地方。这里的意思,恰好与他告诉罗密欧生远比死好的时候传达的意思相反。除了这一决定性的矛盾,神父从他那装满常识的大箩筐里抽出来的这一则短小的说教,也突出了他修辞中的空洞与心机(4.5.65—95)。

不管劳伦斯神父当初该不该利用自己超越家庭和超越政治的权力来主持圣礼,让罗密欧与朱丽叶结成夫妻,他都实在应该背负指责,因为在蒂巴特死后,他所施的精密计谋,使得这桩婚事更加难以得到认可。如果神父真想果敢而直接地行动,那么就有两件事是他本应该做的。其一,只需鼓励朱丽叶和罗密欧一起私奔到曼图亚,或别的随便什么地方。他本来不必受制于命运女神掌控下的诸多偶然,就能达到与用药相同的目的。另一可能是,来到两家人面前,告诉他们自己所做的,不管他们愿不愿意,罗密欧与朱丽叶已是夫妇。这个做法可能会让神父很厌恶,正如朱丽叶喝假死药前心生恐惧时所想到的那样:

> 如果这是毒药呢?是神父私下配好了,
> 存心叫我死,免得明天的婚礼
> 败坏了他名声,因为他早已把我
> 和罗密欧结为夫妇。我怕是这回事;
> 可是再一想,未必吧——他一向被公认
> 是一位有德行的圣人啊。(4.3.24–29)

那的确是药,而不是毒药。不过,朱丽叶确实触及了神父的尴尬处境。这个药最终无异于就是朱丽叶的毒药。神父设计这个计谋,原因是他太怯懦,不敢公然行事。

[27]人们不得不问,除了父母和其余相关的人寻找到的将会是一具尸体而不是一个鲜活的姑娘这个事实,我们究竟该从整个假死

事件中得到什么。朱丽叶的身体消失,正如她灵肉统一体的消失一样,会引起各种问题。事情的经过就是,一位年轻小姐,为着自己婚姻的问题来到了告解牧师的跟前,牧师凭藉神秘的自然知识设计了一个奇迹。明白地说,这个奇迹就是一次复活。神父或许以为,这个奇迹会让每个人感到惊异,于是人们就会接受朱丽叶对家庭的不忠,以及她选敌人为爱人的事实。神父指望着大家的轻信;在失去马库修之后的世界,这会容易得多。莎士比亚没有允许这个奇迹自由地呈现给这个世界,但神父若是真的成功了,这个世界该会作何看法,想想这个问题将是件有趣的事情。

这个奇迹失败了,因为罗密欧对此安排不知情。他听说自己的至爱死了,但根本没有得知她的死仅是假象,因为约翰神父①羁留维罗纳,根本没有抵达曼图亚。劳伦斯神父没有告诉过约翰,这封信多么重要,虽然我们不清楚,约翰是否再想想办法本就能够将信送达罗密欧手中。约翰神父显然没有格外尽力,确保信函抵达目的地。命运凑上缺乏远见,又或由于劳伦斯神父因怯懦而不愿把信函的内容和紧急性告知约翰神父,于是便导致了悲剧。罗密欧风风火火赶回来,杀掉了好心的帕里斯(Paris),他相信目之所及便是爱人香魂已去的身体。要是他不这么冲动,或者不要这么相信表象,可怕的结果就可能避免;设若如此,他也就不是他所是的那样一个情人了,毕竟那些表象确实非常有说服力。

劳伦斯神父要是快些来到坟墓前,也可能就防止了悲剧的发生。然而,他没有想到,罗密欧听说了朱丽叶的死讯。他只想到要

---

① [译按]劳伦斯神父差约翰神父送信给罗密欧,以告知假死之计,但约翰神父对信的内容全然不知。

在四十二小时后——这与耶稣从受难到复活经过的时间相同——朱丽叶苏醒之时,准时出现在那儿,这个时间是他早已掐准的。结果,神父发现那可怕的一幕,朱丽叶醒过来,神父把发生的一切告诉朱丽叶,这时恰听到钟声响了,神父不想被抓住,便匆匆告诉朱丽叶,说会把她托付给一个女修道院,这仿佛背弃了神父亲自许下过的[28]所有的尘世希望。之后,神父犯下一个不可原谅的罪过,那就是撇下朱丽叶,自己跑了——在那样一个时刻,让朱丽叶自行其是,显然就是任她去寻短见。神父就是应该担起职责,防止朱丽叶自杀,尽管诗的必然性(poetic necessity)可能要求她自杀。这是对劳伦斯神父兼力量与软弱于一身的个性的最后结论。劳伦斯神父简明的告白似乎诚挚,但是他显然认为自己的好意可以为自己开脱。并且,他以为受到突如其来的钟声的惊吓是离开朱丽叶的充分理由。神父是神学政治领域的一个值得研究的对象,传统上把他当作一个好心的智慧老人来理解是不够充分的。他对爱与死的关系秉持着一种奇怪而自相矛盾的观点,一种非此即彼的看法,让人无法相信他有"三分之一的想法"围绕着坟墓。

这一对情人想要单凭爱而活,至少眼下他们完全有条件这么做。"名字究竟代表什么?"一旦是蒙塔古和凯普莱特这两个名字,而这两个家族又都住在意大利,这个问题就是很值得问的。或许,莎士比亚是想向我们展示,不能改变自己的本性以适应习俗的情人们,对幸福的条件总是一无所知。但这部戏里有充足的证据表明,现代意大利因其帝国的历史——它的孱弱而又相互独立的各个城邦,以及在莎士比亚笔下重生的、基本如马基雅维利所描述的它的宗教——也有一些自己独特的东西,一些影响了人性的永恒层面的东西。炫目的身体与坟墓中的白骨之间的鲜明对比格外无情地揭开了愿望与现实的面目,而劳伦斯神父的角色更加深了这一印象。普洛斯彼罗深谙这样一个现代意大利,并深受其政治中的诡计阴谋所害。如果斐迪南和米兰达相遇在这样一个意大利,而不是在普洛斯佩罗的岛上,他们恐怕只会是另一对罗密欧与朱丽叶。普洛斯彼罗能操纵一切,但是真正的意大利绝没有他这么一个人。马库修只要存在,就是一剂管用的解毒药,因为他的不虔敬和情色,也因为他熟知,麦布女王(Queen Mab)取悦情人们和神父们的典型激情。当他离去后,爱与神父之间的联合正式稳固下来。在这个节点上,我们必须就此放下这幅描摹爱的魅力和脆弱性的图画,去思考一下发生在古代意大利的一桩爱情。

第二章　安东尼与克莉奥佩特拉[①]

[29]莎士比亚是第一位历史哲人。他自觉去理解各时各地男男女女们的心灵,始终在探究人类本性的永恒问题如何得以解决,关于什么是好的生活有哪些争执不下的观点。他戏剧中的人物矛盾,总是带着人物特定地点特定处境的色彩。在商业城市威尼斯,唯利是图产生包容,使我们得以更好地观察外邦人和邦民。在英格兰,对合法王权的竭力争取,影响着莎士比亚最重要人物的愿望和行动。曾赴薇藤堡求学的人([译按]指哈姆雷特),带回一些神学教义,期望整顿丹麦的腐朽现状,但终至失败。莎士比亚的最后一部戏《暴风雨》描绘了他的乌托邦,其实就是一个"乌有地",背景设在一个岛上,亦即舞台上,超越了各种现实政制的限制。对于解释莎士比亚来说,手持地图和年谱总会有点帮助。莎士比亚是最广博的艺术家,如果有谁想要理解其宏旨,我不知他是否只能从时代背景的角度去看待莎士比亚的戏剧。莎士比亚是一位优秀的史家(historian)而非历史主义者(historicists),他需要历史知识,不是要对此时此地媚颜相迎,而正是为了从中解放出来;他需要发现其他历史背景所体现的各种可能,为的是生活在此时此地而不至于牺牲

[①] 本章引用莎士比亚《安东尼与克莉奥佩特拉》,均括注标明,M. R. Ridley编,Arden edition(1954;rpt. London:Routledge,1988)。

[30]自己的人性潜能。这就是历史,是发现而非压抑永恒之物的方式。

对莎士比亚来说,最重要的历史差异是古人与今人之间的。莎士比亚有着复兴古典的文艺复兴式激情,有着对希腊罗马哲学、政治和艺术的文艺复兴式理解。古人对我们今人诉说着什么?我们能否再次从他们那里获得启发?当被遗忘的古典世界之美开始震撼意大利最富兴味的心灵那一刻,这些就成了最迫切需要回答的问题。这一阵文艺复兴的和风颇费周折才吹到英格兰,莎士比亚终于能够迎风畅想、思量,让它拂过本国的大地,丈量自己对人的总体理解。古典与现代之间最重要的不同当然就是基督教。古代美德在基督教的标尺下成了"盛恶"(splendid vices)。这两种相反的道德观,在当时最富兴味的男男女女们的心灵中造成了一种极端的张力,在各民族目标之间或许还造成了一种有效矛盾。只要我们不想当然地认为,它们只是特定历史时刻的稍纵即逝的意识形态,而是努力认识到,它们是影响深远、始终切合现实的选择,至今潜伏在各种其他事物之中,持续地影响着我们,只要有这样的认识,那么我们也能进入这个最富兴味的世界。是《圣经》还是亚里士多德的《伦理学》或柏拉图的《王制》,是普鲁塔克的英雄们还是先知和圣人们,这样的选择对我们来说,就像对莎士比亚来说一样鲜活。莎士比亚用现代装束在舞台上展现他的人物,这可能不假,但是他的人物却以一副古代的灵魂出现,这样的一副灵魂正是莎士比亚通过阅读普鲁塔克、荷马以及其他所获得的。莎士比亚通过模仿这些人物,从而理解他们,从而令我们也得以理解他们。在这些人物身上,我们看到了对我们来说最富兴味也最为不同的过去所具有的各种优点与弱点。

莎士比亚以普鲁塔克的《安东尼》为直接素材,写成《安东尼与克莉奥佩特拉》,这部戏中呈现的那种爱,与我们在《罗密欧与朱丽叶》中所见的爱极为不同。相对而言,我们在《罗密欧与朱丽叶》中领略的是一对青涩少年的小镇恋情。在《安东尼与克莉奥佩特拉》当中,我们领略的是两位世界级历史人物,他们身处的舞台在当时就是整个世界,而他们也绝非懵懂少年、情窦初开。我们很应该记住,在莎士比亚时期,英格兰的辽阔疆土仍在萌芽之中,在此之前,罗马就是人们所知的最非凡的政治成就——[31]四百年的共和政制,之后又是好几百年的帝国统治,帝国最后一抹倩影①的逝去——karisers 和 tsars,亦即恺撒们,纷纷被赶下皇位——也才几年前的事。罗马人无可匹敌的军事美德,使他们征服了所有已知的疆土,并找到了让征服成果永存的公式。

在这部戏剧发生的时刻,共和国已被摧毁,正如莎士比亚在《裘力斯·恺撒》中所刻画的形势,当时的重大政治问题是谁将成为这个帝国(完全等同于我们所说的"西方")的唯一统治者。这一政治问题在这部戏的情节中得到解决。共和制与君主制之争这个原则问题,已经在《裘力斯·恺撒》中得到最终解决。关于何为最佳政府形式,已无任何争议,问题只是哪一个人具有成为全球唯一统治者的决心和审慎,最有政治野心和前途,并且为任何其他历史人物所不能及;其他历史人物中大概多数都奢望过,但没有一个真正接近过这个高度。需要注意的重要一点是,阿克提姆之战,即渥大维最终战胜安东尼的战役,恰好发生在耶稣出生以及与之紧密相连的新型帝国之前三十一年。新帝国逐渐将旧帝国安营扎寨之地夺了

---

① [译按]指"神圣罗马帝国"。

过来。剧中有两对关系：一对敌人，即渥大维（后来的奥古斯都）与安东尼；一对情人，即克莉奥佩特拉与安东尼。安东尼是两对关系中的共同要素，这体现了剧中演绎的游戏风险之高、赌注之大。在此之前或之后，爱从未真正有过与世界统治权平起平坐的分量。"让罗马融化在台伯河里！"（1.1.33）安东尼在戏剧开始时这么说。这不是无意的话。罗马可能是他的，而至少有那么一刻他认为自己根本没有对手，认为爱无与伦比、更值得选择。帷幕一拉开，观众必定被这壮阔的姿态及其昭示的实力所震惊。整个世界——真真切切是整个世界为着一个女人呵！许多男人在谈情说爱的时候都随意说过这样的话，但是除了安东尼，没有谁能证明自己说的话当真。这部戏将政治的和爱欲的想象力推向了各自的绝对极致。

　　与普鲁塔克的安东尼相反，莎士比亚的安东尼让我们禁不住——至少短暂地——也对这样一种爱充满了欲望。普鲁塔克不愤慨，但是态度轻蔑，而[32]莎士比亚则诱惑我们。安东尼饮着毒酒，但是呵，这毒酒多么甜美！《安东尼与克莉奥佩特拉》说着莎剧中最华丽的语言。但是，它的情色意味并没有《罗密欧与朱丽叶》浓厚，尽管其中弥漫着更浓的爱欲。马库修的情色对于古典世界应该算不得陌生，但却比人们在《安东尼与克莉奥佩特拉》当中所见的狂野得多，或许是因为罗密欧的爱太甜美、稳妥，必然烘托出这种效果。马库修和以诺巴布（Enobarbus）都善于揭露。以诺巴布大胆地向我们夸耀克莉奥佩特拉多么美貌（安东尼："但愿我从没看到她！"以诺巴布："啊，主帅！那你就要错过一件神奇的杰作啦，失去这样的眼福，那你跨洋过海也是枉然啦！"[1.2.150 – 153]），而马库修却没有向我们诉说过任何此类值得极度向往的独特之美。《安东尼与克莉奥佩特拉》散发着罗马帝国极端异域的东方艳香的恶浊味儿。这显然是一个已经——严格来讲——堕落了的罗马,它囫囵吞下一整个世界的丰富多样的文化却无力消化,看不到未来,也失去了曾使它飞上如此高度的动力。这已不是我们在《克里奥兰纳斯》当中看到的那个罗马,在那里,勇敢和节制就是一切。这个罗马已是一个花园,异域之花尽情怒放,而土壤却已变得稀薄。这个丰产的春季之后,再也没有一个休养生息的冬季。这是一部提醒我们记起古代世界的人之美,又让我们遗憾其凋败的戏剧。

再次回味莫米里亚诺的话,这个古代世界鲜活地存在着伟大的爱若斯神,而没有卢梭及其浪漫派追随者们试图向非爱欲的布尔乔亚世界重新置入的对爱若斯神造作的模仿。基督教内充斥着一种可怕的指责,其矛头直指这位被罢黜了的神。但是,即便那些像马基雅维利一样,试图为人重建这一统一、填平应然与实在(the ought and the is)之间鸿沟的人,大致也情愿将这位神当成了祭品(sacrifice),①而不是重整古风,向他献祭。马基雅维利写了一部了不起的情色喜剧《曼陀罗》(The Mandragola),也与药有关,其情节事关一个为蒙骗性无能的年迈丈夫而设的阴谋,由一个马基雅维利所赞扬的拥有政治美德的长官的代表人物一手操纵。但是,这部喜剧表明,马基雅维利的政治视野多么缺乏爱欲,因为这部戏的爱欲主题仅是为了说明一个完全政治的教诲,这一教诲无非是关于意大利政治的无能,修士们的软弱和腐败,以及为那些懂得如何利用欺诈的[33]潜在统治者们而存在的机遇。此处,情色无关爱欲生活,仅描绘政治生活。当我们从马基雅维利转向他最杰出的学生们——培根、斯宾诺莎、笛卡尔、霍布斯和洛克,我们就会看到他们吸收了马

---

① [译按]sacrifice,"牺牲",或"舍弃"。

基雅维利的教诲。不论是赫赫声名,还是安逸的自我保存,都与爱欲无关,它们是马基雅维利认为的人的首要动机。我认为——并且有强有力的内部证据证明,莎士比亚很理解马基雅维利,并从这位大人物身上获益匪浅,但是,正如《暴风雨》所示,莎士比亚笔下最有智慧的统治者,动用对美的爱欲,以作为自己继承人的根本动机。《安东尼与克莉奥佩特拉》则证明了,莎士比亚为什么不允许为了政治目的将人简单化。莎士比亚显然想要促进政治的功效和对荣耀的热爱,但是,正如在许多其他事情上,他致力于保存人的现象(phenomenon of man)。为了能将这一现象描绘出来,他搜索遍了最好的地方。安东尼对克莉奥佩特拉的毁灭性激情是这一现象中的一个重要部分。莎士比亚既再现了一种冷峻的政治关切,也再现了一种与爱欲的共鸣,只有柏拉图在《王制》和《会饮》谜一般的关系中对二者有过约略暗示——《王制》显然只关乎政治,而《会饮》显然只关乎爱。

据柏拉图的理解,人类灵魂的脊梁是血气(spiritedness)和爱欲——血气即战士的激情,爱欲则是情人的激情。安东尼兼具这二者,它们正如《斐德若》中描绘的两匹驭马,①似乎难于共戴一套马具。此处的爱与基督教背景下的爱一样含混,不过其含混是以别的方式体现出来。单纯的肉欲——如果不让它失控——会比爱更加温和,因为那就不是贞洁与犯罪之间的问题,而是政治与爱的问题。安东尼的故事,是关于政治与爱的最高矛盾,政治与爱同他一起长久地告别了世界,或许直到莎士比亚自己的时代。这并不意味着,安东尼之后再无战士或情人,虽然罗马只剩下机构规章而无统治,

---

① 柏拉图,《斐德若》,253d – 254a。

只剩下性的堕落而无爱。不过,这的确意味着,在席卷世界的新天道(the new dispensation)之下,战士和情人都变得更加问题重重,我们再难见到这二者以其纯粹的形式出现,更别说集于单个人的灵魂之中。[34]莎士比亚向我们表明,安东尼就是古典世界的终结。他据实描绘出一幅图画,描画出它的光鲜,也不落下它的污点,意在让我们充满同情、敬慕,甚或怀旧之情——如果这是莎士比亚率意沉浸其中的一种情绪。

我们见到这一对闻名遐迩的情侣,首先是通过安东尼的战友们。这些人都是安东尼的崇拜者,我们之所以愿意向着安东尼,这是一个主要原因。这些坦荡的壮汉敬仰他、爱他。他们最了解他,所以你可以观其友而知其人。这些朋友们坚定地认为,安东尼被他的爱情毁了。他的情况并不是说,他仿佛是个罪人,而是一个伟大的战士好像失掉了战斗精神,"甘心充当风箱,做一把扇子,去扇凉/那吉普赛骚娘儿的欲火!"(1.1.9 – 10)。这完全是一个战士对另一个战士的评价,正如帕里斯(Paris)离开战场回到海伦的眠床时,赫克托(Hector)对帕里斯的评价一般。① 拿安东尼与帕里斯相比,乃出自普鲁塔克本人。② 当然,两者的差别是,安东尼曾是——在某种程度上依然是一个伟大的战士,这一点是不同于帕里斯的。正如以诺巴布告诉安东尼的,不管怎样,这些战士们并不特别在乎安东尼拈花惹草,只有干这些事妨碍了重大事务的时候,他们才会反

---

① 荷马,《伊利亚特》,卷三,行 31 – 56;卷六,行 281 – 334;卷十三,行 765 – 775。

② 普鲁塔克,《德米特律斯与安东尼对比》(*Comparison of Demetrius and Antony*),第三章。

对。套用亚里士多德的说法就是,安东尼受到不节制的牵累,这在很大程度上并非对不节制本身的评判,而是从它对安东尼正常行动能力的影响上做出的判断。此处的范畴是恶(vice)而非罪(sin),而这个恶可能与豪放的精神联系起来。爱似乎不只满足肉体,还标志着被爱擒获之人所具有的亲切的人性优点。渥大维——他唯一的敌人——就被刻画成完全非爱欲的。安东尼对批评者们的回答是胜者的姿态:

> 让罗马融化在台伯河里!让广袤帝国的高大拱门
> 都倒塌吧!我的天地在这里。
> 那许多王国,一堆粪土罢了;那臭烘烘的大地
> 养育人,也养畜禽兽;生命的荣耀
> 就在于这么干,趁你恩我爱的这一双——
> 多么好的这一对,还能够寻欢作乐。
> 我要向全世界宣告,我们是卓立无比的
> 谁敢说声不,就叫他知道我的厉害!(1.1.33–40)

[35]他使用了一个更高的视角,从这个视角看来,罗马就显得渺小了。这不只是爱的视角,还有些类似以新信仰看待罗马的保罗的视角。罗马在政治成就上达到的这种进程——历经四百年的隐忍坚持和抛洒热血,一旦取得——就变成情人安东尼和基督徒所共有的东西,而莎士比亚在这两者的共同点上尽情发挥,虽然安东尼与保罗各自对罗马的轻蔑态度的原因大相径庭。这部悲剧散发着正在发生的世俗革命的气息,当时,古典世界已达到顶点,现代正在诞生。占卜者预言着异样的崭新未来,夏蜜安(Charmian)希望"五十岁生下一个贵子,犹太的希律王都要向他低头致敬"(1.2.27 –

28)。太监——克莉奥佩特拉居住的东方所具有的奇怪风物之一——坦承,他只会做体面的事情,但却想可怕的事情。渥大维自己也宣称,满城遍飘橄榄枝的日子就要到了,普世的和平即将到来。安东尼和渥大维都是新秩序的先驱,不过安东尼的新秩序是爱,而渥大维的新秩序是和平。在高潮部分,士兵们听到地下的号角,他们说,这号角标志着安东尼之神赫拉克勒斯的离去(4.3.15-16)。新的诸神绝不会眷顾安东尼,他们将替代赫拉克勒斯的位置。安东尼失败之后,他的东方就是新宗教将要升起的地方,那个充满奇迹可能的世界一角。

同时,安东尼和他的所有朋友们在埃及都过得安逸。他们畅饮、狂欢、纵情享乐。对他们来说,这是地上天堂。君威赫赫的安东尼和克莉奥佩特拉夜里漫步街头、暗窥寻常百姓之乐的图景实在美妙诱人。但是,安东尼显然是个分裂的人物,对自己疏于过问帝国职责感到不甚泰然。他不像后来的皇帝们,那些都是穷奢极欲却又社稷无虞之人。安东尼不是个恶魔君主,但也不是唯一的统治者。还有大量清除工作要做。他总是处于戒备状态,难有克莉奥佩特拉或他们自己的任一个侍臣身上所见的那种欢快。安东尼的朋友以诺巴布从安东尼的狂欢作乐中得到极大的乐趣,只有当安东尼让女人干涉严肃的工作时,以诺巴布才对他投以抱怨。安东尼似乎自始至终都明白,他与克莉奥佩特拉的关系是致命的,但总是像他所说的那样,"我的欢乐却是在东方啊!"(2.3.39)这种逃避责任的意味[36]让他在渥大维面前显得孱弱。他大方地承认自己的罪疚,并同意改正自己的行为。他像一个面对家长责备时认错的孩子。他似乎忘了自己职位的威力——莎士比亚所主张的一种威力。他是唯一真正的斗士,三巨头中真正的将军。他有忠诚的军队,即便犯下一个又一个错误——比如除掉小庞培(the younger Pompey),他仍然可以打败渥大维。但是他的精力被爱耗尽了,他的自信也被耗尽了。莎士比亚几乎把安东尼的失败全都归咎于他对克莉奥佩特拉的爱。

安东尼在美德和恶德上都是一个超常人物(outsized character)。他贪婪地觊觎荣耀和爱的一切最丰富的经验。他曾经是权力争夺战场上的冷面英雄,如今,他依然能够披挂上那身冰冷的铠甲。他渴望荣誉,但是对于许多平常的体面却不拘小节。他在政治上不择手段,个人生活放荡,这是共和晚期的典型。他的行为就像一个奥林波斯神,超越道德美德的界限之外。几乎没有比安东尼更不纯洁的英雄了,但是莎士比亚竟给了他这样的同情。莎士比亚把安东尼刻画成一个超凡的典范,他所体现的是坚定不移忠于朋友、不折不扣仇恨敌人的古典道德。莎士比亚讨厌说教,所以他能够如此严肃地对待这种古董类型。

安东尼与克莉奥佩特拉对彼此都着了魔,一点不加掩饰,不愿错过纵情交媾的一分一秒。这个行为本身以及他们行此事的方式应该是对他们的至高统治权的祭奠。我相信,莎剧中再无另一个类似的没有婚姻的爱被如此充满同情地刻画出来。这是一份毫不矜持的爱。我们必须记得,安东尼是一个已婚的人,他的妻子富尔维娅(Fulvia)是个厉害角色(quite a force of nature),竟能单枪匹马不断挑起内战。安东尼希望她死掉,但也禁不住钦佩她。她死的时候,安东尼至少有那么一刻惋惜。克莉奥佩特拉无休无止地借富尔维娅来折磨安东尼,当听说富尔维娅已死,克莉奥佩特拉竟说出惊人的一句:"富尔维娅能死得了吗?"(1.3.58)她疯狂地要求得到整个安东尼,但是罗马人富尔维娅所代表的东西在安东尼的身上永不会逝去。安东尼与克莉奥佩特拉的爱是为爱而爱的完美例子——至少对于安东尼来说是这样,因为除了爱本身的好处,这份爱决不能给安东尼任何别的好处,而婚姻或子嗣的可能从来没有被考虑过。他们的爱简直无法无天,但不可否认,他们的爱令人敬仰。

[37]两人的爱没有习俗支撑,就可能会有各种疑虑和恐惧,安东尼与克莉奥佩特拉之间的爱情正是由于这样的疑虑与恐惧而被撕裂。他们两人以往都有过许多的爱。安东尼与另一人缔结了婚姻这个事实,是克莉奥佩特拉埋怨他的一大主题。克莉奥佩特拉丝毫不羞于散播自己的情史,说自己曾在权利争夺当中与安东尼的两位伟大前辈有染,一个是老庞培(the elder Pompey),另一个是恺撒(Julius Caesar),甚至还为这两人双双生下后嗣。克莉奥佩特拉的动机尚不明确,堂堂埃及皇后竟乐于讨好她的罗马征服者。安东尼的行为则证明,尽管他有过不忠的前科,但他现在只与克莉奥佩特拉有关系。爱欲把安东尼整个儿地呈献给了克莉奥佩特拉。他或许会出于纯粹的私利或自己的责任意识想和克莉奥佩特拉分手,但是无论他的动机多强,他毕竟做不到这一点。我们可以对克莉奥佩特拉始终保留一些怀疑,但是一个不可推翻的印象却是:克莉奥佩特拉也被无法控制的激情牢牢困住了。克莉奥佩特拉身上绝对没有朱丽叶那样的单纯的自信和坦率。纯真于她已是遥远的过去,她无法相信彼此间的吸引力能永葆青春。她无休无止地、费尽心机地折磨安东尼,让安东尼无时不紧绷着一根弦。这倒不算是自尊心(amour-propre)的游戏,但是克莉奥佩特拉让安东尼始终担待着她的心情好坏。要是安东尼欢快,克莉奥佩特拉就会伤心;要是安东尼伤心,克莉奥佩特拉就会欢快(1.3.1-12)。这不是深受现代敬仰的自信而乐于给予的爱。这是彻底自私的爱,这样的爱或许更准

确地揭示了爱的真实本质:爱是一个人对另一个人的疯狂的需要。每一方都要求得到整个儿对方,这种暴虐的性质验证了把双方捆绑在一起的可怕的枷锁。克莉奥佩特拉埋怨垂死的安东尼说:"你抛下我不管了吗?"(4.15.60)依我看,克莉奥佩特拉这句话,比无私的悲痛和哀悼更像有力的爱的宣言。各自都被无法逃避的需要引向对方。他们对彼此的爱慕意味着,不管结果如何,他们都必须占有对方。他们的爱是比其他任何东西都强烈的一种饥渴和占有欲。极少有哪对男女能够拥有如此自私的忘我。

克莉奥佩特拉背着安东尼所做的安排,以及为了更深地控制安东尼而耍的把戏,验证了安东尼的诸多品质。克莉奥佩特拉操纵起安东尼来是个炉火纯青的演员。她毫不内疚地不断削弱安东尼对妻子以及罗马的感情。她就是为了证明,不论是妻子还是罗马,对安东尼来说都一钱不值,克莉奥佩特拉用她那吞噬一切的烈焰将安东尼的妻子以及罗马祭献了。落在克莉奥佩特拉的手中,根本容不得你谨慎地权衡各种想法。她要求一切,并清楚地表明,[38]只有一个严酷的选择:要么是她,要么是她以外的一切。安东尼必须与富尔维娅决裂,以证明自己甘心拜倒在克莉奥佩特拉裙下亲吻她的双脚。然而,当他真的希望与富尔维娅决裂之时,那就证明他是一个背信弃义之人。克莉奥佩特拉的仆人提出警告,说她做得太过分,她却回答,她懂得怎么捕获并牢牢抓住猎物。她很可能说准了。克莉奥佩特拉身上如此复杂地混合着机敏与愚拙,实在难于选择该怎样解释她:究竟是她疯狂地爱着安东尼,还是另一种可能——她只是喜欢做这位皇帝头上的王。我相信,各种证据更倾向于是她疯狂地爱着安东尼,但是对此存疑对于安东尼和我们来说都很重要。总的来说,安东尼好像是了解她的,他在想到自己的职责的时候,就像抽鸦片的人想戒烟一样希望得到解脱。克莉奥佩特拉是一位设陷阱捕猎崇拜者的东方女神。只有当她想让那些崇拜者——尤其是罗马的统治者们——皈依对她的崇拜时,她才会行动。这些统治者们因她的美貌,以及她的美貌所承诺的享乐而被吸引。这种关系类似于人与神之间的关系,只不过这种崇拜是对美的崇拜。在这一层含义上,克莉奥佩特拉一如旧时的神们。

克莉奥佩特拉阴晴不定的情绪有着让人震惊的真挚。要是在当今,她可以称作具有真正的或者浓烈的个性。只有一个乏味的或者完全非爱欲的人——比如渥大维,才能一刻也不被她诱惑,要不然,他就是为了更要紧的考虑而将自己一团蠢动的火焰给掐灭了。或许,克莉奥佩特拉最令人讨厌的时候,只有她坚持参加阿克提姆之战结果又逃战的那一回,即便那个时候,她也充满吸引力……在早前,当安东尼必须赶赴罗马而被她百般刁难的时候,她恢复了神智,认识到局势的必然性,她说:

> 好殷勤的大爷,一句话:
> 大爷,既然你和我必须分别了——
> 不,这话不是那么说;大爷,你和我
> 曾经相爱过——不,也不是这么说;
> 你心里很明白,我想要说的那句话——
> 唉!我这坏记性十足成了安东尼:
> 把什么都忘个干净!(1.3.86–91)

对于相爱的男女,每一次分离都是小小的悲剧,让他们想到死亡,想到有些人身体与灵魂紧紧相依,本以为永世不会分离,结果只是幻觉,最终依然招来意料之外的分离。当克莉奥佩特拉独自一人时,她自豪地回忆安东尼,尽想到他的好处,那是超过了庞培和恺撒的好处,她虽爱过庞培和恺撒,但"那时候我稚嫩、不成熟,还不懂得/火辣辣的感情"(1.5.73-74)。使者带来消息,安东尼娶了渥大维娅,克莉奥佩特将信使痛打,这是典型的迁怒于人的例子,符合她那压倒理性的王者权威,[39]更加表现了她与古老诸神的相似。虽然使者提醒她,"我只是带来了消息,并非我做的媒啊",侍女夏蜜安也说使者是无辜的,但是克莉奥佩特拉却声称"无辜的人有时也逃不过天雷的轰击"(2.5.67,77)。按照霍布斯的说法,古老的诸神不是因为他们的正义而受到崇拜,而是因为他们的权力,克莉奥佩特拉的行为肯定了这一说法。①

克莉奥佩特拉频繁地用到一种似乎无需神秘掩饰、朱颜半露的情色语言。"幸运的马儿呀,把安东尼驮在你的马背上!"(1.5.21)"快把你满肚子消息一齐灌进/我饿得发慌的耳朵吧!"(2.5.24-25)克莉奥佩特拉的一次抱怨,暗示了她与安东尼不同并且不同得令她无力更改的根源:"但愿我也像你多长出那么几寸,/好叫你看看埃及也有颗勇敢的心。"(1.3.40-41)对她来说,心与器官表明的是同一回事。她的性隐语不同于《罗密欧与朱丽叶》中仆人们的话,因为仆人们的话不过是与现实无关的肮脏想法;她的这些隐语也不像马库修式的去魅的猛刺。她的这些话是对她的最高存在方式的最完满的表达。她本身就是爱欲。莎士比亚对女人的兴趣和品味何其之深啊!在一个极端,他献给我们朱丽叶和米兰达,在另一个极端,他又献给我们克莉奥佩特拉,而在这两个极端之间尚有惊人的多样性!与此相比,那浪漫主义的

---

① 霍布斯,《利维坦》(*Leviathan*),第一部分,第十章。

想象力也相形见绌了。

《罗密欧与朱丽叶》中,主要人物的美都是由人物本人来证实,但是《安东尼与克莉奥佩特拉》却不同,其中有一个以诺巴布,他是个直言不讳的大实话家,也恰好是一个明理人的典范(model of bon sens)。他告诉阿格里帕(Agripa)和我们,克莉奥佩特拉如何"在西德纳斯河上把他那颗心装进自己的腰包"(2.2.186-187),这一席话堪比任何语言写就的最美妙的诗句。以诺巴布把克莉奥佩特拉初次乘着那闻名的游艇降临时的光景描绘得出神入化。莎士比亚早就遵循了莱辛的准则,即诗歌在表现身体之美时的局限性。莱辛主张,绘画无法有效地表现荷马所描绘的海伦之美,不像那些已入老年、曾因她吃尽爱慕的苦头、但依然能被她激起欲望的人亲眼所见的那样。莱辛声称,一幅模仿《伊利亚特》中这个场景的绘画,只能表现一群老迈的好色之徒望着一个蒙着面纱的女人。伟大的古代艺术家们为了表现[40]这一场景,便竭尽艺术之所能,造了一尊最美的裸体女人像。这其实就是视觉上的诗。雕塑家无法重现行动,但必须呈现诗人所说的精髓——超绝之美的印象。同样,诗人无法停止叙述——叙述根本上是处于运动中的——列举出海伦的身体各部位,但是这无论如何也不能与感知完整的形式相比拟。这就需要读者无情地往里添油加醋,与实际看到超凡美人的直接经验迥然异趣。诗人如果想与雕塑家竞争,他就必须置入经验,而他希望的是把经验表现为行动、对他人的影响,以及其他种种。① 以诺巴布这样描绘克莉奥佩特拉的航船的抵达,以及它行驶的壮观景象:

---

① 莱辛,《拉奥孔》(*Laocoön*),第20-22章。

> 桨是白银的,
> 随着悠扬的笛声,划破了碧波;
> 那浪花,像受到了爱抚,
> 如痴如醉地追随着银桨。(2.2.194–197)

我们焦急地等待着对克莉奥佩特拉本人的描述,但是听了之后,我们又欣悦,又沮丧:

> 她本人,
> 美得简直没法好形容!
> 只见她斜躺在锦绣的帐篷底下,
> 比栩栩如生的维纳斯画像还娇艳。(2.2.197–201)

莎士比亚抵制住诱惑,拒绝做他的那门艺术不擅长的事。相反,他让我们想一幅画,此处即是在请我们想任何一个我们曾见过的漂亮女人或女神的画像。

上边那段引文,包含着莎士比亚对艺术与自然之关系的最有意思的反思之一。这种反思是许多现代批评家不容许的,因为他们认为莎士比亚对何为艺术的理解还不如自己深刻。伴随这一反思的还有借克莉奥佩特拉之口所表达的思考:

> 要是果真出现了,或出现他这么个人物——
> 他的伟大啊,一定超过了梦想。
> [41]跟五彩缤纷的幻想比一下,大自然也要
> 缺少一些色彩;构思出么个安东尼,
> 大自然可是在跟幻想比高下,叫幻影暗淡无光!(5.2.96–100)

这是克莉奥佩特拉夸奖安东尼的证词,与以诺巴布夸奖她的证词相映成趣。在两人的话中,自然一开始都被看作低的东西,都是艺术想象改进的对象。艺术家把我们这些普通人在生活中从未遭遇过的完美呈现给我们,虽然这一完美是沿着我们的欲望所指的路径而来,而我们的欲望则是由自然中的经验所养育。我们对完美的渴望似乎要依赖于艺术家才能得到满足。但是有一个突转(peripety):安东尼和克莉奥佩特拉这样的人,虽然不是神,却胜过了艺术可能企及的任何成就。艺术家相较于不加雕饰的自然的优越性,磨砺了我们的欲望,让我们愿把自然看作被艺术模仿的完美。对于自然,艺术家既卑微又崇高。我在想,这一观点,与十九世纪和二十世纪的艺术家们——他们以自己比自然的优越性,以及自己那门艺术的力量而感到如此自豪——的观点相比,是否真的那么不令人满意。这些关于自然的沉思最适合于一部悲剧,而这一悲剧似乎就是为了让我们想到自然。

当以诺巴布继续,自然仍是他话中的主旨:

> 只剩下安东尼
> 独自端坐在市场上向空气吹口哨;
> 那空气,要不是必须把空间填满,
> 早赶去眼巴巴地张望着埃及女王了,
> 也不管天地间①就此留下个空隙。(2.2.214–218)

连自然本身都跑去陪伴克莉奥佩特拉了,这一段话结束时,语词间充满了几乎难以承受的渴望:

---

① [译按]原文为 nature。

梅①:现在,安东尼得把她丢在一边了吧。

以:没有的事!他哪里丢得开她。

年龄不能使她见老;熟悉她也无法

叫她变化无穷的伎俩变得平淡;别的娘们儿

让你尝到了甜头,你就没胃口了;她可是

越给人满足,越叫你贪婪;最丑恶的

搬到她身上也赏心悦目;哪怕她在卖弄风情,

最神圣的祭司也要为她祝福呢。(2.2.233—240)

[42] 我并不是说,莎士比亚打算用克莉奥佩特拉代表自然,但此处蕴含着对自然的一种古典的赞赏,时间和习俗所能做的一切都要按这一不可言喻的标准来衡量。在这种自然观里,没有任何东西让我们想到迂夫子们所谈的抽象的、目的论的自然,一个被密封在道德抽象概念缠绕纠结而成的迷网中的自然。它是令人惊异的根基,为我们提供了那些本身就是目的的根本经验,在艰辛劳作的有死者的生活中,这些经验几乎总是被忘却了。哪怕是牧师本身,也必须抛弃他们的道德主义,去遵循自然的多样。我相信,正是对自然的这一认识,说明了这部在众多美妙戏剧中脱颖而出的戏具有超乎寻常之美的原因。这部悲剧悲叹着这样一个自然的也许是不可挽回的失落,自然不把自己表达为高山、大海和森林,而是表达为微观世界,表达为人。安东尼是经历这样一种经验的最卓越的(par excellence)人,正如莎士比亚——与普鲁塔克相对——所强调的那样。这样一种经验毁灭他,他欣赏这一经验的能力,有他身上重要的道

---

① (译按)"梅"指梅西那斯,"以"指以诺巴布。

德弱点为伴。渥大维完全看不到这一景观,然而世界即将成为他的囊中之物。这让他成为一个完美的执政者。官僚机构哪里出了问题,对此,如果我们想找一个模型,那么这就是了,比韦伯所能做出的表述更好。对于安东尼,有一种人类的满足感显然比做世界唯一的统治者所得的满足感还要大,他理解这一满足感的能力,其根源就在于他身上的爱欲激情。

此处,我们必须回到残酷却令人振奋的政治现实,在这部戏剧中,它与爱的现实形成了鲜明的对比。为了强调安东尼选择的极端性,莎士比亚加重了安东尼的罪责,把一切问题都归咎给他。以剧中的证据来看,如果安东尼专心致志于政治形势,他必定是个赢家。他的根基强大,即便一错再错,依然能重振旗鼓。但是,他的判断和决心受到爱情的牵掣,所以我们看到的只是一个曾经有着卓越的军事和政治天赋的人的余烬而已。

我们看到,安东尼回到罗马与渥大维比肩而立,他表现出我们已经提过的那种异常的软弱无力,显然源于他曾做过不光彩的事情。[43]占卜者说,渥大维比安东尼更超群。渥大维总是打败安东尼,哪怕是在碰运气的游戏当中(2.3.10–30)。安东尼不愿与渥大维正面交锋,虽然有人可能认为,迟早要做的事就应该早些做。我们可以看得一清二楚,此刻的处境超越了法律或简单的道德。这两个强大的罗马人屹立于两种政制接替的空隙之中。旧的共和制法律和组织结构已经荒废,世界等待着他们其中一人建立帝国,以及帝国新的合法性。在法律不在场的情形之下,唯有审慎能够控制局势。这是极端时刻之一。根据马基雅维利,这样一个时刻教给我们政治的真正本质。在传统的合法性掩盖着这种极端情况的时候,政治的真正本质是不会显山露水的。此刻,条约的立和废乃视其暂时的用途而定。渥大维和安东尼都不曾否认,三头统治不可能长久,其中之一将不可避免地胜出。三是和平,二是矛盾,三终将变成二,最终变成一。如果这三个合伙人势力相当,那么一个人的压倒性的野心就能被另外两人的自我防御所制约。但是,莱比多斯(Lepidus)是其中的第三人,而他算不上真正的第三。莱比多斯只是没有实力的虚名一个,根本没有被他的合伙人放在眼里。只要渥大维行动起来,莱比多斯就会轻而易举被摧毁。渥大维与安东尼之间的不同是,渥大维完全是统一的,并专心致力于追求自己的目标,安东尼则梦想着政治能够自行运作,自己只管此间乐不思蜀。安东尼对付渥大维是间断的,而渥大维对付安东尼则是一心一意、有长远打算之人一如既往的行为。形势的特殊性在于,男子气概的各种品质对于罗马的兴盛曾经无比重要,现在却再也不必了。每个人——包括渥大维——都证实,安东尼作为一名战士是杰出的。恺撒的优点分给了两个对手——安东尼具有战士的勇武,而渥大维具有审慎。

如果安东尼觉得还不到与渥大维交战的时机,他至少绝不该养虎为患。这是马基雅维利的基本原则,意志薄弱的人最容易打破这一原则。尤其,小庞培是渥大维的一个真正威胁,不该被除掉。渥大维在与庞培斗争时需要安东尼,而庞培还威胁不到安东尼的东方霸权。政治通常是持续的[44]斗争,一个危险接着另一个,需要不断警惕。罗马帝国在消灭所有敌人的过程中,就是在接近政治的终点。奇怪的是,安东尼想要政治立即结束,以便能享受数世纪以来斗争的成果;相反,渥大维等待着,以便把帝国牢牢拽在手里,他一点也不像安东尼那样满足,除非被当作一个神是值得满足的。两人都生活在一个全新形势的前景之中,在这样的前景中,政治消失了。

安东尼干脆不理会怎么应对庞培造成的威胁,虽然政治上可能很有这个必要。

安东尼立即同意灭掉庞培,只想清偿一点面子上的债,然后继续不光彩下去。他随后同意娶渥大维的妹妹,以确保他们之间一种无法确保的永恒关系。渥大维以极度的玩世不恭利用了他的妹妹,展现了他的非爱欲,把婚姻当作政治工具来利用。相反,安东尼轻率地同意联姻,以便把今天面临的一切推迟到明天。以诺巴布——一如他看待所有事情那样——一开始就清楚地看到,这门婚姻不会把这两人维系在一起,而是更快地将两人分裂。安东尼将抛弃渥大维娅,渥大维就能够利用这一借口向安东尼宣战。

我们在这部戏中为数众多的完美片段之一中看到,当曼那斯(Menas)向庞培献上这个世界帝国之时,庞培出于道德原因拒绝了。三巨头接受了庞培邀请,上了他的船,赴了他的鸿门宴,愚蠢地把自己置于庞培的控制之下。这恰恰体现了马基雅维利所说的命运,即本该伸手擒贼,阴差阳错地变成了束手就擒。但是,或许他们这么做并没有愚蠢到哪种地步,因为他们能指望庞培的道德。庞培是这部戏中唯一一个传统的虔敬之人,顺从并畏惧诸神。他也是唯一一个以共和制合法性来担保自己行为的人,心中惦念着反抗一人之治的卡西乌斯(Cassius)和布鲁图斯(Brutus)。这些行为中没有任何一点与庞培实际面临的形势相关。连他自己都困惑,自己仅是在为父亲伸张正义,还是在重建共和,抑或他本人是在追求一人之治。当曼那斯引诱他,向他提出起锚开船杀掉三巨头时,庞培如此回答:

[45]唉!这件事你下手去干就是了,

> 却不该跟我说！我干下了这事，
> 那就是背信弃义。由你去干了，
> 却显得你赤胆忠心。你该知道，
> "富贵"不能牵着我的"荣誉"走，
> 是我的"荣誉"走在"富贵"的前面。
> 只怪你这舌头泄露了你的计谋。
> 要是你背着我去下手；我事后会觉得
> 这一手干得真漂亮。可是现在我
> 不得不斥责这阴谋。丢开这念头，
> 喝酒去吧！(2.7.72-79)

这让人想到类似的一段，当时亨利四世需要并希望理查二世死掉，但又不能背负亲自安排暗杀的罪责。① 这就是那个极端的情势：政治与道德之间的冲突变得尖锐，对正义的追寻——这应该是既政治又道德之人的目标——也整个儿变得可疑起来。这一矛盾可能让理想主义者们灰心，从而打开一片诸如安东尼这样的人游弋其间、对追寻正义漠不关心的领域。我认为，莎士比亚显然相信庞培犯了一个错误。虽然庞培希望从他人自愿的不光彩行为中得到好处，但他认为荣誉具有绝对的地位，唯有当世上存在着行赏罚的神时，这一绝对地位才会得到认可。他的立场中或许有某种高贵，但是如果高贵不得不与智力分离，并依赖于卑鄙者无意间的恩赐，那么这种高贵就是一件很蹩脚的东西。相比庞培的道德主义高贵，莎士比亚对待安东尼的英雄主义的高贵要富有同情多。历史几乎不记得

---

① 《理查二世》，Peter Ure 编，Arden Edition(1956；rpt. London：Routledge，1988)，5.4，5.6.30-52。

被扼死的庞培,也不曾有丝毫迹象表明诸神在意他的遭遇。如果庞培实行了那一果敢的行动,那么他在世界上的声名可能就会辉煌杰出,他可能会在成为唯一统治者后担忧自己的正义美誉。他身处丛林或自然状态,不是你死就是我亡。他是一头好狮子,但是他作为一只狐狸却是彻底的失败。奸计潜藏在他身上,而他却成了奸计的猎物。当然,从这个视角看来,政治这一行当的高贵性和值得选择性变得可疑。莎士比亚从马基雅维利关于政治的教诲中懂得了许多,但是他和马基雅维利不同,当政治的光环变得黯淡,他就不能完全严肃地对待政治。这或许就是他与马基雅维利分道扬镳并开始同情安东尼的爱欲之处。爱欲把安东尼与诗人联系起来。当罗马人不再是值得荣耀的资格之时,做世界的统治神的高贵性也随之消失。

[46]就在罗马首府发生的这场戏之后,另有一场戏可作为这场戏的一个注脚(3.1)。安东尼的副将文提丢斯(Ventidius)刚刚征服了帝国边境上的民族帕提亚人,这个民族之前死不屈服,曾是安东尼的真正威胁。当西里乌斯(Silius)建议文提丢斯抓住对帕提亚人的优势时,文提丢斯回答说,做副将的光环盖过将军,这不是件好事儿。副将的光环让将军处于阴影之下,很可能会使将军妒忌。副将就会为了自我保存情愿牺牲将军的真正利益。政治中出现的妒忌是丑恶的激情,对公共利益不利,削弱忠诚。而且,这场戏对伟大主将们身负的盛名提出了质疑,因为他们的伟大经常是从副将的行动中借来的。这或许还很可能诱使副将们去推翻主将或对主将使坏。如果有一个运作健全的共和国,这样的事就会得到控制和疏导。但是,在无政府主义赤裸裸的个人主义之下,他们使我们怀疑政治中是否可能有纯粹的情谊。

《安东尼与克莉奥佩特拉》的政治高潮时刻当然是阿克提姆之战(3.7.7 – 10)。渥大维借此战确定无疑地成为恺撒——他的养父的名,取代"国王"成为对君主的称呼。渥大维的胜利完全是安东尼的错。克莉奥佩特拉想参战,以诺巴布竭尽全力反对,安东尼却想当然认为他的红颜伴侣应该跟自己参战。以诺巴布以及其他每个人都想打陆战,因为那是安东尼的优势所在。克莉奥佩特拉想打海战,安东尼再次毫不质疑地听从了这个女人。海似乎听凭命运的摆布,而陆地听凭美德——军事美德。在庞培的船上,世界的三大支柱曾短暂地听凭命运摆布。而今安东尼海上冒险,失掉了一切。他属于斯巴达和罗马陆战军的传统:他们赤手空拳地战斗,古典思想家们相信,他们是稳固的共和国最可靠的根基。在雅典,波斯战争期间,从陆军向海军的转变导致了混乱的民主制。在莎士比亚的时代,曾有人试图跟随马基雅维利重新开创能与古代人匹敌的一种打仗的技艺(an art of warfare)。[47]与敌人短兵相接的地面士兵的缺乏,象征了自罗马没落以来的现代人灵魂的软弱,罗马没落了,它的身体以及精神的臂膀也都没落了。安东尼在陆地上有"绝对"优势,但是这位主将在自己头上供奉了一位女主将。不过,要不是克莉奥佩特拉临阵露怯、携船逃跑,安东尼是本可以打胜仗的。这就是整个核心所在。普鲁塔克借他人之语说,情人的灵魂住在另一个人的身体里;在同一语境下,普鲁塔克把安东尼的行为比作苏格拉底在《斐德若》中所描绘的灵魂之中那匹执拗的黑马。① 无疑,安东尼身陷爱中。当克莉奥佩特拉向以诺巴布询问,究竟是她还是安东尼应该对战败以及两人眼看就要遭遇的死亡负有责任,以诺巴布回答说:"完全怪安

---

① 普鲁塔克,《安东尼传》,第36、67章;柏拉图,《斐德若》,253e – 254a。

东尼,他不该让他的情欲/支配了他的理智。"(3.13.3 – 4)

以诺巴布是莎士比亚非凡的虚构,是他倾力打造的角色,从普鲁塔克的《安东尼传》来到莎士比亚戏剧中就摇身一变成为一个显著角色的人,唯有他一人。《安东尼传》对这个人物只是稍有提及,毫无细致刻画,莎士比亚却让他成为安东尼的朋友们的缩影。以诺巴布能如此直接地谈论安东尼,从而证明安东尼值得结交,能够越过地位差异的藩篱,因为这样的藩篱,友谊对于政治统治者来说向来是一件稀有的事。渥大维似乎有顾问,或者奉承者,但没有朋友。恺撒试图让他的共和派老对手们(如布鲁图斯)与自己平起平坐,但他显然失败了,最终将他们统统压倒在脚下。但是,由于安东尼能够爱,他便也能够做朋友,或许这就是他不适合做国王的另一个方面。以诺巴布代表着古典理性观,即理性是激情的督导,而不是激情的侍女。当代人将理性戏谑地当作单纯的算计,这正是把理性看作激情的侍女的后果。古代的观点是,各种激情本身不是坏的,但它们必须受到统治,并被用来服务于好的和高贵的东西。这暗示了一种对好和高贵的反思,但绝不是单纯的算计。

我下面要说的话,冒着肤浅的公式化危险。古典看法被一种基督教的看法继承了。这种基督教的看法相信,激情强大得无法抵制,败坏得一塌糊涂,理性太软弱而虚伪,无法掌控激情。唯有恐惧、罪感、良心和内疚能够控制激情。早期现代人接受了激情的主导地位,但他们[48]试图令激情洗脱罪疚,并在事物格局中给理性一个可敬的地位,使其获得一种新功能,即激情的侦查员或密探。但是,理性——把预言性的但却无序的激情作为沉思对象来统治的这一谨慎的统治者——再没有得到恢复。灵魂中的统治危机,以及灵魂在没有激情同意的情况下就无法起作用,这些与政治中的类似危机相应而行。莎士比亚——此处体现在以诺巴布身上——从来不曾站在激情一边反对理性,即便在他使爱显得极度诱人之时,这与一个浪漫派会做的恰好相反。司汤达《红与黑》、福楼拜《包法利夫人》、托尔斯泰《安娜·卡列尼娜》(不像奥斯汀的《傲慢与偏见》)中的理智的人们,也不过是可鄙的小市民。① 理性作为人的完美这一古老的尊严,在莎士比亚笔下依然存在,于连(Julien Sorel)和德莲娜夫人(Mme. de Rênal)之间刹那的激情,绝不会被莎士比亚看作一种自足的成就。我们需要对古代理性观多做思考,才能理解它的主张,但是,这些主张也透过莎士比亚探讨行动男女各种极端激情的戏剧而显露出来。以诺巴布崇拜安东尼,把他的寻欢作乐看作一个军人应该的娱乐,并且正如我们刚刚所见,他能在最深的层次上分享安东尼那样的爱欲激情。但是,当安东尼的爱情毁了自己的帝国和朋友之时,以诺巴布就蔑视安东尼的不理性,并成为其不理性行为最严厉的批判者:

> 我明白了,原来
> 人的理智附属于他们的命运,
> 人倒了楣,头脑就跟着不中用了。
> ……
> 恺撒,你把他的理智
> 也同时击败了。
> ……

---

① 这些是布鲁姆在《爱与友谊》(*Love and Friendship*, New York: Simon and Schuster, 1993) 中讨论的小说,包括卢梭的《新爱洛伊丝》(*La Nouvelle Héloïse*)。

> 咱们的统帅,把理智丢了,
> 才振作起勇气。莽撞压倒了理性,
> 那把拼杀的剑还有什么用呢?
> 我决心找个机会离开他了。(3. 13. 31 – 33,36 – 37,198 – 201)

忠诚与理性之间的矛盾成了以诺巴布的悲剧之源,但在这部戏中,他是理性之声。难点在于,莎士比亚明显同情安东尼的爱欲激情。

[49]为了很好地理解这一点,我们就得理解柏拉图的《斐德若》。在《斐德若》中,苏格拉底坚定地维护爱欲和爱欲的不节制,反对一个非情人或一个希望表现得像非情人一样追求不疯狂的性欲的情人那节制的和貌似理性的算计。苏格拉底赞美疯狂只能这样理解:理性本身必须接受对美或好的理解才能成为真正的理性。在苏格拉底关于哲学的最直白的语段中,他把理性看成一种爱欲活动,不,应该是唯一的(the)爱欲活动。对理性和哲学的这种理解在所有现代思想中都是不存在的。那一匹众所周知的黑色骏马虽然顽劣,但在灵魂战车的上升运动中却至关重要,似乎正因为这一根源,理性的莎士比亚却同情安东尼的爱欲癫狂,同情他对世间已然消逝了的一种经验充满怀恋的回望。安东尼如许多罗马人一样曾是统治者,但却几乎或根本没有哪个罗马人像他一样是一个情人。他不能同时驾驭两种身份,所以两种身份都同他一起覆灭。

以诺巴布以理性的名义记录了安东尼的没落,另外,他还做了一些别的重要事情。在这样一部戏剧中,演员们反思自己在后世的历史角色和地位,而以诺巴布充当了安东尼的见证人。在这一点上,以诺巴布完全不像那些即将在安东尼的帝国东陲现身的见证人。他证实了安东尼曾是怎样一位英雄,凭着这一点,安东尼才能虽败北而流芳。在阿克提姆战败后,安东尼的每况愈下给以诺巴布摆出一个无法解决的问题。以诺巴布的旁白不断向我们透露出莎士比亚的意图:

> 我的荣誉感开始跟我吵架了。
> 对一个蠢货尽忠到底,岂不叫
> 自己的忠诚也成了愚蠢;可要是
> 谁能够死心塌地地追随一个倒下去的主人,
> 那么主人虽然被命运征服了,
> 他却征服了命运,在历史上留下了芳名。(3.13.41–46)

对以诺巴布来说,讲一段有关失落的旧世界的历史——另一种形式的福音——具有紧切的重要性。卡图(Cato)的自杀乃是以[50]共和国的名义,是对疾浪一般袭来的未来强硬的拒绝。他的选择与以诺巴布所面临的情况易于形成比照。对于卡图,原则是不可置疑的;相反,以诺巴布要为他眼前逐渐堕落着的一种人的典范树立纪念的丰碑,倒不是坚守着什么原则。结果证明,以诺巴布不能堪此重任,但恰是如此,使他成功完成了这个任务。以诺巴布投奔了恺撒。恺撒不只是恺撒这个人。他是一整个世界,包含着新的向往与完美。以诺巴布很快意识到,这不是一个他能安身立命的世界,其中没有他的立足之地。以诺巴布投奔恺撒之后,安东尼以古代人超凡的慷慨姿态,将以诺巴布遗留下来的所有财物,连同自己的一些亲切的告别送达恺撒的营地。以诺巴布完了。旧世界已不再适于生存,新世界无法忍受。以诺巴布要去寻找一个泥沟,了结自己的残生。"就数我是个地道的坏人……"(4.6.30–39)以诺巴布使安东尼成了后人刮目相看的人。

渥大维向奥古斯都皇帝(Caesar Augustus)的转变,被记载在《安东尼与克莉奥佩特拉》当中。奥古斯都统治得如此长久,相比恺撒(Julius Caesar)这个首位成为神的罗马人,奥古斯都更牢固地占据了神的地位。神的地位的获得,就在同伴和追随者们变成崇拜者之时,就在权威变得不可挑战那一刻。这是崇拜者眼中的神性。在成为神的那一位的眼中,神性则是有无可匹敌、毋庸置疑的权威,以及能够随性而为的力量。没有人能挑战这样一位神。他代表了辩证的主奴关系的终结,因为已出现一位普世的主人(master)。所有人都怕他,所有人都敬重他。再也没有一位克里奥兰纳斯,去寻觅可以挑战自己的奥菲丢斯(Aufidius)。再也没有奥菲丢斯。渥大维就是一位马马虎虎的大神(godhead)候选人。渥大维无需实行恺撒的行动,而是坐地捡来了他的遗产。在《裘力斯·恺撒》中,我们看到恺撒如何赚来了崇拜者。他的崇拜者是罗马平民,恺撒为他们提供粮食和娱乐,这些人没有伟大的灵魂来与恺撒抗衡。恺撒是他们的施恩者,有伟大灵魂的贵族们都被消灭了。剩下的只是无数奴隶和这一个主子,所有人都寻求这个主子的庇护。渥大维只是沿着一条有效而坚定的路子,对恺撒的天才所准备好的成果加以肯定。男子气概——[51]拉丁语中"美德"一词的恰切含义——在这部剧的开始时正濒于消失。罗马帝国变成了如吉本(Gibbon)所言的侏儒族的国度。① 在这片广袤的时空下,另一位新神即将奠定他的权

---

① 吉本,《罗马帝国衰亡史》(The Decline and Fall of the Roman Empire), New York:Random House,The Modern Library,n. d. ,第二章,页52

威,取代诸多旧神们,在这部戏中,我们目睹了所有这些旧神中最有男子气概的一位离去(4.3.15–16)。新的宗教即将受到罗马新人种的充满渴望的信奉。克莉奥佩特拉在准备逃出恺撒的领土时,曾短暂地扮演了恺撒的崇拜者之一。她称其为世界唯一的统治者,坦白了自己的肉欲之罪,并承认恺撒有权处置自己的财物。恺撒的意志是唯一的法律。他在描述自己展望到的远景时说:"天下太平,为时已不晚了,要是/今天果真是个吉利的日子,从此/这三方世界飘荡着绿色的橄榄枝。"(4.6.5–7)

渥大维是历史的精神。在整部剧中,渥大维的特点缺乏任何魅力。他精于算计、自诩正直、虚伪、无爱欲、扫兴;对妹妹不幸的遭遇表示愤怒,其实不过是另有居心;向倒台的对手致敬,但他的致敬并不可信,赞颂对手不过是为了吹捧自己。渥大维绝对算不上能跻身莎士比亚的反面人物长廊的坏人。他不过是个得胜者,事实证明他是那种一旦成功便得到人们追捧的平庸之辈。不可能有任何世俗的方法可以逃脱他的新的方式与秩序。然而,渥大维遭遇了以诺巴布、安东尼、克莉奥佩特拉以及莎士比亚这样一干非历史主义者,这些人不会屈服于历史天意一般的行进。渥大维非常急切地要向世界证明自己的行动是正义的。从一开始,除打败安东尼之外,他所关心的就是置安东尼于不义;他还想表明,安东尼以及其他任何反对自己的人都不义——尽管自己宽宏大量。他在帐篷召见人,向他们显示自己写给或写的关于其他主帅的东西,以及他与其他主帅之间的斗争(5.1.71–77)。如此多的东西依赖于讲述他的故事,也为他的胜利伟业增添正义之色。以诺巴布、安东尼和克莉奥佩特拉各自都想讲述自己那一边的故事,在完全没有胜利希望的时候,他们毫不妥协地坚持虽败犹荣的骄傲。戏剧剩余部分用以表现各位主人公如何回应渥大维的扶摇直上:第四幕表现安东尼的放逐和自杀,第五幕表现克莉奥佩特拉的痛苦和自杀。自杀是《裘力斯·恺撒》和《安东尼与克莉奥佩特拉》的一大主题。我们必须记住,自杀对基督教来说是一种罪,在莎士比亚的时代,这依然[52]是个严肃的问题。基督教禁止自杀,这可以理解为让人不能逃脱上帝的审判。但是,莎士比亚在对这些自杀行为的展现中,没有一丝反对它们的痕迹,加以反思之后,人们只能说,安东尼和克莉奥佩特拉做得对。自杀是一种很有罗马特色的行为,但不是现代意味上的对于那些身体功能已停止的人来说的"死亡权利",与反布尔乔亚的(anti-bourgeois)明死志也不甚相似,反布尔乔亚的明死志是一种消极的明志之举,以示愿为某个宏图伟业赴汤蹈火,虽然并无什么宏图伟业可献身。这些罗马人乃为国家、自由和荣誉而死,而非为了显示自己可以赴死。莎士比亚的人物生活在丘吉尔(Churchill)所描绘的那样一个世界当中,在其中,"一切都需承受,蹉跌之极的是,一切也就可能承受"。① 莎士比亚笔下当然也有懦夫,但是大多数都是能不惧一战,并清楚战必有亡的人。他们没有人愿意死,但是当面对死的危险时,他们都有某种听从天命的倾向。只有在布尔乔亚世界当中,死的危险才染上了一种几乎是爱欲性的魅力,成了一种游戏,以证明自己不是布尔乔亚的一员,亦即把生命权当作人类行动的前提的世界当中的典型居民。在莎士比亚那里,所谓生命权根本是无稽之谈。自杀不是证明哪个人有死志,而是证明他热爱自由,不愿向暴君屈膝。在这部戏中,自杀并非以共和自由之名,而是以

---

① Winston Churchill,《马尔伯勒的一生及其时代》(*Marlborough: His Life and Times*),New York:Charles Scribner's Sons,1933,卷一,页40。

个人自由(摆脱恺撒的圈套)之名。克莉奥佩特拉说:"紧接着,咱们干起来吧,/要体面,要高尚,是地道的罗马气派,/让死神把我们接去时也感到骄傲。"(4.15.86–88)

无疑,这样的自杀有问题,尤其是这样的自杀表现出对他人意见的顾虑。安东尼和克莉奥佩特拉即便自杀,也是在与渥大维斗争,渥大维想要利用他们装点自己的胜利。至少,他们逃脱了渥大维,没有让他来摆布自己的命运。克莉奥佩特拉将不会被拉到罗马的大街上游行,以示恺撒的胜利,那将是向民众显示,反对恺撒是多么荒唐的事。这表明,这些自杀行为不只是为了打击恺撒,也是为了影响民众的意见。① 对多数人的意见的蔑视,是[53]古希腊罗马贵族品味的一部分,但是古典贵族们的确担忧与自己平起平坐之人的意见。他们甚至可能担忧自己在民众中表现出的样子,因为只有通过民众,一个人才能被保存在记忆中,以供日后特殊的少数人知晓,比如,在卡图自杀一千年之后,他成了想要重建共和制的人们效仿的对象。类似这样的某种东西,显然占据了克莉奥佩特拉——如果不是安东尼——的脑子。

如此在乎取决于他人的荣誉,而且不管他人同意与否,都骄傲地以为自己配得此荣誉,这就是政治人外观上的"阿基琉斯之踵"。严肃来说,至少,苏格拉底绝对不关心人们怎么看他,因为他所享受的快乐根本不依赖于荣誉,他的快乐是所有不享有这些快乐的人无法理解的。可能有这样一种生活,既充实又身处荣誉体系之外,对

---

① 历史主义者们称之为历史的东西,对于莎士比亚来说只是民众意见毫无意义的承续。一个人如果这样理解这些意见,也就没有什么理由在乎它们了。没有人愿意错过真理的显现和进步。这种看待事物的观点让意志不再以个人信念之名来反抗。

这种可能性安东尼表现出了一定认识。他请求恺撒允许自己做一个庶民,住在罗马和亚历山大里亚城中间的温柔乡——雅典。恺撒当然不会同意。安东尼的伟大爱情本身即是一个奇怪的混合体,既包含两个为彼此而活的个人的私人自由,又包含一个统治者的公共生活。他身上有某种类似苏格拉底式经验的地方,但没有苏格拉底式经验的自足,至少在这个地球上没有。我们不能忘记,苏格拉底也是某种自杀,目的是为自己或为哲学博一个好名誉。

安东尼与克莉奥佩特拉的自杀是伟大的。这两位主人公的痛苦——占据这部戏异常巨大的一部分,而且关键情节已在第三幕中间发生——根本不是莎剧的典型特点。他们痛苦、悲伤、惋惜,但是不变的印象却更像是他们化身为神。这不是麦克白的结局,也不是奥赛罗的遭遇,麦克白和奥赛罗所见的是,自己做了极坏的事,毁掉了自己生命的意义。安东尼与克莉奥佩特拉都为自己所做的事而欣然,失败的屈辱也因双方爱情的正当得到肯定而缓和了。

安东尼对克莉奥佩特拉动怒过两次,但却多次为自己拜倒恺撒脚下、背叛拥戴者的行为而自责。造成他动怒的原因,既包括克莉奥佩特拉舰队的变节行为,也包括这些变节行为的后果。要说安东尼对克莉奥佩特拉有戒备,这种说法是不恰当的,但他确然以为克莉奥佩特拉在恺撒的问题上欺诈了他,[54]让他的爱成了愚蠢的迷恋,配不上为它作出的极大牺牲。阿克提姆之战后,安东尼发现,克莉奥佩特拉显然在与恺撒的使臣们订约。克莉奥佩特拉素有向得势的罗马人妥协的前科。她的任性,"她的变化无常",让人难以捉摸。第二战也以她的变节画上句号,这让安东尼相信,她"与恺撒串通"(4.14.19)。但是这两次,安东尼都轻易被安抚下来。阿克提

姆之后,克莉奥佩特拉的眼泪——遭到以诺巴布狠狠的讽刺——立即让安东尼作出如下回答:

> 别掉下一滴泪;你一串泪珠中的一滴
> 就抵得上我赢得而又失去的那一切。
> 给我一个吻吧。(3.11.69–71)

安东尼索吻不可与包法利先生(Charles Bovary)索吻相比,虽然两者都是失败之际的要求。

　　命运的倒转让安东尼失去理智,变得极度乖僻。他最糟的时刻是,因为不满弱者胜出的不公平结果,点名要与恺撒再决一死战。恺撒冷淡地回答道:"这老贼,/叫他放明白些:我要死,办法多着呢。"(4.4–5)安东尼还诱使部下们为自己落泪,随即又为此感到羞愧。但是在所有这一切底下,流淌着他对克莉奥佩特拉从不间断的爱欲之情。他在一段精彩的话中把自己比作云朵映射出的幻影、飞快消逝的没有形体的东西,这段话的结尾甚至也和克莉奥佩特拉一样,展望着两人在天堂中再次相拥。话的最末,他说:

> 我快要死了,埃及女王,快死了;
> 我只求死神宽放片刻,好让我
> 在吻过千百次之后,把那可怜的
> 最后一吻按在你的嘴唇上。(4.15.18–21)

克莉奥佩特拉只消随便说说,自己在阿克提姆没有背叛安东尼,安东尼就能轻易被说服。在第二战打完之际,他遭受着真正悲剧的痛苦,以及以为克莉奥佩特拉不忠而致的悲伤。他喊出自己的痛苦,正如他那既是英雄又是神的祖先、穿着涅索斯的上衣的赫拉克勒斯。在这一刻,他所想的自杀只不过就是一切的结束。但是,听说克莉奥佩特拉已先自己而去,他心里便得到了抚慰,之后也就一心想着[55]与之同去。事实上,这只是克莉奥佩特拉的伎俩之一,她依然活得好好的,或许这能对爱的真挚有所揭示,但是,安东尼即便被刺激到了极限,也总是柔顺地恢复对这个女人的痴心。安东尼死后的几场戏中,克莉奥佩特拉做出了惊人的举动,回报了安东尼的付出。他们永远地结为一体。安东尼有一个仆人名叫爱若斯(Eros),这是惊人的历史巧合之一。在整个第四幕,安东尼不断呼唤爱若斯、爱若斯,他的呼唤弥漫在他的话语之中,最突出的一句是:"爱若斯!我来了,我的女王!——爱若斯!"(4.14.50)安东尼想请爱若斯杀死他,但是爱若斯却把自己杀死了,安东尼没能让爱若斯实施自己的死亡。他必须自行了断,结果干砸了,没能一刀毙命,所以才有机会再与挚爱共度最后一刻甜蜜。这——爱若斯之死——当中蕴藏的丰富含义,自不必多加评论。

安东尼的抗争以及他跟这个世界的告别,与命运和恺撒都有关。通过一种廊下派式的对命运的反思,安东尼认识到,人的自治需要不受制于命运之轮的转动。恺撒的幸福并不依赖于恺撒,而是依赖于命运,恺撒有可能明天就变成奴隶。这像布鲁图斯一样,是某种对智慧的模仿。任何专志于政治的人都依赖命运。安东尼对爱若斯的依赖,当然减少了对命运的依赖,但是这就是使他覆灭的矛盾之所在。他重申了自杀的重要性,"罗马人被一个罗马/英勇地制服了"(4.15.57–58),自杀是他不受制于恺撒的方法。这是一种高贵的立场,但听起来有些空洞。然而,安东尼在道德上虽不如布鲁图斯那么伟岸,但实际上他比布鲁图斯更少受制于政治的命运之轮,这无疑是由于他的爱。布鲁图斯为一个彻底失败的事业而死,相反,安东尼至少短暂地参与到永恒不变的美,并且最终因这些美、也为这些美而死。实际上,恺撒并不在乎是否把安东尼召回罗马以点缀自己的胜利。恺撒只想要安东尼死。"整个世界/容不下我们并肩并立。"(5.1.39-40)但是,安东尼的确相信,自己的故事将有别于恺撒的故事。恺撒的世界所依赖的是"逆我者亡",实际上,安东尼的故事依赖于莎士比亚,它不受制于恺撒的故事,而是因本身的缘故而更值得选择。

在莎士比亚的描摹下,克莉奥佩特拉不断妥协,接受失去安东尼的事实,从而成了安东尼的史官:

> [56]真该把我的御杖向欺人的神明
> 扔过去;告诉他们,这人间原不比
> 他们的乐园差,要不是我们的珍宝
> 给他们偷盗了。(4.15.75-78)

他们享受了人间天堂,妒忌的神们剥夺了她的世俗神。但是到了第五幕,她获得了"永恒的向往",并向着天堂去与丈夫相会。伊拉丝先她而去,这让她不安,怕伊拉丝把安东尼本来要给自己的吻抢去。两个情人间的爱的有朽让她不能接受。克莉奥佩特拉和安东尼死后相聚在神圣的结合之中,这是他们的爱情所要求的。他们都渴望不朽,正如苏格拉底所说的,爱欲总是促使人渴望不朽。但是,他们只能在有朽之身中寻求不朽。他们通过彼此的相处相知,使神圣者神圣,但却没有领会神圣。他们认为,人身上的爱欲导向神圣,并且,与许多其他形式的神圣不同,爱欲必须以人的神圣形式为起点。就这一点来讲,它们是对的。克莉奥佩特拉对安东尼的描绘极为震人心魄,不管在安东尼的死还是在她自己的死时都是如此。安东尼最后的话是为了证明自己值得克莉奥佩特拉爱。克莉奥佩特拉绝不需要这样向安东尼证明自己,因为她本身就是值得爱的。她对安东尼的赞美,因与她对世界的新神恺撒的奉承交错杂陈,反倒变得更加突出。人们被迫拿恺撒与安东尼——克莉奥佩特拉的灵魂——相比较。我们难以相信安东尼与克莉奥佩特拉会同升天堂,但是我们禁不住祝福他们。这是堕落的罗马产生的另一种神圣。

最后再来问:谁会享受那一著名的胜利?安东尼和克莉奥佩特拉的所有崇拜者们都归顺了恺撒。恺撒说,单凭这些归顺者便可打败安东尼。除了懊悔的以诺巴布,这些归顺者们被描画为低劣的东西,体现了人类普遍崇拜低劣的成功。克莉奥佩特拉的激情,不能归为那种成功,不属于那些被新自然秩序打败得不剩一点尊严的东西,这是惊人的:

> 克:现在,伊拉丝,你看怎么好?你,
> 一个埃及来的木偶,在罗马示众,
> 跟我一个样;一大群做手艺活儿的
> 奴隶们,系着油腻腻的围裙,手拿着
> [57]木尺、锤子,把我们高高地举起,
> 让人人看个够;他们吃葱嚼大蒜,
> 好一股臭气,像云雾般罩住了我们,
> 我们还不得不把他们吐出来的气息
> 一口口都咽下去!
> 伊:难道老天能容忍吗?

克:可不,那是逃不了的了,伊拉丝。放肆的
　　差役像抓娼妓似的抓住了我们;
　　无聊的文人把我们编进了小调,
　　扯开破嗓门,唱了起来;演丑角的
　　灵机一动,把我们搬上了舞台,
　　即兴演出我们埃及宫里的欢宴。
　　只见出场的安东尼成了个醉鬼,
　　我还将看见尖嗓子的克莉奥佩特拉,
　　男扮女装,把我的尊严演成了
　　婊子的搔首弄姿。(5.2.206–220)①

克莉奥佩特拉逃脱后,恺撒的确被夺了气势,深感失望。他绷起最好的表情,说:"他们被征服了,然而赢得的同情/不下于征服者的光荣。咱们的军队/将要为他们俩举行盛大的葬礼。"(5.2.359–361)现在,他们是被同情的对象,这都是恺撒一手造成的。恺撒认为,他这么做大大增添了自己的荣耀。但是,克莉奥佩特拉最害怕的事并没有发生。在这部戏当中,她被"男扮女装"的人演绎(演莎剧的任何一个男孩儿最不可能演绎的角色),但并没有被演成婊子。只有在恺撒的传统当中,克莉奥佩特拉才和婊子没两样。莎士比亚拾起安东尼与克莉奥佩特拉的事业,用他的诗把我们引向了或许最诚挚的爱欲的含义。一代又一代,他们在这个地球的舞台上重生,莎士比亚激起我们心灵中的渴望,不是对一个失落的世界的渴望,而是对人作为人始终可以企及之物的渴望。这的确是一种凯旋。

---

　　① [译按]此段引文中,为简略起见,"克莉奥佩特拉"以"克"代之,"伊拉丝"以"伊"代之。

第三章 一报还一报

[59]《一报还一报》是一位教士的计谋主导展开的又一部戏剧,虽然不同于《罗密欧与朱丽叶》中的计谋,但同样是为了解决问题,而这部戏中的计谋起效了。皆大欢喜的结果让我们笑。肉欲问题的解决办法有喜剧性,不仅因为它如此不可能,还因为用理性来对付这些欲望使得它们看起来有些荒唐。也许,计谋成功的原因是那个教士并非真正的教士,而是纯粹的政治统治者,他用宗教的外衣隐藏自己和自己的设计。政治智慧似乎需要一些这样的宗教色彩,以便能被没有智慧的臣民接受。当然,这个假扮而成的修士能够逃脱法律对人的行为刻板的约束,乃是利用了教会能够深入人心的能力。

文森修公爵(Duke Vincentio)的计谋显然是为了重振法律的威力,因为法纪废弛的状况差不多已有十四年或十九年光景了。此处涉及的法律或许就是最关键的法律,即关于性行为的法律。这些法律似乎最必要、最严酷,也最不合自然的意愿。公爵究竟为什么疏于执行这些法律,答案实难知晓。要么,他就像普洛斯彼罗(Prospero)一样,太专注于自己的思考,无心顾及讨人厌的统治之事,正如爱斯卡勒斯(Escalus)指出的那样;要么,作为一个单身男子,他自己也从城邦松懈的纪律中得到方便。有暗示指向后一种解释:公爵向托马斯神父(Friar Thomas)请求收容,[60]神父以为公爵是在请求借他的宝寺寻欢(1.3.1—6)。托马斯神父立刻作此假设,似乎说明有这样的先例。正如我们将会看到的,公爵其人太过诚实,故不会做伪君子,不会对自已也有份的行为严刑发落。公爵知道,立法者超越法律,但法律要求立法者的信服和支撑。法律遭淫欲篡夺了位置,要使法律有力,或许就得利用暴政。但是公爵尊重自然,简单地否认自然是有违诚实的事,公爵不愿意这么做。仁慈缓和了重新执行的严法。仁慈源于"这种霉运也可能掉在我头上"这种想法,也就是说,你我都有同样的欲望,兴许你我也犯过那些受到惩治的人所犯的事儿。惩办爱欲行为的法律是由有爱欲的人制定的。这指向了这部戏的含混的核心。

维也纳是神圣罗马帝国的首府,在那里,教会的纯洁和腐败都昭然可见。公爵在维也纳推行某种改革,而这部戏的一个惊人事实是,贯穿整部戏剧始末,放浪的淫欲是被当作生活事实而广为接受的。要接受改革的岂止那些承认这一事实的人,同样也包括不承认这一事实的人。

维也纳淫欲之事乱如麻。窑子成了被认可的满足性欲的场所。他们谈论起窑子来,就像谈论食品市场一样,将其视为理所应当,并以为要禁绝窑子,比禁绝必需的食品市场还难。窑子的经营者和光顾者,或者一般来说的所有放浪形骸之徒,不光彩归不光彩,但毕竟只是荒唐可笑——也就是说危害甚微,或者又是逗人乐的好伴儿。他们不像罪犯,知道自己犯了什么而落入了法网;他们实在感到惊讶,竟然会有这样的法律,而且还是自己惹出来的。

在这座城里,没有一个人结婚了——一个也没有!这座城里没有家庭,婚姻也不被视为繁衍生息之必需。亲生的孩子很少被视为私生子,而基督教所认为的神圣婚姻之外所生的孩子就是赝品的观点在这座城里无足轻重。旧政制的遗老爱斯卡勒斯问庞贝(Pompey),咬弗动太太(Mistress Overdone)是不是不止一个丈夫。庞贝回答说:"一共九个,最后一个才是咬弗动。"(2.1.198 – 199)人们曾经是父母所生的，但是这状况再也不复存在。维也纳在性方面的问题，极端地表现在[61]性病泛滥这一淫乱的结果之上。① 公爵显然难以忍受这种状况。正如我们会看到的，不管哪种意义上，他的对策并非"你做尼姑去吧"。他所希望的是重建婚姻的法度，婚姻是性的一种表现，一种受法律约束的表现。他显然决意实施此举，因为他自己也到了愿意结婚的关头。不应忘记的是，他的计谋也成全了他自己的婚姻，如果没有他的改革，这是不可能发生的。本来似乎极为严厉的改革，实际结果是个温和的改革，甚至连臭名昭著、滋生野(非法)种的窑子也得到了许可，条件是不要太招摇，在可敬的制度面前要知耻。但是，让众多的人们结成婚姻是这一政治行动的核心意图。婚姻的政治必要性因这部戏的情节而得到肯定，但是婚姻的自然性却受到了质疑。

公爵从维也纳的隐退，是在采用一种像神一样的行为。他是一位不在场的神，由人类代理人代其行动。这位代理人受神的另一种不在场的在场监督着，亦即教会和教士们的监督。公爵乔装成神父，探察出法律绝不会看到也不会考虑的东西。实际上，这揭示了成文法本身及其执行者的某种弱点。教士行欺诈、不诚实、违犯教规，以达到自己的目的。《一报还一报》(*Measure for Measure*)中教士的行为并无危害，因为这位教士实为统治者。公爵的谨慎对法律

---

① 人们不由自主会想到孟德斯鸠揶揄的暗示：摩西律法十分严苛，哪怕在饮食戒律方面(孟德斯鸠断言，猪肉对患有性病的人来说是有害的)，因为接受这一律法的居住在新月沃土(Fertile Crescent)的人们深受性病困扰，生命从根源上受到威胁。孟德斯鸠，《论法的精神》(*Spirit of the Laws*)，第4部分，卷24，第25章；第3部分，卷14，第11章。

的补充,他的因人论事,他私下对灵魂的内在生活获得的认识,是完满的公正所必需。然而,通过教会使公正在政治上得到制度化,这跟任命一个代理人一样,是一件充满困难的事。莎士比亚遵循马基雅维利和整个古典传统,不赞成教士的统治。不过,在这种情况下,伪装成教士的真正统治者,能够使代理人安哲罗(Angelo)以为,统治者的立场坚不可摧,因为除了伊莎贝拉以外,没有人知道这个统治者干了什么;[62]但是,这位假扮教士的统治者知道全局。此处,公爵的伪装使他像一个全知的神,并且能操纵、调节政治统治者的全能。在极端情况下,比如公爵正在推行的基本改革,马基雅维利所谓的非常手段(unusual modes)就是必要而正义的。

公爵的隐退,以及他任命一个能干而严厉的代理人来完成卑劣的事,是马基雅维利称赞的策略。马基雅维利摆出一个供模仿的例子:切萨雷·博尔贾(Cesare Borgia)想要罗马尼亚恢复安宁并服从王权,便任命雷米罗·德奥尔科(Remirro de Orco)为自己的代理人。当雷米罗成功完成切萨雷分派的任务时,切萨雷[知道],

> 过去的严酷已经引起人们对雷米罗怀有某些仇恨。为此,切萨雷要涤荡人民心中的块垒,把他们全部争取过来。他想要表明:如果过去发生任何残忍行为,那并不是由他发动的,而是来自他的代理人刻薄的天性。他抓着上述时机,在一个早晨使雷米罗被斫成两段,暴尸在切塞纳的广场上,在其身旁放着一块木头和一把血淋淋的刀子。这种凶残的景象使得人民感到痛快淋漓,同时又惊讶恐惧。①

---

① 马基雅维利,《君主论》,第七章。[译按]中译采潘汉典译文。

莎士比亚实际上是以柔和的方式，在这部戏中模仿了马基雅维利的做法。相比对雷米罗的惩罚，对安哲罗的惩罚更有道德，因为安哲罗实际上没有忠于主人，而雷米罗是忠于主人的。我们逐渐明白，公爵的意图既是为了惩罚私通者，更是为了羞辱安哲罗。实际上，剧中必须遭受惩罚和羞辱的人是安哲罗，这是重建性道德的一种迂回的方式。安哲罗没有被砍成两段，但遭受了同样可怕的命运——他必须结婚。老百姓同时被公爵的严酷和仁慈所震慑。一方面，公爵像道德大众一样使家庭圣洁。另一方面，公爵做得像"美国公民自由协会"一样，指责道德大众的动机。他显然认为，这两件都不是正确的事。公爵让克劳迪奥（Claudio）"抱着必死之念"（3.1.5），但这部戏绝对是抱着必活之念。在这部有如此令人怵然的严酷惩罚、刽子手清晰可见的戏中，除了倒霉的克劳迪奥，大受其苦的唯一一人就是伊莎贝拉，而不是安哲罗。而且，伊莎贝拉也是安哲罗之外唯一有着高尚的道德主张的人。《一报还一报》的大部分意味，在皮条客庞贝受封副刽子手之时传达出来。[63]这部戏剧描绘了法律的人性化过程，要达到法律的人性化，就要确保制定法律的人不是那些从未感受过灵魂与身体的人性律动的人。把神一样的法律施于人，而非施于天使，导致的结果是反常变态，这比纵欲更糟糕。

公爵当然在任命安哲罗之前就知道他的真面目，故而示意更人性的爱斯卡勒斯——爱斯卡勒斯年纪虽老，但依然记得年轻时的种种欲望，所以说他更人性——自己要看看安哲罗会怎么做。在任命安哲罗之前，公爵还知道，安哲罗不顾盟誓将玛丽安娜（Mariana）抛弃。安哲罗比克劳迪奥更坏。克劳迪奥只是将婚期推迟，只等新娘的嫁妆备好，但他依然忠于——如果这个词合适——朱丽叶（Juliet）；安哲罗却不同，由于失去了嫁妆，他便遗弃了玛丽安娜。但是，当他被伊莎贝拉吸引后，他似乎由衷地受到内心折磨。可能是内心的诡诈使得他忘掉了自己对待玛丽安娜的恶行，而他与玛丽安娜之间似乎并不曾有过性关系。那个时候，钱似乎就是症结。不论公爵是否预计到伊莎贝拉会迷住安哲罗，公爵的确设想到了此类滥用权力的情况。伊莎贝拉的弟弟克劳迪奥——法律苏醒后第一个和唯一受罚的人，似乎很可能是由公爵向安哲罗指出来的。我们不一定要认为，安哲罗是一个答尔丢夫（Tartuffe），有意识地利用自己虔敬的名声来接近女人。

浪荡的路西奥（Lucio）不断敦促伊莎贝拉，令其最终登上修辞的高峰。我们在这场精彩的戏中看到，有某种东西在安哲罗身上膨胀，那是一种爱欲性的诱惑，方向是将美德败坏掉（2.2.26 – 187）。这是一种反常，比剧中的卑劣之徒可能具有的任何反常更为不堪，卑劣之徒对模样俏的人有着垂涎三尺的"性趣"，要么就仅仅是有性发泄的需要。安哲罗具有某种高雅，使他的感官在纯洁和童贞面前活跃起来。那是爱欲，因为受到禁止而变得更强烈。他对自己坦白说，这比狂花浪柳要诱人无数倍。安哲罗对伊莎贝拉充满傲慢的需要是一种罪，若没有这罪的吸引，他的这一需要恐怕是难以想象的。

安哲罗与伊莎贝拉的两次碰面是这部剧的亮点。安哲罗在自我理解方面，逐渐从神走向罪人。我们目睹着负罪感的诞生。他有意志，又没有意志。此前，安哲罗以为意志与行动在自己身上是同一的。他按照自己的标准和立场，把性欲拔高到应该禁止的领域，随后便因自己的性欲而憎恨自己。安哲罗痛恨他人的性欲，[64]因为他把在自己身上发现的罪过，同样判给那些人。这使安哲罗成为一个罪犯:他强迫伊莎贝拉同他交媾,并为了掩饰强奸行为而企图谋杀克劳迪奥。至少,安哲罗以为,自己干了这些可怕的事,只因公爵操纵表象才阻止了他。这意味着,安哲罗在做坏事中感到愉悦,虽然他与自己的良心斗争。犯罪和悔罪成了安哲罗的常态。安哲罗做出对堕落者执法的样子,实际上,他再次扮演了人类第一次堕落时上帝的严酷。

莎士比亚对这种道貌岸然的性没有任何同情。他特别需要羞辱具有安哲罗那样主张的人。亨利五世(Henry V)以其典型的冷酷,利用严厉的大法官,惩罚在野猪头酒馆过活的人们,尤其是陪他度过年少时光、受到莎士比亚无比同情的福斯塔夫(Falstaff)。① 亨利五世这么做,为的是公众道德,顾不得个人意愿,毕竟他现在是国王。亨利五世这么做也是为了满足清教徒式的激情,这种情绪在民众间正如火如荼,如莎士比亚准确洞见到的,这种情绪威胁着国内和平。这些可不是吓坏了自由主义者们的简单的道德要求,而是使得当今部分伊斯兰世界无法统治的那种真正的清教徒式的激情。公爵追求的正是某种类似的东西,虽然他将其实现得比哈尔②温和得多。公爵不仅希望把性爱疏导向家庭感情,而且想要抵挡住清教徒的极端行为的威胁,因为清教徒们的宗教已经让他们的灵魂为极端主义做好了准备。罪的意识被嫁接在性欲之上——咬弗动太太的窑子里绝不会有这事儿,这说明了安哲罗灵魂的扭曲,在这里,莎士比亚对清教徒的厌恶需要深刻而根本的分析。尼采曾经说过,

---

① 《亨利四世下篇》(King Henry IV), A. R. Humphrey 编, Arden Edition (1966; rpt. London: Routledge, 1988), 5.5.69–95。

② [译按]福斯塔夫对亨利五世的昵称。

"基督教给爱若斯灌下毒酒,没把他毒死,但教他成了恶"。① 剧中的其他大多数人放纵而且满脑子污秽,但是并不反常。使安哲罗迷恋上征服纯洁的,是想象而非身体。

伊莎贝拉无论如何绝不牺牲自己的处子之身,安哲罗却想尽办法要得到它。所以,从某种意义上来说,伊莎贝拉和安哲罗棋逢对手,他们都赋予[65]童贞一个不可企及的天价。伊莎贝拉是一位有吸引力、有血气、聪明的女孩儿,她有一种自以为是的修辞天赋。她即将加入一个宗教教派,不过尚未受戒。教门内的女信徒们的行为所受的严酷"约束",伊莎贝拉觉得还不够,声言想要更严格的约束。伊莎贝拉身处众女信徒之间的这个背景,体现了维也纳特有的一对死矛盾——窑子与圣殿——的一极。中心地带只有软弱的克劳迪奥这个代表,他在散漫与婚姻的神圣之间摇摆不定。这个中心并不具有任何实质性的存在。公爵的大计显然想要让性的自然性和好处为某一种极端主义者接受,同时让它的不羁在另一类极端主义者手中受到法律的约束。清教徒最难说服,因为他们以道德优越这种强烈的自我满足感出发。

伊莎贝拉对维也纳的风气非常随和,极可能是因为她感到自己超然其上。当她听说弟弟与她的好友朱丽叶在未有法律认可的情况下搞出了孩子,她的反应是,这两人应该结婚。这完全合情合理,而且正合两个年轻人的意愿,但却很难合乎伊莎贝拉对童贞之神圣性以及对那些企图夺去自己童贞的人的低劣品质的看法。伊莎贝拉已选择贞节,这是完全放弃爱欲的满足,至少是放弃了与人之间

---

① 尼采,《善恶的彼岸》,箴言168。

的爱欲。不过,她有时似乎感到困惑,并说必须保持童贞,只是为了自己将来如果养育后代的话,能够保证他们血统纯正。整个这部戏的前提是,性的诱惑无法躲避,安哲罗和伊莎贝拉分别以各自的方式证明自己受其影响。公爵伪装成教士时,他对狱官说,他想和伊莎贝拉单独谈会儿话,他的教士身份可以担保不会出岔子。但是他显然被伊莎贝拉吸引住了。面对浪荡的人,必须利用恐惧逼他节制性欲;面对刻板的人,则必须强迫他去体验性诱惑的力量。

　　伊莎贝拉和安哲罗会晤的结果是,她开始看到自己的立场和盲信的某些弱点。伊莎贝拉在浪荡的路西奥——这个卑鄙的家伙——的引导下,见识了自己言辞的威力。路西奥受到的惩罚,比剧中任何别的情色人物更严厉,但是严厉的原因更多是因为他冒犯公爵,而非因为他的性行为。伊莎贝拉第一次与安哲罗晤面,一开始的时候她顺从地、过于轻易地接受了弟弟的死刑。在这次晤面的最后,[66]伊莎贝拉渐渐对自己的声音着了魔(按照她所加入的教派的规矩,这是她不可做的事,因为教规反对她们与男人交谈),她向安哲罗保证,如果安哲罗大发慈悲,她就在上帝面前为他说好话。伊莎贝拉在安哲罗首次示爱之前所说的话,试图提醒安哲罗,他也是个男人并且一定曾有过和她的弟弟同样的情感。这是在祈求慈悲,这仁慈并非神恩,而是对人类共有之弱点的认识。但是及至第二次与安哲罗晤面,已然是一个猎艳大盗的安哲罗实际地提出要求,"要么献出你的童贞,要么舍掉你弟弟的性命",伊莎贝拉与安哲罗的交谈中,安哲罗说出了一些颇有道理的话。伊莎贝拉被迫承认:她对自身和弟弟使用不同标准,而安哲罗不过是执行法律,对于那些法律原则,她是接受的。更重要的是,伊莎贝拉被迫同意,她拒绝与安哲罗交媾与安哲罗拒绝饶恕她弟弟的行为,两种拒绝是类似的。安哲罗告诉伊莎贝拉,上帝会因为她的行为是出于救人的好意而宽恕她。因为执法者犯法这太令人发指,所以伊莎贝拉立场的弱点也就得以掩盖起来了。正如我指出过的,公爵的部分意图,即是要使法律在不失庄严的情况下,更明确地由具有人类弱点的人来制定,从而不那么暴虐。公爵缩小了应然与实然之间所必然具有的鸿沟。伊莎贝拉过于激动,开始用爱欲的语言描绘自己对童贞的眷恋,为了童贞,她甚至可以去死。她说,她会"从容就死,像一个疲倦的旅人赴他渴慕的安息,我不愿让我的身体蒙上羞辱"。(2.4. 102 – 104)现在,童贞对她来说有着形而上学的地位。"伊莎贝拉,你必须活着做一个清白的人,/让你的弟弟死去吧。"(2.4. 183)

这种方式或许显得高贵,但可以理解的是,伊莎贝拉的弟弟并不完全赢得她的赞许。这或许是因为,虽说她弟弟似乎是个足够正派的小伙子,但是他的风月史表明,他对性的罪,包括婚前性行为的罪,一直怀有一些确实的怀疑。他和未婚妻朱丽叶,注定要成为法律新威打击的典型靶子。虽然嫁妆耽搁了,婚姻尚未结成,但他们已行了夫妇之事。干吗不及时行乐,毕竟生命如此短暂,而且是出于好的意图?但是一俟被捕,他轻易就接受了法律的公正性,声称都是自己浪荡才会遭殃。不管怎么说,婚姻的原则已[67]灌输给他,他轻易就承认,自己本该耐心等待。这条法律并不否定性的满足,或使他的行为成为不可弥补的犯罪。一方面,他被动地接受法律,期望承认法律的公正性能够救自己一命。但是另一方面,他和朱丽叶代表着大多数人的行为,大多数人既不热衷频频光顾妓院,也不具备要加入修道院的不可阻挡的热望。维也纳的问题有一部分是结构性的:既有高的观点反对性,也有低的观点接受现有的任何形式的性。这些普通人很可能做一些自我节制,然后成婚,不至于有太多愤恨和反叛。这些人们没有足够的爱欲,真去冒风险,也没有像安哲罗那样偏执的动机。

克劳迪奥是首尝法律新威的倒霉蛋。他告诉狱吏,"为什么是我?我不过是跟着别人来"。准确地讲,这可能算不上你心目中的高贵立场,但是对于那些偶尔违反一两条废法的人,比如在康涅狄克州买安全套,又或在佐治亚自己的家中犯鸡奸的人,它却能引起共鸣(虽然在旧维也纳,没有哪个律师会为了丢别人的脸而应用法律)。克劳迪奥恐惧得魂不附体,因为安哲罗、自己的姐姐以及公爵都判自己死,尽管其他人物充满同情,认为惩罚太严厉。公爵发表了一通很能震撼正经人的道德说教,但在莎士比亚,这些不过是空洞的言辞,哄那些遭厄运的人。这一点,我们已在《罗密欧与朱丽叶》中劳伦斯神父那里见识过,《一报还一报》中,公爵所做的不过是相似的事情。公爵教导克劳迪奥,生命是何等不堪,相比之下死是多么可取(3.1.5–41)。与这位假神父说的其他话不同,这番话不是基督教的而是廊下派的。他没有谈后世生活或者灵魂的不朽,相反,他的说教集中在人的虚无(nothingness)以及人的尘土根源之上。莱辛(Lessing)以其独特的优雅品味坦承,他从来不怎么喜欢廊下派哲学,因为它对待人的态度好像人是角斗士一样。莱辛并不认为,[68]拉奥孔与其子在被蛇扼死时脸上呈现出的气定神闲与对痛苦的否定有任何关系。莱辛指出荷马的一个精彩段落,在阿凯奥斯人与特洛伊人大战之前,特洛伊阵营镇定自若,因为"伟大的普利阿摩斯不需特洛伊人哭泣"。① 希腊阵营漫天哭号,莱辛认为这证明

---

① 莱辛,《拉奥孔》,第一章。

特洛伊人是野蛮人而阿凯奥斯人是希腊人,亦即文明的巅峰。实际上,这意味着希腊人能接受自己的眼泪,但毕竟还是男子汉,照常战斗。野蛮人不得不压抑自然。我相信,莎士比亚笔下所有的廊下派言辞都是为了嘲弄廊下派道德的不人性。① 公爵的说教形成了如此强烈的对比,以至于完全无法理解有谁能从生命中得到任何一丁点儿乐趣。你如果年纪轻,就必定贫穷,不可能得到享受;等你有钱了,你就太老,再无法享受,如此反复。公爵否定了亚里士多德欣然接受的东西:单是生命就够令人愉快,而且这就是为什么人们紧紧抓住它。这种道德观的极致是要告诉你,你并不享受你所享受的。这简直难以置信,虽然暂时被命运击晕了的人会说自己相信,正如克劳迪奥,他说:"我满怀谦卑地谢谢您。/我尽力求生,结果发现自己是在寻死,/一心求死,结果又发现生机。"(3.1.41–43)

这个迷人的小伙子被吓丢了魂儿。这一场戏之后,伊莎贝拉来到监狱,与弟弟谈他们的处境——他们的讨论受到公爵的监视(3.1.48–149)。这是伊莎贝拉最糟糕的一刻。她告诉弟弟,她遭受着不堪的重负,希望弟弟接受死刑,这是她保住童贞的代价。他不能自己活着,却让她的耻辱蒙着自己的良心。弟弟的死与自己将会做出的牺牲相比,简直什么也不是。她接着公爵的话题告诉弟弟,死是多么不足挂齿。她的主题曲是死亡,而不是失去荣誉,但是,克劳迪奥以及大多数人,人性地——太人性地想要知道,是否就是应该这样。当她说明自己为了救弟弟的命必须要做的可怕的、不

---

① 布鲁姆(与雅法合著),《莎士比亚的政治》(Chicago:University of Chicago Press,重印本,1986),页 101–103。[译按]中译本见潘望译,江苏人民出版社,2009。

可能的事时，克劳迪奥就死的决心开始动摇。这是让人背脊发凉的一个场景，但也以其特点成为莎士比亚最具喜剧性的发明之一。当克劳迪奥发现伊莎贝拉根本无意按照安哲罗提出的方式救他的命时，他带着善意放弃了，他说："你不能那么做。"伊莎贝拉欢欣地回答说，如果只是自己的生命受到威胁，正如[69]克劳迪奥的命受到威胁一样，她就会像扔掉一个别针一样扔掉自己的生命。对她的这个说法，克劳迪奥回答说："谢谢你，亲爱的伊莎贝拉，"话中的语气可想而知。于是，克劳迪奥开始让自己沉浸在那种学究式的诡辩之中，即如安哲罗和伊莎贝拉之间发生的谈话那样。克劳迪奥说，安哲罗不可能把通奸看成不可赦的罪恶，因为他是个聪明人，不会为了"一时的游戏"换来终身的愧疚。"那一定不是罪恶，／即便是罪恶，在七大重罪中也该是最轻的一项。"伊莎贝拉震惊地问道："什么是最轻的一项？"（3.1.109-111）然后，克劳迪奥用充满人性、感人肺腑的一席话，告诉伊莎贝拉，自己对死刑的真正想法：

> 是的，可是死了，到我们不知道的地方去，
> 长眠在阴寒的囚牢里发霉腐烂，
> 让这有知觉有温暖的、活跃的生命化为
> 泥土；一个追求着欢乐的灵魂，
> 沐浴在火焰一样的热流里，
> 或者幽禁在寒气砭骨的冰山，
> 无形的飓风把它吞卷，
> 回绕着上下八方肆意狂吹；
> 也许还有比一切无稽的想象
> 所能臆测的更大的痛苦，那太可怕了！

只要活在这世上,无论

衰老、病痛、穷困和监禁

给人怎样的烦恼苦难,

比起死的恐怖来,

也就像天堂一样幸福了。(3. 1. 117 – 131)

此处的争论点不单是终末,即停止存在,正如公爵的话中所说,而是想象所告诉我们的死后发生的事情。一方面是人的美妙温暖的肉体的腐烂,另一方面是诗人告诉过我们的灵魂的经历,从荷马导游冥界开始。克劳迪奥像阿基琉斯一样,说自己情愿接受凡间的一切,也不愿做整个冥界的王。克劳迪奥恳求道:"好姊姊,让我活着吧!"(3. 1. 132)上天——仁慈的上天,将会宽赦为救朋友或亲人而失去贞操以及生命的人。

这没有一点是哲人的反应。卢克莱修的整个哲学努力,就是要说服能够说服的一小撮人,不要[70]对后世生活心存恐惧。这让人们摆脱了因恐惧后世生活而背的枷锁,那可能毁掉此世生活之乐的枷锁,但是并没有祛除对虚无的天然恐惧。哲人和普通人都害怕死,但是怕的原因不同。哲人更容易接受死亡,因为他们已经将死亡以及死亡的必然性透彻地考虑过了。这一点正好强调了克劳迪奥完全正派的平凡。但是,当救赎如此轻易就放在手中时,不管是智慧者还是普通人都不会轻易接受死亡。唯有接受童贞高于一切这套理论的人才会轻易接受死亡。听到克劳迪奥感人的请求时,伊莎贝拉的回答是:"呀,你这畜生!"(3. 1. 135)当伊莎贝拉把弟弟想靠她的丑行来活命等同于乱伦时,她的愤怒变得猥亵起来。她想象出那种行为,并且赋予这种行为自己的宗教身份附加给它的一切。

克劳迪奥显然并不这么看,但他比较理性地把姐姐与安哲罗的唯一联系看作达成一个重要结局的手段。伊莎贝拉接着又攻击自己母亲的美德,因为克劳迪奥这样一个人绝不可能是自己父亲的儿子。伊莎贝拉激动到了极点,她亲自将自己的弟弟重新又判了一回死刑。

公爵看到整个场面,显然被这位姑娘吸引住了,相比她的现实,公爵更多是被她的潜能吸引。公爵将要让她经受一连串审判和折磨,那将会起到驯化其血气,将其拉回有死者行列的效果。公爵立即向伊莎贝拉透露了对付安哲罗的计谋。公爵已经培养玛丽安娜很长时间,他建议玛丽安娜顶替伊莎贝拉,赴安哲罗之约。公爵只谈强力,总是要诈,他三番五次说谎,几乎骗了所有人。公爵请伊莎贝拉参与安排这次幽会。伊莎贝拉如此欣然地接受,部分原因是,她似乎更关注自己的贞洁和自己的荣誉。为了把这个安排虚饰得有分寸,神父说,婚约跟婚姻是一样的。是不是这样呢?鉴于克劳迪奥虽然婚前有类似约定,但在发生性关系后却被判处死刑,这就是个颇值得怀疑的问题。或许,克劳迪奥的问题在于有了孩子?

玛丽安娜与安哲罗性交会产生什么结果,伊莎贝拉对此可能怎么想呢?当伊莎贝拉首次听说玛丽安娜的[71]苦难时,即便对他人的生命特别有慈悲心,她仍然说玛丽安娜还是死了为好。实在难以想明白,这种秘密的行为如何会变成婚姻。由于看到有拯救弟弟而又不辱没自己的办法,伊莎贝拉也就不追究那么多细节了。公爵交由伊莎贝拉去把这个计划告诉玛丽安娜,这是我们没有在舞台上看到的一场戏,但是我们不由得要对它进行思考。我们肯定想知道,忠诚的玛丽安娜对这一切作何感想。她是带着迟疑接受这次交合,还是欢欣鼓舞于终于能收获爱的果实？没有证据表明，在遇到伊莎贝拉之前，安哲罗曾在肉体上受玛丽安娜吸引，或受任何人吸引。而今，玛丽安娜不得不接受，能与自己心爱的人交欢，原因只是安哲罗与自己翻云覆雨之时心里却以为身下的是另一个人。这起码算是令人羞辱的事，并且还会在她与安哲罗——她期望中的丈夫——将来的性关系上造成一些疑问。安哲罗会不会对她有欲望，或者他是否总得想着伊莎贝拉才能完成那个行为？最起码，安哲罗的性快感，因为想到自己玩弄的是伊莎贝拉，而大大提高。伊莎贝拉自己肯定明白，安哲罗会以为得到了她，而且说不定会在整个余生都抱着这个想法，即便最终会得知这并不是真的。此处对两性相交过程中的想象与现实的关系做了大段论述。关于这些问题，公爵是一位资深的追问者。安哲罗品尝了伊莎贝拉后，很可能将用整个余生来比较玛丽安娜与伊莎贝拉。他将眼睁睁看着自己渴望得到的女人被公爵采而撷之。其中的教育或许是，这些事情暗地里都一样，但安哲罗怎么也不肯相信。这将是咬弗动太太的窑子哲学。公爵是恶毒之人。

伊莎贝拉尽职尽责安排完一次肉体买卖之后，几乎立刻得到弟弟的死讯作为回报。或许是公爵需要利用伊莎贝拉的愤怒，以便成全自己计划的对安哲罗的指控，但因此谎称其弟弟已死，这实在太残忍。如果只有灵魂而没有身体，那么公爵是残忍的，但他使用残忍乃是以正义之名。公爵有正当的理由这样折磨伊莎贝拉，这是他驯化伊莎贝拉的方法之一。首先，公爵促使伊莎贝拉习惯于平静地面对肉欲，现在他又诱使伊莎贝拉[72]对弟弟之死做出纯粹自然的反应，因为自己先前不愿为弟弟付出而内心夹杂着负疚感。眼下，伊莎贝拉唯一的动机是复仇，并开始彻底依附于她的神圣的顾问以及这个顾问所效力的统治者。不管是这个顾问,还是他所效力的统治者,都将被作为君主的公爵取代,得到伊莎贝拉的崇敬。

第四幕大部分发生在黑暗的狱中。在那里,公爵作为一个宗教人员,做着匡扶正义的最后准备,那将发生在第五幕,发生在青天白日之下。在狱中,公爵最具欺骗性,最有意大利风格——他称自己乃奉教皇之命而来。他利用公爵的印玺号令狱官,除了奉教皇之命,他还以更高权力的名义行动。公爵不愿直接行动,因为那样就会显得,他试图改正的那些弊病,连他自己都有份。他是在把类似于安哲罗那样的正义往自己身上揽。戏剧很重要的一部分是在刻画施行统治和正义过程中现实与表象之间的不对等。公爵不仅需要复兴法律的强力,还需协调他所谈到的不对等。作为一个统治者,他的问题类似于普洛斯彼罗的问题,是与某种谦逊联系在一起的,这种谦逊即不假装具有统治者那神一般的职能,也不妄称看不起围绕着那些居高位者的一切虚伪。这种谨慎在路西奥出场的地方得到加强。路西奥在公爵面前诽谤公爵,却不知道面前的人是谁。这些场景令人愉快的喜剧性与正义联系在一起,因为观众当然知道,路西奥一旦明白神父的道袍底下掩藏着谁的面容,就会后悔自己的嘴巴不检点。不经意间,路西奥说出一句大实话:Cucullus non facit monachum,即穿道袍的不等于道士(5.1.261)。普洛斯彼罗用魔法匡正局势,公爵利用神父的伪装也是一样的目的。

公爵的监狱是个有趣的地方,对待犯人极为温和。里边讲到的唯一的死亡乃出于自然原因。正如已提到过的,庞贝受封为副刽子手,协助从未发生过的行刑。庞贝中意这份差事,还说刽子手为自己的客人求赦免比妓女为嫖客求情还经常(他过去曾是妓女们的代理人)。妓女们很可能也像刽子手一样真正颁赐着死亡,监狱令庞贝感到如归自家,因为现在里边装满了先前常常光顾窑子的下九流们。[73]似乎没有任何严重的事会发生在他们身上,我们看到的那些关进监狱的人,只因屡次犯事才给关进去了。然而就在监狱里,公爵拯救了克劳迪奥,克劳迪奥接受了教训。公爵召见了据说犯谋杀罪的巴那丁(Barnardine),他打算用巴那丁的脑袋代替克劳迪奥的脑袋,给安哲罗送去。巴那丁拒绝那天去死,因为他酒醉得头疼,于是公爵认为这家伙还没准备好死,就像他没准备好生一样。公爵首先说,他会等到巴那丁准备好去死的时候。然后,我们得知,剧中发生了一件明显仅是偶然的事情。一个比巴那丁长得像克劳迪奥得多的海盗死了,这个海盗的脑袋给摘下来送给了安哲罗。最后,巴那丁受到公爵赦免,原因很可能是,巴那丁是否真的犯了他被控告的谋杀罪名还有些疑问。监狱的格调通过狱官的话传达出来——他说,巴那丁本来可以轻易逃走,但他从来没去费过这样的力气。这样一个监狱绝对没有印证法律所应该体现的严酷。唯有把头颅送给安哲罗这种阴森的行为,以及对伊莎贝拉撒的那个有关他弟弟之死的谎言——同时也是有关这枚头颅的谎言,表象而非现实,才是这个监狱散发出来的残酷。

第五幕极大地肯定了公爵的政策,公开呈现了他作为正义分配者的光鲜形象。公爵几乎是以弥赛亚的形象,满足了被损害者对正义的渴望,对作恶者分配了惩罚。之前发生的一切,尤其是在监狱中披着伪装的公爵暗地里所行的事,都是为他重新统治做好准备。法律要求许多法律之外的或者干脆就是非法的东西,以便既占到正义又得到运用。莎士比亚既有马基雅维利式的对法律的批判,也有对那些带着一种古典式的——柏拉图式的、亚里士多德式的或者西塞罗式的——对正义的爱来利用法律又滥用法律的人的批判。公爵既不上法律的当,也不蔑视法律。

  公爵在城门处的公共场所被伊莎贝拉拦住。公爵已宣布听取民怨,伊莎贝拉便寄望于他,向他讨公道,却被斥为污蔑公爵委派的主持正义的大臣,立刻被下入狱中。这对她极度不公,必须算作公爵加于她的又一桩苦事。[74]虽然伊莎贝拉之前趾高气扬、自以为是,现在我们不禁对她同情起来。这场戏反映出正义在某些国度里的通常程序:在这些国度里,受害人面对有名望的作恶者时,往往不受信任。柏拉图《王制》中的特拉叙马霍斯(Thrasymachus)有力地阐明了对法律的恒久的怨恨,那就是法律被钱权兼备的人用来合法化自我势力的扩张。① 这削弱了人们对法律的信心或者说期望。《一报还一报》最后那场戏戏剧性地体现了人的梦想的实现,也即梦想着一位全知全能的统治者或神的到来,拯救受压迫者、羞辱趾高气扬的人。但是,这部戏开始的地方却是一个权力与正义失衡的典型案例。

  伊莎贝拉对公爵谎称自己为了救弟弟而屈从于安哲罗的要求,从而公开承认自己失去了童贞,虽然这并不是真的。在承认的时候,她很可能是一副新入教者的着装。当然,从另一层意义上来说,伊莎贝拉是在公开地自我证明,因为她声称自己为了救弟弟的命,心甘情愿地牺牲了自己。最后,伊莎贝拉为玛丽安娜的祷告所迫,才跪倒在地,请求赦免安哲罗。伊莎贝拉解释到,安哲罗走上犯罪

---

 ① 柏拉图,《王制》,338c – 339a。

的道路，乃因为对自己倾心。要是伊莎贝拉没有那么兴师动众，没有如此珍视自己的童贞，那么安哲罗或许绝不会腐化败坏。

在这部戏里，莎士比亚显然倾向于把大多数问题都怪罪到男人的性欲上头，他倾向于宽恕女人、为女人开脱。但是，莎士比亚仍然考察了文明人——文明过度的人的两性关系所牵涉的微妙机制。是从合法性上对女性的矜持报以关切和敬重，还是将她们的童贞加以神圣化，莎士比亚小心地在这两者间取其平衡。公爵在这一场戏中审理的三个男人犯法的案子，都偏向受侵犯的女人，尽管三种情况下都是女人出于自愿。对待伊莎贝拉的态度是唯一的例外。

洛多维克神父（Friar Lodowick）一被带上场，关于他的为人和是否可靠，出现了互相矛盾的证词——在人类施行正义时经常会看到这种互相矛盾的证词，这时就达到了戏剧的高潮。神父的兜帽被路西奥扯了下来，正是路西奥既诋毁神父又诽谤公爵，这就像歌队一样，体现出公共舆论善变而危险的情绪。[75] 一时间，所有大臣们都明白了，站在他们面前的是一位知道他们秘密想法和行为的人，一位对他们分配超越法律的正义的人。但是，最放松的人却是安哲罗——这个做了唯一有意伤害他人的行为的人，他认识到自己必须面对自己的审判日。安哲罗曾指望自己具有巨吉斯式的（Gygean）隐身术，让自己犯了罪却免受其后果，虽然他的良心总是教他沮丧万分，因为可能存在着一位神性的监察者。眼下，他发现站在自己面前的是一位人类监察者：

啊，我的威严的主上！
您像天上的神明一样炯察到我的过失，
我要是还以为可以在您面前掩饰过去，

>   那岂不是罪上加罪了吗？(5.1.364-368)

公爵对安哲罗来说就像上帝一样,若是以为自己的罪行别人看不到,那就是最深的罪过。像安哲罗这样的人,要他们保持正义,就必须首先让他们相信举头三尺有神明。公爵给安哲罗、路西奥以及许多其他人的印象是,他总会在他们思想的细小裂缝当中探察他们。公爵的正义速速地实现,在他面前的四个案子,他给的决策都是婚姻。公爵的政策是促成家庭,尤其强调男人让女人养下孩子就要对孩子负起责任。这位公爵直捣问题核心,而不像我们的道德改革家们,老在边缘问题上打转,比如堕胎、同性恋或者色情。公爵设法缔造并维系婚姻。不过,并非偶然的是,这些婚姻都有些貌似惩罚。

安哲罗的案子的结局在所有案子中最令人称奇。公爵本来赐了死刑,安哲罗本人也一心求死,结果两个女人的求情使得公爵仁慈开恩。有那么一瞬间,玛丽安娜满以为自己要在同一天结婚、守寡,与她前两天的两难境遇(那时,她既是个处子,又是人妻)完全相同。在这部戏剧中,别的所有人物受的苦似乎都是公平的,但是玛丽安娜为何必须经历如此折磨依然是一个谜,[76]除非那是修正安哲罗的一个手段。公爵的确用这种方式来试探玛丽安娜,确定她对安哲罗难以置信的爱。玛丽安娜将得到安哲罗的财产,于是便能实现许多寡妇的梦想。这将恢复玛丽安娜在哥哥遭遇海难、自己随之失去嫁妆以前的境况。公爵为玛丽安娜提供了寻找更好的丈夫所需的条件,但是玛丽安娜不要这样的丈夫。虽然戏剧的标题是《一报还一报》——报复法(Lex talionis)的一个版本,但是至少对于玛丽安娜来说,这部戏或许是《终成眷属》。公爵呈现的是柔和版的"以眼还眼":以死的威胁回报死的威胁,而非真正以命偿命。

不过,安哲罗的确做了一件可怕的事,他确实打算杀掉克劳迪奥。有死刑在头上,克劳迪奥当然承受着白纸黑字写下来的严酷法律。惩罚的确严厉,但是安哲罗受命执行这些法律至少是为了公共的好处。安哲罗的错只在于对伊莎贝拉/玛丽安娜食言,这当然是法律以外的事。他在法律上的罪过是利用职权逼迫一个女人委身于自己。公爵从两方面利用了安哲罗:一是重整法律的威严,二是缓和裁决的道德严酷性。公爵有可能相信伊莎贝拉所说的安哲罗犯罪的原因,并认为安哲罗堕落之后,他身上将会产生更好的东西。

公爵的远见是伊莎贝拉未遭侵犯、克劳迪奥未被砍头的原因。公爵行奇迹。伊莎贝拉为公爵的行动所震撼,但她以为公爵没能救弟弟的命。公爵只提供了"祈求苍天"惩罚作恶者的机会。直到最后,伊莎贝拉认识到,公爵的远见解救了对她来说最宝贵的一切东西。公爵的正义最有趣的一面是,他没有让任何人得以恣意愤怒、报复犯事的人,甚或为所犯的罪悔过。婚姻、与兄弟团聚、自然的满足是公爵经营的东西。爱斯卡勒斯受到了赞赏,狱官得到了赏赐。路西奥被迫娶一个——据他自己承认——为自己生了孩子的女人,他以前否认孩子是自己的,现在又把这个女人称作婊子。路西奥得到的回报——按他的话来说——是一顶绿帽子,只因他把公爵变成了公爵(撒下神父的兜帽)。教导人接受对孩子的责任是对路西奥的惩罚的一部分,但是正如我提过的,主要原因还是路西奥对公爵不敬,拿公爵的性行为胡说一气。[77]这两个原因或许是一样的:尊重公爵一定就是尊重公爵在这些根本问题上的法律。

克劳迪奥被赐婚,他曾声称,这桩婚事是他想要的,有没有等待中的嫁妆并不是个问题。我们知道,玛丽安娜没有嫁妆,路西奥的羞答答的新娘当然没有任何嫁妆,所以公爵是在解除女人的重负,让她们不用为丈夫提供钱财。

现在,我们来看看伊莎贝拉和公爵的情况。公爵求了两次婚,一次是在克劳迪奥神奇"复生"之前,一次是在那之后。我们从未听到伊莎贝拉的回答,但是公爵的权威让我们无法怀疑伊莎贝拉最终应允了。公爵从单身变成已婚,并使得所有人民都跟随自己而动。这部戏几乎根本不谈爱,充满了性,但缺少爱欲。此处这种婚姻遇到的态度,从路西奥的厌恶,上升到安哲罗的顺从和解脱,再到克劳迪奥随遇而安的满足,最后到公爵显而易见的喜爱。莎士比亚扮演着奥斯丁(Jane Austen),给每个人他们应得的婚姻。公爵认为自己配得到最好的。他选择了一个迷人的姑娘,并当着我们的面教育了她。最终伊莎贝拉崇拜公爵的智慧和权力,并感激他救了她和她弟弟。公爵的婚姻一开始就有好运。他很需要好运,因为他面对的是一个很有主见的女人。尤其是,公爵从修道院手里把这个很有潜质的修女抢过来,变成了自己床上那可人的娇妻。

最后这一点最好地教我们懂得公爵的伟大改革精神。这部戏因其中的威胁而恐怖,因其结局而美好。公爵明白,有效的法律是由令人恐惧的强力、智慧以及居于首要地位的自然倾向精细地混合而成,为个体带来的幸福与人类社会所容得下的一样多。公爵认为,如果没有一个体面社会所设的限制,性欲是不可能得到释放的。他认为性满足是一件好事,而且以婚姻的名义充分平复性欲并不太难,而彻底的解放反而不能奏效。在神圣罗马帝国当中,我们见到一位神父成为一位走入婚姻的统治者,这一改革与新教改革并非没有关系。公爵做的每一件事都是为了自然的满足,首先是他自己的满足。与他的启蒙了的后人不同,公爵认为,单凭自然倾向并不足以构成秩序井然的社会,不过在目标上,他与后人在很大程度上意见一致。

[78]公爵和卢梭一样,认为性教育是公民教育必不可少的部分。不过,公爵并没有试图大刀阔斧地改变人,以克服人的分裂。他只是把恐惧引入到性的规律之中。权威对性的介入令人反感,但是公爵深入其中,以便无需再这么做。他通过这个行动强调,人们的性特质是他们与政体的关系中必不可少的组成部分。

第四章　特洛伊罗斯与克瑞西达

[79]《特洛伊罗斯与克瑞西达》也许是所有莎剧中最阴郁的一部,它呈现的是对古代最伟大的英雄们极端诙谐的嘲笑。莎士比亚要传达的意思似乎是,英雄不是英雄,他们要么是愚人,要么是无赖,爱也不过是虚伪和欺骗。这部戏的氛围与《安东尼与克莉奥佩特拉》如此不同,以致诠释者们唯有假定这位诗人遭受了爱的失意,才能让他对历史的改写为人理解。这样的诠释合乎现代读者的口味。现代读者在浪漫主义的持久影响之下,把作者们理解成纪年作家——记录他们自己的历史或情感,以及崇高地再现我们大多数人对待事物的方式。作者应该选择更全面的、不囿于自身的视角,克服自己特殊的经历或情感——这种观念虽然莎士比亚本人也明确阐述过,甚至在这部戏中讨论过,但还是遭到了否定,并被看成相悖于诗歌的。把作者的创作视为自传,这被我们当成了真理,但它不过是个断言,而且还是一个不可靠的断言,所以我们将其当成真理的行为更是对我们自己的评价。我们至少应该认为,在不同的戏剧中,莎士比亚是从不同的层面来看待古代英雄和爱的,并且每个不同层面都是一个整体眼光的一部分。一个被普遍认为有如此超凡天赋的人,为何不可把自己的思想划出不同的分野呢?他很可能通过自己的情感来理解激情的心理,也即揭示人的处境,而不[80]仅仅揭示他的个人遭际。要理解这部实际存在的、我们能亲眼观看的

戏剧,我们就不能先去揣测诗人的动机,那是我们实在不可知的,我们可知的不过只有诗人的成果,亦即这部戏剧。否则,不可知的反倒成了理解可知的基础。这些反思乃因阅读戏剧本身而生,因为戏剧实在令人费解。高超的幽默、令人难以容忍的时代错误,以及对莎士比亚似乎在别处大加赞美过的传统的嘲讽——这些都让我们迷惑不解。《特洛伊罗斯与克瑞西达》包含着精美的诗行,但是其形式和修辞特点——包括从舞台的角度来看实在难以理解的长篇大论——似乎表明了它在戏剧上的失败。这是貌似不可能归类为喜剧还是悲剧的戏剧之一。

当然,如果《安东尼与克莉奥佩特拉》向我们灌注了怀旧情绪,那么这部戏就是对这一危险情绪的矫正。怀旧情绪以过去的名义削弱现在的地位,而过去是绝不可能再造的一个历史时刻,怀旧的情绪最终沦为空洞的孤高情怀。此处,莎士比亚揭穿了过去的假面,但是并非一切都坍塌了。在那些把荣耀和爱看作最伟大、最富兴味的人类动机的人眼中,一切都坍塌了。但是坦白地说,如果这部戏剧是关于智慧这个大多数人既不理解也不渴望的东西,那么这部戏的大多数形式问题都将消失。一个人物——尤利西斯(Ulysses)——以一个胜利者的形象浮现出来,虽然是以一种低调的方式。莎士比亚在《特洛伊罗斯与克瑞西达》中表明,智慧——刻板并且外表看来毫无吸引力——才是永远可以为人们所用的高贵而值得选择的东西。在呈现这一主题时,莎士比亚面临的困难是柏拉图式的老困难:跃动的、强烈的激情是模仿艺术所能刻画的,相反,智慧者(如苏格拉底)在反映生活的舞台上却无重要地位。这也是莎士比亚在《暴风雨》中以另一种装扮设法对付的问题,亦即一个智慧者在激情的映衬之下如何能被塑造得有趣,尽管大众对智慧缺乏理解并且不乏厌恶。永远诱人而有趣的荣耀和爱是《特洛伊罗斯与克瑞西达》的核心,但是它们的光辉在理性的侵蚀之下变得黯淡,在这部戏剧的情节中成了实现尤利西斯的目的的手段。《伊利亚特》中的尤利西斯很难说是一个可爱的角色,同样他在《特洛伊罗斯与克瑞西达》中也不怎么讨人喜欢,很受批评家们看轻。魔法师普洛斯彼罗能够占据舞台中心,而尤利西斯这个阴谋家和揭露者[81]似乎游离于戏剧的中心情节之外。但是,对于少部分优秀观众和读者,尤利西斯代表着一个黑暗世界中的哲学的慰藉。

剧中的人物非常在意后人的评判,并认识到他们的荣耀有赖于诗人。莎士比亚确实行使了他的权力。在大众眼中唯一有个好形象的人是特洛伊罗斯,即便是他也显得有些可笑。这是一位不留情面的极端主义者写的戏。莎士比亚选择把特洛伊人塑造成高于希腊人的模样,与施墨不偏不倚的荷马描绘的画面差别很大。这让莎士比亚得以用一种不敬的态度来对待凯旋的英雄主义传统。特洛伊人大致符合关于他们的传说,亦即崇尚荣誉的理想主义者。相反,希腊英雄们则被用一种最厌恶的笔触描绘出来,但是这种看待他们的态度反映了他们的一些真正本质:统治者不贤明,英雄们不值得敬仰,并且他们中没有情人。尤利西斯的存在有助于让这一切显露出来,或者使这一切比它通常可能显现的样子更糟糕,但即便没有他的存在,这一切也再明显不过了。莎士比亚的戏剧似乎就是要改正一个巨大的历史错误,此谬严重地误导了后世之人。莎士比亚改写最多的人正是阿基琉斯这位英雄中的英雄,从而把柏拉图在《王制》中所暗示的东西变得更加核心了。①

---

① 柏拉图,《王制》388a－391c。

这部戏剧在各个英雄的行动背后植入爱欲动机,这种做法在荷马那里并不明显,但毕竟沿袭或者加强了据说曾挑起特洛伊战争的爱欲动机。奋力占有海伦的美貌,这就为战争中的巨大苦难和英雄行为做了解释或者提供了充分的理由。对美的爱能够以其极大的专注和奉献被视为一种高贵的动机,而对钱财和土地的追求则不能。希腊人和特洛伊人用他们的理想拔高战争;《特洛伊罗斯与克瑞西达》则通过嘲笑战争的动机来降低战争,这正是希罗多德在他的著作《原史》(History)之首所做的事。① 希罗多德这么做,为的是让波斯战争作为一场真正高贵的战争,取代特洛伊战争的位置。然而,莎士比亚没有呈献出任何此种高贵的替代,这与修昔底德类似,修氏也只满足于通过沉思政治历史的丑陋而获得的理解。爱神与战神之间的对立被强调同时也被削弱。

这部戏的独特性之一是把希腊和特洛伊(尤其是特洛伊)的战士变成骑士——在伟大的[82]骑士传统中,骑士们为伟大的女士而战,他们的决斗形式都萦绕着孤高可笑的意味。在《特洛伊罗斯与克瑞西达》当中,这一特点达到了顶峰,即在赫克托(Hector)与埃阿斯(Ajax)决斗的时候,两人即使扑打开来依然彼此相敬,抒发着共同的荣誉原则,连一根汗毛也没伤到对方。这场决斗的背景却是希腊人与特洛伊人惨绝人寰的相互屠杀。于是,那崇高的原则——战斗领袖们的绅士风度受到嘲讽,战争的丑陋被揭露无余。阅读这部戏剧,读者不免想到第一次世界大战,许多人为了无足轻重甚或根本不存在的目标而丧命。在这场战争中的一大部分中,法国和德国贵族官员之间不管是民间还是官方都有联系,这一点在雷诺阿

---

① 希罗多德,《原史》,卷二,第3-5章。

(Jean Renoir)的电影《大幻灭》(Grand Illusion)中被精妙地捕捉到了。雷诺阿与莎士比亚的差别是,雷诺阿严肃地向我们说教战争的虚空,莎士比亚却以永远不竭的欢快来呈现这种景象。愚蠢是人的存在的永恒特征。我们这位剧作家无法改变这一点,最多只能以笑来为我们提供慰藉,提供随之而来的见识。他也从不说教。莎士比亚从乔叟(Chaucer)那里继承来了对基督教骑士传统的揶揄,只不过放在了特洛伊战争的背景中,借此得以对古典战士的动机提出了疑问。

戏剧开场的场景是,特洛伊罗斯当天不愿出战,因为他正因恋爱而忧悒。战争被描绘成了某种你能视自己那天的情绪参加或者不参加的东西。爱欲生活被人以一种双重视角来看待:其一,它是两性之间的战争;其二,打发起时间来,它比争战愉快多了。这一点继续了《伊利亚特》中提到过但没有持续下去的主题。《伊利亚特》中,帕里斯(Paris)被阿芙洛狄忒(Aphrodite)从战场上骗到了海伦的床上,他的寻欢作乐受到一向严肃的赫克托的斥责。爱欲生活与最严肃的政治活动(即战争)之间的对立,是第一场戏的核心意旨,但是整个战争是为了海伦,这一点并没有被忘记,所以战争中的种种艰辛只是手段,目的是在和平中抱得美人归。这夺去了阿基琉斯的英雄主义之战的内在高贵。如果海伦是个娼妇,那么英雄主义之战作为工具的高贵性也消失了,正如爱的尊严消失了一样。这就是尤利西斯的行动在剧中所实现的,它将最终重建和平,但是那样一种和平只是为了活着,失去了战争的荣耀或爱欲的光辉。

[83]这部戏中大多数谈情说爱听起来都虚假,最多让我们想到罗杰斯和阿斯泰尔式的(Ginger Rogers–Fred Astaire)罗曼史。媒人潘达洛斯(Pandarus)有着浅薄的文雅举止,热心于撮合男女私情,那既不同于婚姻,也不同于罗密欧与朱丽叶或安东尼与克莉奥佩特

拉之间的伟大爱情,伟大爱情不需要媒人。潘达洛斯是一个让人想起维也纳轻歌剧的人物。所有这些让人联想到某种文学类型的、在荷马笔下并不存在的人物,体现出了一丝莎士比亚对男女关系的广泛理解。我年少时曾观看古特里(Tyrone Guthrie)版本的《特洛伊罗斯与克瑞西达》,我只记得他把希腊和特洛伊英雄们的相会变成了鸡尾酒会,就其本身而言演出效果颇为不错。莎士比亚向我们展示了真爱,由特洛伊罗斯独自演绎出来;还展示了殷勤——卢梭将其描绘成一种对爱的戏仿,一种结局已定的激情的例行形式——其代表人物是潘达洛斯、海伦和帕里斯;也展示了纯粹的放浪和淫荡,由克瑞西达和狄俄墨得斯(Diomedes)演绎。尤利西斯是唯一与这一切无关的人物,但他狡猾地观察着这一切。

特洛伊罗斯在第一场真切而稚嫩地谈论爱情之后,在克瑞西达堕落得放纵淫荡之前,我们看到的是,克瑞西达在潘达洛斯面前是个十足的卖弄风情的女人。什么行为对于男人和女人来说是恰当的,不管我们对此各持什么偏见,我们都可以立即看出,克瑞西达这样的言谈举止不可能出自一个严肃的女人。她假装不把特洛伊罗斯当回事,当其他特洛伊的英雄们走过舞台时,克瑞西达将英雄们一一向潘达洛斯评价,说他们比特洛伊罗斯强。她又问,特洛伊罗斯与希腊的阿基琉斯相比如何,这证明了她的泛宗教主义(ecumenism),从而对她后来的行为给了我们一丝预示。克瑞西达对性行为和性器官已相当有经验,所以绝难视她为单纯,或者认为她尊重其中更深层次的意义和神秘。她已是一个孟浪随便的人。单纯的朱丽叶带着纯洁和敬畏渴望着;克莉奥佩特拉已驾轻就熟,并见证了安东尼在这个行为上的优越品质。潘达洛斯声称海伦爱特洛伊罗斯,克瑞西达回答说:"特洛伊罗斯一定不会反对。"(1.2.131)克瑞西达并不懂得独占性,她大方地接受了想象中特洛伊罗斯在海伦亲近他时有怎样的身体动作。当潘达洛斯把特洛伊罗斯描绘成一个品性好、有学问的人时,克瑞西达评价说,这些品质"以人为脍;烤成了一只去骨鸡,哪还有什么骨气可言"(1.2.261-262)。[84]"骨"指特洛伊罗斯的私密部分。倒不是克瑞西达说话有着直白的"异教"风格,而是这对她来说纯属说顺嘴的话。克瑞西达的浪荡说法是我们所知的马斯特和约翰逊(Masters and Johnson)的性教诲。第二场末尾时,克瑞西达有一段独白,她声称自己对特洛伊罗斯是认真的,但我们发现她的认真实在没有多深。克瑞西达通过亲身经历或他人转述而获知,男人很可能看轻得来容易的东西。她想做出一副很难征服的样子,以确保自己让人得到之后和之前都占上风。她把平常的性关系理解成主人和奴仆地位的更迭。她掩盖自己的欲望,只能让男人更满足。这是对一个严肃女人反思自身脆弱性的戏仿。对她来说,那只是关于两性经济关系的算计。克瑞西达与朱丽叶何其不同啊,朱丽叶虽然认识到,如此坦率地交出自己有风险,但她依然这么做了。相反,得到特洛伊罗斯仅仅是一种虚荣的表现。克瑞西达若是失去特洛伊罗斯,她的自尊心会受伤害,但她不会伤得太深,因为特洛伊罗斯而外,岂无他人!

第一幕第三场从特洛伊阵营转向希腊阵营的场面残酷。希腊阵营完全没有爱欲,倒是有军中素来为人熟知的野蛮的性。在这场戏中,我们看到一场针对战争问题展开的公共辩论。其中有两段滑稽的台词,一派正式演说的架势,充满了公共道德话语的种种陈词滥调。其中一段出自王中之王、士兵的牧者阿伽门农(Agamemnon),另一段出自阿伽门农的支持者和贤明的顾问——年迈的涅斯托(Nestor)(1.3.1–54)。这些言辞旨在激励士兵们,但它们充其量是流俗的国会年度报告的陈词滥调,谁也激励不了。在某种程度上,它们只是一块遮羞布,掩盖着领导人们的无能。正如从《伊利亚特》中熟知的,麻烦就在于阿基琉斯与其他将领们有嫌隙,躲在营帐里不出兵。但是演说者们对此闭口不谈,针对军中士气不振,他们说战争之所以打得这么久、牺牲这么多人,都因为那是上天的安排。按照阿伽门农的说法,这是朱庇特在考验希腊人,看他们有没有恒心。两位演说者都以廊下派公共道德为基础,这种道德基础区分美德与命运,使人的价值依赖于[85]美德,同时抵抗命运的打击。真正的幸福是美德,有美德的人将会最幸福,命运对他最残酷而他迎头抗击之时,他将最是他自己。傻人的福气可能带来各种好事,包括胜利,但是唯有自己努力赢得这些好事才真正值得敬佩。最有意义的东西仅仅依赖于偶然而不依赖于人的品质,这种说法简直是在侮辱人的自然。因此,当前的逆境是戴着假面的福祉,它将确保希腊人的荣耀。阿伽门农和涅斯托都说了一点谎,很可能是无意而为之,他们声称美德就是一切,并坚持美德将会得到胜利的回报。美德本身就是对美德的回报,但是大众绝不会相信这一点。阿伽门农和涅斯托不过是在对大众夸夸其谈,希望众人能学会耐心。

阿伽门农和涅斯托都未提命运可能被征服。命运必须被承受。充满美德的行为是绝对的,不能向处境妥协、改变。这当中蕴含着关于人必须学会承受什么的高贵的古典教义,与此相反,现代教诲却主张,人必须做受命运奴役的变色龙。但是,这种关于美德的主张可能容易蜕变成庸碌和愚蠢的借口。马基雅维利要求征服命运以反抗这种被动,这削弱了政治家的谨慎和行动。马基雅维利概括称,人们叫做命运的东西只是缺乏先见的结果,他的这个说法虽然并非就是对的,但不无道理;尤利西斯稍后以此说法为基础的言辞和行动是马基雅维利的书中缺少的一页(1.3.54 – 137)。① 尤利西斯对希腊的问题做出的解释,等于是控诉阿伽门农疏于统治、无能,不过尤利西斯没有坚持把这一点公之于众。尤利西斯的修辞问题是,他得说服不谨慎又不明智的统治者遵循恰当的路线。尤利西斯必须服从统治者,统治者们却无需服从尤利西斯,因为他的谨慎和智慧在事物的秩序中没有地位。尤利西斯一开口便颂扬阿伽门农的地位以及涅斯托的年岁。阿伽门农是王中之王的原因就是他是王中之王。没有什么理由好讲。涅斯托因他的年岁受到尊敬,因为至少在传统的社会中,年岁就因为它是年岁而拥有权威。尊崇祖先能产生权力,年纪更轻、更有智慧的尤利西斯必须奉承涅斯托。实属罕见的是,[86]智慧能够穿透这些密林而得见天日,一位如尤利西斯一样的精湛的修辞家必须声张智慧。尤利西斯成功地激起阿伽门农和涅斯托的愤怒,因为他们的地位受到阿基琉斯质疑。尤利西斯的计划成功了,因为他的计划诉诸他的上级那不明智的激情。

正是事物层级秩序的颠倒,被尤利西斯归咎为当前恶况的原因。人们不服从上级。为什么?因为这些上级无能,不懂得如何控制下级。实际上这意味着,这些上级仅仅是习俗上的上级。尤利西斯懂得如何矫正局面,即便自己的地位不利,却依然成功做到了,他是舞台上唯一有自然禀赋的统治者。但是有自然禀赋的统治者并非真正的统治者。

尤利西斯用宇宙论的外衣来装点他的建议。一切事物有其秩序——从上天本身开始,而人类秩序是上天秩序的一部分。若不遵

---

① 马基雅维利,《君主论》,第 25 章。

循主次先后,整个秩序都将陷入混乱。一切事物的利益都与统治和被统治的秩序相联。这是对"存在大链条"(the Great Chain of Being)的一种描述,围绕这一点而写下的废话早已汗牛充栋。在启蒙以前,这个链条应该曾经为人提供过道德上的安全感。这是对政治关系所做的众多有机论的解释中的又一种,这些解释告诉我们事物应该的样子,但它们实际上只是观念而已。这种宇宙论被应用到人类事务上时,遭到了尤利西斯的嘲讽。它与理查二世所依赖的事物的神圣秩序别无二致,它使得理查不必承担统治的责任。① 人们最喜欢用蜂巢类比政治秩序,尤利西斯即使用了这一类比。但是在蜂巢中,没有人需要告诉工蜂们,它们必须做什么或者蜂巢的统治者是谁。没有哪只蜜蜂高卧在营帐里不出工。人们或许会说,蜂巢是事物的应然秩序的典范,但这一说法颇成问题,因为事实是,自然产生了蜂巢,但人类社会并非这样产生出来的。人类社会更多地是统治者所施行的权力和欺诈的产物。那么,究竟是宇宙秩序本身有好元素也有坏元素,从而要求有一位宇宙统治者对其加以控制,还是说宇宙秩序是永恒的,所有部分最终都是在致力于共同利益?关于这一点,尤利西斯有意留给听众一些困惑。这些困惑与吞噬人生命的风暴之类的事情有关,人们不喜欢这样的事,它们似乎表明[87]无序就寓于万物的本性之中。如果出现这样的无序,人的反叛和绝望就是有道理的。但是,如果这样的风暴是整体利益的一部分,那么这个整体对人类的希冀或抱负就不一定是友好的。

  这幅美丽的宇宙图画只导致对现实统治者的控诉。尤利西斯提出高尚的道德根据,随即却诉诸一种低下的、不诚实的阴谋来建

---

① 《理查二世》,3.2.1–62。

立统治与被统治之间的恰当关系。尤利西斯的言辞必须按照他的行动来理解;反之亦然,从公共利益来看,表面上低下的行动也就成了高贵的行动。这是马基雅维利的教诲。

尤利西斯表明,欲望是一头潜在的"横行天下的豺狼"(1.3.121),①它必须受制于权力,而不能肆意挟权力为工具。对欲望的制约来自人的行动而非自然倾向。尤利西斯把困境洋洋洒洒地描绘了一番之后言归正传,责备阿基琉斯和帕特洛克罗斯(Patroclus)就是城邦腐败的根源。正如我说过的,这部戏剧几乎嘲讽了一切属于希腊的东西,那些有名的属于希腊的东西之一就是恋童癖。在这部戏剧中,每个人都认为阿基琉斯和帕特洛克罗斯有性关系。"情人"一词恐怕有些过头了,尽管当时这个词几乎总是过头的。这种性关系完全不具有我们在这部戏中发现的其他种类的关系所具有的骑士风度。这种性关系被看作傲慢和好争斗(不一定具有色欲)的表现。当帕特洛克罗斯的死把阿基琉斯拉回战场之时,这种关系最终有了政治用处。有一种古典观点认为,男性情人们可能成为密谋推翻僭主的力量之源,比如哈默丢斯(Harmodius)和阿里斯托盖通(Aristogeiton),②如果阿伽门农真的可以算作僭主,那么这种古典观点是并未被彻底否定的。

尤利西斯采取了一种奇怪的策略来描绘阿基琉斯和帕特洛克罗的煽动言论。尤利西斯说,帕特洛克罗斯竟然把自己的玩笑称作"模仿"。尤利西斯似乎认为,把如此大逆不道的东西称作模仿是

---

① [译按]原文为 an universal wolf,朱生豪译为"一头贪心不足的饿狼",此处采用阮坤的译文(方平编,《新莎士比亚全集》,前揭)。

② 修昔底德,《伯罗奔半岛战争志》,卷一,第20章;卷六,第53-59章。

对模仿的诋毁。帕特洛克罗斯所说的模仿,其意即亚里士多德《诗学》中模仿的含义。① 帕特洛克罗斯是一位艺术家,但他的艺术是大逆不道的艺术。我们如果细看尤利西斯针对这些"模仿"所说的话,就会发现这些话是对我们实际看到的阿伽门农和涅斯托的完美体现——阿伽门农活脱脱是个吹牛大家,涅斯托则是个蹒跚的老[88]傻瓜。帕特洛克罗斯和阿基琉斯在卧榻上的模仿,正是莎士比亚在舞台上的模仿:

> 还有帕特洛克罗斯
> 也整天陪他懒洋洋地躺在一起,
> 说些粗俗的笑话,
> 用荒唐古怪的动作
> 扮演着我们,说是模仿
> 我们的神气。(1.3.146 – 151)

莎士比亚对模仿的理解,有助于丰富对这一术语僵化的现代解释。此处,模仿者画出了一幅对政治景观的自然理解之图,一幅反正统理解的图画。这位模仿者模仿自然而非习俗,那可不是通常想象的那么简单和愚蠢。阿基琉斯的娈童用嘲讽来取悦自己的垂幸者,尤利西斯假意想要禁止娈童的嘲讽,所有的僭主面对这种嘲讽都会跳出来禁止。然而,尤利西斯默默地但却有力地促进了对希腊领袖们的一份欣赏,正如帕特洛克罗斯其实也促进了这一欣赏一样。无疑,模仿对于公民道德来说既可能危险也可能有益。唯有散漫、不受束缚的人擅长模仿艺术。模仿能不受束缚,不过观众(此处即为

---

① 亚里士多德,《诗学》1448a – 1449a。

阿基琉斯）同样需要不只是阿谀奉承自己的模仿。模仿者受观众的天性束缚，对艺术来说，这的确是个麻烦，唯有最伟大的诗人能予以解决。模仿的所有优缺点——正如柏拉图讨论过的——在这一段中都得到了讨论。莎士比亚为我们做的，正是帕特洛克罗斯针对阿伽门农和涅斯托为阿基琉斯所做的，其中涵盖了从希腊传至我们手中的一切。

根据尤利西斯的看法，阿基琉斯的问题在于他只有膂力（brawn）没有脑子（brain）。英雄们"以为智慧在战争中毫无作用"（1.3.198），只看重威武的剑戟，却不在乎制造剑戟的人或为什么要制造剑戟。这种态度证实了尤利西斯的困境，正如我们之前提到过的。不幸的是，诗本身也倾向于抱着这种态度。诗歌颂的是英雄们的光辉行动，而非他们的行动背后是什么或应该是什么。力量与怒气被塑造得似乎它们就是美德的巅峰，包含了所有其他品质。这[89]就是为什么希腊人中最有智慧的尤利西斯，在《伊利亚特》中必须显得是个二流人物，而且还不会因此而得到多大的同情。无非是，智慧本身并不吸引人。但是，莎士比亚在《特洛伊罗斯与克瑞西达》中极大地纠正了诗对战士的偏爱。

又一位伟大的特洛伊浪漫派埃涅阿斯（Aeneas）的到来，再次打断了希腊的议事会。他前来提议，由赫克托与任意一位愿意迎战的希腊人单打独斗一场。这一提议是对情人们的挑战，他们声称自己爱的人在美貌和忠诚方面长于对手所爱的人。埃涅阿斯似乎很相信这套废话，但是对于希腊人，那完全是对牛弹琴。令骑士们策马疆场的正是女人的尊严。卢梭说，男人不再决斗，是因为他们不再相信女人的贞洁及其贞洁的重要性。① 埃涅阿斯是一个属于旧秩序的男人。当然,在这个挑战背后蕴藏着政治意图,因为特洛伊人希望阿基琉斯接受挑战,那么或许就能以这一代价相对小的方式结束战争。

埃涅阿斯的话让阿伽门农和涅斯托最荒谬的一面显露无遗。阿伽门农向埃涅阿斯保证,希腊士兵中不乏情人,他们将会接受挑战,并承诺军中若无此辈,他会亲自上阵。阿伽门农没有说自己和谁是情人关系。克吕腾涅斯特拉(Clytemnestra)没有被提及。涅斯托比阿伽门农更进一步,他宣称自己的亡妻比赫克托的祖母更美。这一幕在帕特洛克罗斯的模仿之下变得愈加引人发笑,帕特洛克罗斯模仿涅斯托用瘫痪的手努力想要披挂上战袍。对涅斯托的宣言,埃涅阿斯大呼:"天啊!难道年轻的人这么少,一定要您老人家上阵吗?"尤利西斯紧接着显示了自己独有的幽默,只说了一个词"阿门"(1.3.301-302)。

当埃涅阿斯随阿伽门农前去希腊营地进行礼节性的拜访之际,尤利西斯利用这个机会向涅斯托谈起自己盘算好的计策,此计策与此次挑战有关,能解决阿基琉斯惹出来的乱子,而涅斯托很可能会把这个计策告知阿伽门农。其实就是设计一个抓阄的把戏来选择由哪位希腊将士去应战。抓阄的结果将会显得是个偶然,但实际却由尤利西斯控制,最后将会是埃阿斯而非阿基琉斯前去应战。埃阿斯如果战败,而阿基琉斯这张牌[90]还没有出,就不至于让希腊阵营彻底失去斗志;埃阿斯若是赢了,当然再好不过。但是无论如何,阿基琉斯都会受到羞辱,失去名誉,从而被重新纳入秩序。尤利西

---

① 卢梭,《致达朗贝尔论戏剧的信》,第七章,页71,注释。

斯如何精明地操纵这个计策就是戏剧剩余部分的主题。

与希腊要员们的集会对应，特洛伊阵营的要员们也举行了会晤（2.2），特洛伊的会晤实际上阐明了这场战争的目的和行动。一切根源在于海伦。老普利阿摩斯（Priam）得到涅斯托传来的消息，只要交还海伦，战争就能结束，绝不会有旁的要求。普利阿摩斯显然希望满足涅斯托的要求，因为他痛心于这场战争导致的惨重损失，更担忧特洛伊的生死存亡。于是，一场辩论由高贵而正派的赫克托发起。赫克托赞成和平，他知道没有哪个人能怀疑他作为一名战士所具有的勇气，所以他能自信地以同情的名义站在和平那一边，而不怕被称作懦夫。赫克托说，理性站在自己一边，并以此结束了自己的第一段发言。整个辩论成了关于理性的地位的争论。对于一部戏剧尤其是一部莎士比亚戏剧来说是意外的，至少有一点，这场争论实在太理论化甚至学术化。当然，莎士比亚并非一个粗陋的说教作者，把舞台当作直接宣扬自己观点的平台。剧中的论辩是行动的一部分，如果不与发表这些论辩的人物联系在一起，它们就难以为人理解。它们是与各人物相适宜的意见，并透露着每个人物受何种激情支配，正是这些激情最终战胜了任何论辩。

论辩中，赫克托的主要反对者是理想主义的特洛伊罗斯。特洛伊罗斯激愤陈词、毫不犹豫，认为害怕和理性就是一回事，什么理性也不能够爬到天平上去与他父亲（即国王）的价值和荣誉抗衡。面对这样"无限的"砝码，理性什么也抵不上。哥哥赫勒诺斯（Helenus）斥责他是完全没有理性的人，他便猛烈地抨击起理性来。他与我们同时代的许多男男女女一样，仅把理性等同于自我保存所需的工于算计的装备，认为在追求自我保存的人眼里，光荣不过是虚荣。特洛伊罗斯坚定地支持高贵和伟大。他似乎笃定,如果理性受到信任,高贵和伟大就会在理性面前百口莫辩。理性无法证明,为了一个女人的荣誉或者公共的利益而牺牲生命,会比安全和舒适更可取:

> [91]我们要是谈理智,
> 那么还是关起大门睡觉吧,一个堂堂男子,
> 要是让他的脑中塞满了理智,
> 就会变成一个胆小怕事的懦夫,
> 泯没了他的英勇的气概。(2.2.46–50)

特洛伊罗斯和莎士比亚好像曾经读过霍布斯,也就是于五十年后——更别说几千年后——写作《利维坦》的人。特洛伊罗斯的立场唯有一个弱点:他必须用理性来抨击理性,这一点让他所阐明的立场更加脆弱。

赫克托顺着特洛伊罗斯对运用理性的描述争辩说,海伦值不起为保住她而付出的代价,特洛伊罗斯只好说,一件东西的价值是靠人的估计而决定的,价值是主观的——是人的想象或幻想。赫克托于是回答说,给予尊崇必须与受尊崇之物的自然相联系,否则不过是愚蠢:"把隆重的祭礼去向一个卑微的神祇献祭,/那就是疯狂的崇拜。"(2.2.57–58)特洛伊罗斯则借机亮出了自己最有力的观点:我们向商人买来绸缎并将其污损了,就不能再给人家退回去;一个不再风姿绰约的妻子不能就被抛弃;我们许下承诺,就应该坚守它们。特洛伊罗斯说着这些话的时候最接近常理,他所说的是天经地义的道理,其逻辑推论秉承着特洛伊人最初抢夺海伦的决定。然而,这仅仅是出自常理的争辩,而我们很可能受欲望蛊惑,想把旧绸

缎或糟糠之妻换成新的。否则,我们就只得同意特洛伊罗斯,事物的价值仅由我们的估价而定,道德就会简化成信守诺言——只因为诺言是我们的诺言,而不是因为它们带来好的结果。这是柏拉图《王制》中刻法洛斯(Cephalus)所秉持的道德。理性肯定要挑战并可能削弱平常道德观的基础信念。特洛伊罗斯是一个很有道德的人,谁都无法使他怀疑做一个有道德的人的可取性。这就是他为什么信任克瑞西达。尤利西斯即将为特洛伊罗斯解决这个问题,摧毁他那危险的理想主义。这部戏剧把理性当作一件没有指望的东西来对待,但同时又与之祸福共济。

卡珊德拉大喊大叫,预言特洛伊人将走向毁灭,理性辩论的虚伪这才被中断。辩论的结果是,特洛伊无论如何都应该握紧武器。[92]卡珊德拉提醒人们,这个决定将会给特洛伊带来灾难,然而她的提醒仅仅把这个结论烘托得更加坚定而已。对她的干预,特洛伊罗斯立即回应到,行动的正义性是不顾后果的。正义是一件绝对的事物。紧接着说话的是帕里斯,可以理解,他希望留下海伦,并利用特洛伊和特洛伊人来达到这个目的,赫克托和特洛伊罗斯却不是这样,他们都不是为自己的利益。普利阿摩斯打断了他的话,指出帕里斯明显有私心,说他的论辩不足为信。随后,赫克托诉诸亚里士多德的权威来支持自己的立场,这是剧中最怪异、最令人捧腹的地方之一(2.2.167)。某些评论家曾说,莎士比亚很可能不知道亚里士多德比荷马晚了好几百年,他们的论调简直比这场戏本身还要好笑。整个这套揣测全然是没有道理的。何曾有哪些英雄围坐在一起讨论终极原则(first principles),更别说用哲学文本来支持自己的立场? 英雄就是无需任何讨论的终极原则的化身。反思英雄行为的地位会折了英雄行为的分量。唯有根据这样的反思,你才看到了一个被塑造成凭借如花的容颜"牵动千军万舰"的娼妓海伦。

这部戏剧怪异的喜剧性,其根本原因是幼稚的英雄主义与理性之间的张力。这两极之间的媒介由女人的性本质构成。赫克托指出,按照亚里士多德的说法,帕里斯和特洛伊罗斯不适宜参与严肃的道德论辩。他们善于辞令,但是辞令的恰当使用与道德品性有关。年轻人太受激情的左右而无法对其加以正确衡量。根据赫克托的亚里士多德,对年轻人影响最大的两种激情是享乐和复仇。帕里斯似乎更多受到享乐的驱动,而特洛伊罗斯则更多受到复仇的驱动——这并不是说享乐对特洛伊罗斯的论辩没有影响,因为他对享受爱的快乐也怀着期待,虽然他所怀着的是高尚的期待。复仇这种激情与爱正义紧密连结,一旦正义受到侵害,它就会爆发。如果没有复仇在灵魂中起作用,那么正义就没有保驾护航的卫士。也许享乐与复仇之间的联系与保护妻子有关。尤利西斯对这种解释予以肯定,向阿伽门农这么描述特洛伊罗斯:

> 他像赫克托一样勇敢,可是比赫克托更厉害;
> 因为赫克托在盛怒之中,只要看到柔弱的事物,
> [93]就会心软下来,可是他在激烈行动的时候,
> 是比善妒的爱情更为凶狠的。(4.5.104–107)

这些描述反映了柏拉图式的或者亚里士多德式的灵魂三分法:欲望、愤怒和理性。选择了这种学究式的高调立场,赫克托便能在自然的基础上论述天然物权的道理。海伦是墨涅拉俄斯的财产,因而就是欠他的一件东西。这是一条自然法。特洛伊人破坏了自然法,而赫克托在此深刻区分了自然法和民族法(ius naturae 和 ius gentium)。赫克托总结说:"这是赫克托/认为正确的见解。"

(2.2.189-190)

但是,赫克托没有选择正确的路,而是选择了另一条路,这实在是令人震惊和没有料到的突转。赫克托大发了一通又一通明智之谈,现在却说"可是虽然这么说"。他决定为了所有人的脸面而留下海伦,于是注定了所有人走向毁灭的命运。这呈现出理性与英雄行动之间的一幅再残酷不过的对比图。赫克托得出这样一个结论,却没有提供任何论据让这个结论显得水到渠成。莎士比亚刻画了英雄主义抉择的愚蠢之处,这样的抉择不是努力权衡之后的结果。赫克托的态度陡转,着实令特洛伊罗斯大喜过望,特洛伊罗斯认为这是赫克托热爱光荣的缘故。对荣耀痴狂而惊人的热爱就是这部戏中的恶端,它以不同的方式影响着赫克托和阿基琉斯。虽然无法解释,但是英雄们与其他人的区别主要就在于,英雄们会毅然抛弃生命选择荣耀。借用尼采的说法,此处,高贵者的本能胜过奴颜的理性。悲剧的前提也许就是这一本能的至高地位,这就是为什么《特洛伊罗斯与克瑞西达》不是一部悲剧。这部戏或多或少无情地嘲讽了激情对于个体的人以及对于整个政治的影响。莎士比亚还在许多其他地方施展过这样的嘲讽本领,尤其是在刻画霍茨波(Hotspur)之时,亦即冷酷而狡诈的哈尔那高贵的对头。难怪尤利西斯这个对荣耀抱有微词的人不怎么讨观众喜欢,因为观众更喜欢英雄主义。苏格拉底明白这一点,在柏拉图的《申辩》中,他试图以反讽的方式把自己等同于英雄阿基琉斯,而阿基琉斯正好是苏格拉底本人所代表的东西的反面。① 对理性的这种偏见解释了尤利西斯在《特洛伊罗斯与克瑞西达》中的重要角色为什么总被批评家们

---

① 柏拉图,《苏格拉底的申辩》28b-d。

误解。这一选择,正如它在大众想象中的模样,是一个人在乏味而不高尚的理智[94]与激动人心的、为美而付出的行动之间所作出的,不管这个人将"美"理解为有美貌外形的女人还是理解为光荣。

在希腊阵营中,英雄们的这些特征展现得更加恶劣(2.3)。忒尔西忒斯(Thersites)体现了平民对所谓贵族迫害的低劣的怨恨。在这部戏中,他被转变成中世纪传统中的一个愚人,一个为国王和朝廷取乐的小丑,他有权说出谁也不能说的一切事情,因为他说得惹人乐、不会被当真。忒尔西忒斯扮演的角色,类似于尤利西斯描绘的帕特洛克罗斯的角色。在喜剧的运用上,忒尔西忒斯又与莎士比亚相似。忒尔西忒斯是一个极端不积口德、到处乱咬的泼皮。按照他对自己的描绘,他与魔鬼的妒忌关系密切。他这个人物,你能想象到多低劣,他就有多低劣,他对伟大所怀着的疯狂妒忌当然就是他的动机。然而正是由于这个原因,他能够把伟大人物身上的弱点找出来,他与这些人有着密切的联系,并遭受着他们的迫害。他的主题大多是说英雄们缺乏自知之明,而这部戏恰恰非常关注自知之明这个问题。

虚荣是一个善于欺骗的东西,它让我们以为自己是这样的,而我们实际上并非那样的,它让我们依赖公共意见。忒尔西忒斯与埃阿斯和阿基琉斯的谈话揭示了他们病态的虚荣。忒尔西忒斯说,和自己比起来,埃阿斯和阿基琉斯才更是傻瓜。他还表明,埃阿斯是个蠢货,阿基琉斯也不怎么聪明,他们不过是希腊阵营需要用来杀特洛伊人锐气的工具,竟然自以为他们那笨拙的膂力就是高贵的人和好人的一切品质。忒尔西忒斯对他们说,他们不过是被尤利西斯和阿伽门农玩弄于指间的棋子而已,却满以为自己就是目的。忒尔西忒斯如此口无遮拦的难听话,在舞台上得到了尤利西斯行动的印证,亦即尤利西斯以阿基琉斯为代价使埃阿斯自我膨胀。阿基琉斯对自己的地位在乎到了无以复加的地步,除了给神们献的祭品,任何珍馐都无法满足他的味蕾。埃阿斯一心渴望能赶上或者超过阿基琉斯,这让埃阿斯成了愚人中的愚人。我们看到埃阿斯像个皮球一样膨胀起来,这都是尤利西斯拿他与阿基琉斯比较给吹起来的。当我们眼看着埃阿斯虚宣称自己完全不懂什么是虚荣,[95]而他正好表现得虚荣得要命、简直成了这一弱点的最佳典范时,喜剧的效果一览无余地荡漾开来。

在第三幕第二、三场,支配着特洛伊罗斯和阿基琉斯的激情达到了高潮。在第二场,特洛伊罗斯和克瑞西达幽会,山盟海誓,共度巫山云雨。特洛伊罗斯的话优美而真挚,克瑞西达的话则卖弄风情。潘达洛斯苦口婆心地从中撮合整件事。其中完全没有谈到婚姻。两人的幽会,有如法国风情,不知羞耻,其他人几乎都知道潘达洛斯安排的这一切。这让人们更深地感觉到,特洛伊罗斯爱情的执着实在天真。当时的情况分明体现了克瑞西达的轻浮,特洛伊罗斯却似乎完全搞不清楚状况。特洛伊不像《一报还一报》中的维也纳。特洛伊罗斯的父亲有稳固的婚姻,其兄赫克托亦如此。但是,即使是刹那,也足以满足对永恒的期待。翌日清晨,特洛伊罗斯正要离去之际,克瑞西达发牢骚说所有男人都匆匆离去,这不是一个单纯的姑娘说的话。这一场戏末尾,三方面分别断言了特洛伊罗斯或克瑞西达的忠贞,并信誓旦旦地预言后世将如何看待他们。特洛伊罗斯说,他的名字将成为真心的同义词,所有人都会说"像特洛伊罗斯一样真";克瑞西达肯定自己是真心的,还发下狠话说,她如果负心(这种情况是特洛伊罗斯想都没有想过的),就让她的名字成为人们的口头禅——"像克瑞西达一样负心";潘达洛斯把克瑞西达的话修饰成更中立的口吻——"如果你们谁负了对方",但他随后承认,要是谁背叛,那应该是克瑞西达,"让一切忠贞的男人都叫做特洛伊罗斯,一切负心的女人都叫做克瑞西达,一切做媒的人都叫做潘达洛斯"(3.2.180–202)。潘达洛斯把这句话变成了祷词,命大家都说"阿门"。历史实现了这个祈祷,这很大程度上归功于乔叟和莎士比亚。这套方案让特洛伊罗斯成了唯一忠贞的人。这就是这部戏教给我们的。问题依然存在:这样没有根据的理想主义是否真的令人钦佩。

第三幕第三场细致刻画了尤利西斯对阿基琉斯的腐蚀。在某些方面看来,这是莎剧中最令人震惊的行为之一,毕竟它直接导致赫克托被阿基琉斯谋杀。这个阿基琉斯[96]已全然不顾什么高贵不高贵。只有服务于更大的善,这一行为才能被证明为正当。尤利西斯依照最优秀的修辞传统,把阿基琉斯拉向了聆听自己的方向。尤利西斯实现这一点的手段是,设法让埃阿斯当选,代表希腊赴侠义之战,并串通众希腊将领冷落阿基琉斯。阿基琉斯蒙在鼓里,气馁万分,主动找到尤利西斯。他需要尤利西斯点拨。现在,阿基琉斯已准备好聆听的耳朵,虽然并没有料到究竟能得到什么赐教。阿基琉斯正巧碰上尤利西斯在读书!多么非凡的奇想啊,荷马笔下的英雄在读书!从一切依据来看,尤利西斯读的正是《阿尔喀比亚德前篇》(*Alcibiades I*)。这次相遇让人想到苏格拉底的手法。总的来说,苏格拉底正是借学生的虚荣把他们吸引到自己身边。他们寻求苏格拉底的某种赞同,苏格拉底则把他们一路领到他们不知但却因为自己的需要而愿意接受的领域。没有哪个对自己满意的人会受到苏格拉底的引诱。苏格拉底所做的第一件事就是摧毁这一自满。

苏格拉底利用自满,同时对其加以讽刺并试图摧毁它。他发展了德尔斐神庙的预言"认识你自己",指出虚荣是自我认识的大敌和替代。这时,学生们需要苏格拉底,因为他给人一种印象:只有他能帮助他们重新获得丢失的自我确信。

尤利西斯说,自己正在读的这本书的作者声称,一个人不能"夸口自己拥有怎样的美德"(3.3.98),除非通过别人镜子一般的作用,将他的美德反射给他本人。此处存在一个关键的含混,因为夸口通常含有试图误导他人的负面暗示,尽管此处它显然只是"声称"的意思。另外,这种说法没有表明,一个不具有这样一面镜子的人,究竟是他其实拥有这些美德只是自己没有意识到而已,还是这些美德实际上必须以这种方式反射回来。阿基琉斯最终被说服,承认这一区别没有意义,美德只存在于它们的名声之中。

阿基琉斯显然知道这部著作,他实际上引用了苏格拉底在《阿尔喀比亚德前篇》当中的说法的意思:

> 眼睛,
> 那最灵敏的感官,也看不见它自己,
> 只有当自己的眼睛和别人的眼睛
> 相遇时,才可以交换彼此的形象;
> [97]因为视力不能反及自身,
> 除非把自己的影子映在
> 可以被自己看见的地方。这事一点也不足为怪。(3.3.105-111)①

---

① 柏拉图,《阿尔喀比亚德前篇》132c-133e。

《阿尔喀比亚德前篇》中的这段话,阿基琉斯是知道的,但从未因其有过费解。尤利西斯一边歪曲其意思,一边使得理解这段话变得与阿基琉斯息息相关。他使阿基琉斯相信,最重要的甚或唯一重要的东西,是被镜子投射回自己身上的形象(image),而不是镜子所投射的那个实在。直到此时,阿基琉斯并不是一个讨人喜欢的人,但他确实抱着一种健全的信念,以为自己的美德配得上自己的名声。这样一个人总是保持着一点疑惑:究竟是美德挣来的名声对自己最重要,还是美德就是它本身的报酬,而名声不过是额外的快乐。亚里士多德在《尼各马可伦理学》中十分细致地讨论了这个问题,在作此讨论的相关段落中,他刻画了一个自称拥有巨大荣誉并配得这些荣誉的人。这样一个人对荣誉一定抱有某种蔑视,既因为向他投来荣誉的人不是能望其项背者,因而没有资格提供他所要求的荣誉,同时还因为美德应该是为了美德本身。① 这段描述体现了骄傲的人性格中的某种分裂,这对于愿意认识它的人来说是重要的,但是过度强调它并不明智,因为恐怕会撕裂了这个人的性格。这就是政治人物面临的道德问题。尤利西斯确实在这个骄傲者的历史典范身上强化了这一点,顺势将阿基琉斯引向了马基雅维利式的道路——美德的名声就是美德本身,只要能得到这一名声,任何手段,不管光彩与否,都是恰当的。这一信念的合理性得到了证实,因为阿基琉斯便是以最令人不齿的手段杀死了赫克托,并因为荷马对其行为的大肆颂扬而取得了史上任何人所能得到的最卓著的名声。莎士比亚有助于改正这一诗的暴行,但是他的更正并不指向恢复对阿基琉斯之流所拥有的那种美德的热爱。

---

① 亚里士多德,《尼各马可伦理学》1123b27 – 1124a20。

尤利西斯用最好的诗句,试图让阿基琉斯相信如下可怕的结论:

> 将军,时间老人的背上负着
> 一个庞大的布袋,那里面装满着
> [98]被寡恩负义的世人
> 所遗忘的丰功伟绩。
> 那些已成过去的美绩,一转眼间
> 就会在人们的记忆里消失。(3.3.145–150)

这些都是事实,残酷,但却是事实。它们的基础是马基雅维利对感激之情以及人总体上的邪恶品性的看法。马基雅维利建议,对付忘恩负义的唯一办法就是让人绝对依赖你,这样一来,你对他的恩惠就永远不会成为过去时。① 当然,对感激之情的批判势必导致人们彻底抛弃对公共舆论的顾忌。然而,缺乏对面子的顾虑就意味着转向私人生活甚或转向离群索居,而这种处境晃眼看起来似乎会缩小人的视野,并且有它自己的问题。尤利西斯探讨名声问题,似乎是要得出与此类似的结论。但是尤利西斯知道得清清楚楚,有一种人对名声如饥似渴,以至于全世界的批评都说服不了他。这个人就是阿基琉斯,批评所起的效果只是把美德和荣耀分离、使荣耀成为唯一目的。在《阿尔喀比亚德前篇》中,苏格拉底努力半天最终就是这个意料之外的结果。也不算意外。苏格拉底再次给予阿尔喀比亚德出其不意的一击。苏格拉底拿他人的眼睛与他人的灵魂比较,旨在使阿尔喀比亚德在乎苏格拉底的意见。他试图说服阿尔喀比

---

① 马基雅维利,《君主论》,第九章。

亚德在一位哲人的陪伴下寻求知识。但是他也知道,阿尔喀比亚德又是一个贪恋政治,向城邦求取自我肯定的人。阿尔喀比亚德虽然与苏格拉底保持着关系,但始终若即若离。苏格拉底毁了阿尔喀比亚德。首先,阿尔喀比亚德由于对道德的含混性没有意识,本来还受一些约束,而苏格拉底却让他摆脱了这些约束;再者,阿尔喀比亚德狂热地追寻公众投给自己的赞誉,而苏格拉底却消解了这种荣誉在他心目中的尊严。阿尔喀比亚德显然模仿了阿基琉斯,正如有英雄主义野心的所有人所做的那样,从亚历山大大帝到恺撒,再到拿破仑。相反,苏格拉底则经常被比作尤利西斯(奥德修斯)这个英雄人物。莎士比亚呈现出尤利西斯和阿基琉斯,以此来模仿苏格拉底和阿尔喀比亚德,当然,应该是苏格拉底和阿尔喀比亚德模仿了尤利西斯和阿基琉斯。

尤利西斯的观点得到了帕特洛克罗斯的附和,以与希腊阵营同样情绪饱满感人的方式表达出来。帕特洛克罗斯称呼阿基琉斯时用的字眼是"好人"(sweet Achilles)。他告诉阿基琉斯,他认为正是自己——帕特洛克罗斯——[99]导致阿基琉斯毁了声誉,阿基琉斯因为沉溺于对帕特洛克罗斯的亲密友谊,染上了女人气(3.3.215 – 224)。

尤利西斯对阿基琉斯的引导最后说,大家都知道阿基琉斯爱恋着特洛伊的一位公主。在这部戏中,阿基琉斯动机不明。剧中没有提到阿基琉斯因为布里塞伊斯与阿伽门农产生的争执。尤利西斯之前把阿基琉斯赌气不出战归因于他对等级秩序的不敬,此时尤利西斯又将其归因于某种叛国通敌,正好符合中世纪骑士精神——当然,把特洛伊英雄与骑士精神联系在一起是一种时代误植。尤利西斯表明,希腊智识阶层对阿基琉斯的秘密了如指掌,以此表明国家无处不在,没有人能逃过它的法眼。这件风流韵事在剧情中只占一个小小的位置,帕特洛克罗斯的死则让这一小小的位置都没有了。尤利西斯的引导使阿基琉斯成了贪恋荣誉的怪物,取得荣誉靠的是德行带来的名声,而非靠美德本身。尤利西斯的引导还表明,他的荣誉必须在希腊社会内部的权力语境之内获得。尤利西斯让阿基琉斯摆脱了道德顾虑,降低了阿基琉斯神样的自负。

阿基琉斯紧接着的回应乃是出于欲望的一时涌动——杀死赫克托。这是阿基琉斯真切的激情。

> 我简直像一个女人似的
> 害着相思,渴想着会一会
> 除去武装的赫克托。(2.2.236-238)

第四幕将两对人物——特洛伊罗斯与克瑞西达,以及阿基琉斯与赫克托——融于同一情节之中。这两对分别代表了剧中两种富有兴味的动机——爱和荣耀。尤利西斯揭穿了他们的夸夸其谈。战争必然是非爱欲的,它要拆散特洛伊罗斯与克瑞西达。克瑞西达的父亲、占卜者卡尔卡斯(Calchas)已投奔希腊人,想去把女儿带回来。但是,国家利益(raison d'etat)要求,必须拿这个女子换回英雄安特诺尔(Antenor)。巴黎风格的情爱阴谋的所有阴暗面都暴露出来。在这种情况下,克瑞西达必须被交换之时,就在她房内的特洛伊罗斯也只有妥协的姿态。他面对的是撑起整个世界的男人们,他们用不着闹得沸沸扬扬就让特洛伊罗斯出局了。[100]这部戏的喜剧性就在于,特洛伊罗斯始终忠贞,在众多背景中浪漫得疯狂,其实还有更适合这种爱情闹剧的人。特洛伊罗斯对克瑞西达的告别规劝确实打动人,克瑞西达的回应却只能算卖弄风情(4.4.12-137)。

特洛伊罗斯对克瑞西达悄悄怀有的妒忌是一种高贵的妒忌:他怕希腊人会比自己更有魅力,结果马上就遇到前来带走克瑞西达的厚颜无耻的狄俄墨得斯,这个家伙威胁特洛伊罗斯,扬言要与特洛伊罗斯的心上人胡来。

在第五场,我们看到克瑞西达和赫克托都在希腊人中。本该伤心欲绝的克瑞西达受到所有希腊英雄的喜爱,唯独尤利西斯例外。这些希腊人满肚子淫欲,而克瑞西达对此满心欢喜,并且取笑美涅洛斯(Menelaus)说,按照贝勒(Pierre Bayle)的说法,他是"史上最殷勤的王八"。① 这场亲吻游戏本是尤利西斯挑起的。他引得克瑞西达来请自己吻她,然后拒绝她。

> 尤利西斯:我真想吻你。
> 克瑞西达:好,您讨吧。
> 尤利西斯:那么,等海伦重做处女归还给他时,
> 　　　　　请给我一个吻吧,为了维纳斯。
> 克瑞西达:我欠您这笔债,到期你就来讨吧。
> 尤利西斯:永远就是我的债到期那天,那时再讨你的吻。
> 　　　　(4.5.48 – 52)

尤利西斯急切地想要贬损浪漫动机,所以安排了这个小插曲,借机用自己的拒绝来羞辱克瑞西达。正因为尤利西斯是唯一对整个形势有总体了解并有相应计划改变这种形势的人,所以他能透彻地洞悉灵魂和盛着这些灵魂的人物。他对阿伽门农、涅斯托、阿基

---

① 贝勒,《海伦》("Helene"),第 G 条评论,*Dictionanaire historique et critique*,4th edition(Leiden:Samuel Luchtmans),vol. 2,页 703。

琉斯、赫克托以及特洛伊罗斯的明里暗里的看法总是一语中的。克瑞西达告退之后,尤利西斯对克瑞西达显然的、令人作呕的淫荡发表了一通道德言论,为的是让在场的每个人明白。

随后到来的是一向温柔而热情的赫克托。他不厌其烦地履行了骑士风度的所有礼节,他对这一套确实深信不疑。埃涅阿斯对阿基琉斯谈起赫克托的礼貌,并对阿基琉斯说,赫克托不可能伤害愚蠢的埃阿斯一根汗毛,因为埃阿斯是半个特洛伊人。于是阿基琉斯就用他充满爱欲地谈论死亡时的口吻说:"那么今天的战争只是一场娘儿们的打架吗?"(4.5.87)只有把剑刺进身体才让阿基琉斯感兴趣。自然和历史差异的混淆——这部戏异常明显的特征——使得一场本该杀得不是你死就是我亡的激烈战斗,[101]变成了交战双方各自选出的战士因血缘关系所系而表现得像谦谦君子相对时和气礼让、全然无意于伤害对方的战斗。这场伟大的战斗持续了不过一瞬间,稍微与《理查二世》最后的一决雌雄有些相似。① 这场战斗最终演变成一场双方互换最为溢美的恭维之词的盛典。做起这一套来,希腊人是绝好的伪君子,而赫克托却是个真诚到家的可怜虫。

尤利西斯刚刚扫除掉浪漫情迷的影子,阿基琉斯就以其残忍令我们不寒而栗,战争中和煦的骑士风度只让这种残忍变得更加令人发怵。阿基琉斯走进来,他看赫克托的眼神犹如屠夫看着一头牛。他毫不掩饰地自问,究竟要怎么杀死赫克托,究竟应该在赫克托身体的哪个部位刺下去才能让他魂飞魄散,究竟应该怎样将赫克托劈成八块。这是赫克托始料不及的言辞。

---

① 《理查二世》,1.3。

第五幕讲的是克瑞西达对特洛伊罗斯的不忠以及赫克托的死。克瑞西达的不忠是这部戏的黑暗场景中最为黑暗的一场。尤利西斯明明知道卡尔卡斯帐中在搞什么名堂,却还把特洛伊罗斯带去,让他"当场抓住"克瑞西达的背叛。尤利西斯让特洛伊罗斯经受这可怕的折磨。善妒的恶狗忒尔西忒斯,这个刚刚把帕特洛克罗斯称作阿基琉斯的男妓的人,在一旁添油加醋,时不时加上一句下流的话,这一场的结束语也出自他的嘴里:"奸淫,奸淫;永远是战争和奸淫!别的什么都不时髦。"(5.2.93 - 194)没有比这更能清楚地向我们表明尤利西斯要把浪漫理想去神秘化的打算。妒忌的折磨在此处造成的痛苦程度不亚于《奥赛罗》中的情况。不同之处在于,此处的妒忌是与克瑞西达的真实行为对应的。我们发现自己并不为这一对情人加油,也不巴巴儿地希望事实会证明这都是误会。此处,我们承认,特洛伊罗斯竟然相信克瑞西达,他就是个傻瓜,一个高尚的傻瓜。特洛伊罗斯的确是孤独的一个人,而他把人生的全部意义都压在了与克瑞西达双宿双飞之上。

当我们思考这一场戏时,我们的情绪很复杂。一方面,我们很难不对特洛伊罗斯投以同情,并希望此事在他身上会有好结局。但是我们相信克瑞西达背叛了,我们知道一个人不应该生活在错误的信任之中。类似于这样的一些原因,让我们原谅了尤利西斯的残忍,是他把特洛伊罗斯推进这个烂泥潭中。尤利西斯这么做可能不是为了特洛伊罗斯好,但是他的行为并非单纯的残忍。奥赛罗不够信任自己心爱的人,特洛伊罗斯[102]则太信任;特洛伊罗斯亲眼看到心爱的人把衣袖①送给自己的对手,奥赛罗则要发挥联想,把自

---

① [译按]特洛伊罗斯送给克瑞西达的爱情信物。

己送手帕给苔丝德梦娜与自己的对手拿着手帕这两件事衔接起来。两人的心都紧系于一方织物之上,都被自己的不幸遭遇撕得粉碎。特洛伊罗斯以前认为,"哪一样东西的价值不是按照人们的估计而决定的",为此他不得不付出高昂的代价。高贵的灵魂创造价值。但是此处,如此不堪承受的现实摆在眼前,要保持一份不被其目标肯定的爱是多么不可能。

当特洛伊罗斯目睹狄俄墨得斯和克瑞西达在一起之后,尤利西斯说,"没什么可看的了,王子",特洛伊罗斯应和着说"是"。于是尤利西斯问:"那我们还留在这儿干吗?"特洛伊罗斯禁不住要留下来,好好把自己亲眼看见的事情的意思想个明白。我们目睹的这一切,是这部戏剧最深刻的主题——欲望与理性之争——的史诗般的完结。特洛伊罗斯谈论起自己的爱来,总好像他的爱比得上甚或超过了诸神的爱。信念或者信仰就是他最深刻的渴望,尽管对他来说,那是对来自于他的爱欲的想象的信仰。他说,"信任"产生的希望"顽强不屈",以至于"它要颠倒眼睛和耳朵的见证"。他在这种内心逻辑的基础上得出结论:"刚才出来的真是克瑞西达吗?"尤利西斯冷淡地回答说,他又不能驱魂役鬼。特洛伊罗斯坚称自己没有发疯,却继续苦苦坚持不信自己所看到的,并说这是为了"女人的光荣"(5.2.114–132)。正如我们所见,特洛伊罗斯的论证前提是他不堪置疑的道德常识。此处,他从克瑞西达的不忠得出的推论是所有女人的不忠,尤其是母亲们的不忠。建立在女人的忠贞这个基础上的整个家庭道德秩序正在崩溃。当然,特洛伊罗斯的逻辑是疯狂的,即把特殊等同于一般。他最多能说"有的女人忠贞,有的女人不忠贞"。但是,这深刻反映的是内心的或爱的逻辑,我们在恋爱的时候遵循这一逻辑的话,就会把一切押在某一个人或者特殊的人身上。如果这个特殊的人不是完美的美德本身,那么世上就没有美德,我们所识的爱也随之消失。特洛伊罗斯已经宣布与理性势不两立,已认识到爱的内在需要。尤利西斯冷漠地接受了从克瑞西达的行为得出的结论,但是拒绝把这一结论延伸至所有女人身上。但是尤利西斯显然不是一个爱者。在理性与爱之间存在着争战。明确的、绝对的爱[103]想要给特殊的感情附加一个意义,这是理性绝不会容许的。

特洛伊罗斯用值得怀疑的假设层层叠叠堆砌起来,并试图得出一个必然的结论:

> 美貌如果是有灵魂的,这就不是她;
> 灵魂如果指导着誓言,誓言如果代表着虔诚的心愿,
> 虔诚如果是天神的喜悦,
> 世间如果有不变的常道,
> 这就不是她。啊,疯狂的理论!
> 你为自己辩护,又反对自己!
> 矛盾重重!理智造了反,
> 却不违反理智,理智丢光了,却仍做得合理,
> 保持一个场面。这是克瑞西达,又不是克瑞西达。

(5.2.137–145)

这是真实的结论。身为特定的个体,我们分有存在和虚无,同时又不分有它们。但是,爱坚持它的对象是普遍和永恒的;既然爱的对象是另一个人,那么爱要么是虚幻,要么是失望。真理的逻辑导致人类的疏离,正如我们在尤利西斯身上所见。尤利西斯与他的统治者关系疏远,他没有明显渴望的对象,也没有爱情关系或友谊。特

洛伊罗斯对理智的反对乃是基于对不矛盾原则（principle of noncontradiction）——这正是理智的奠基石——以及因果原则疯狂的恪守。莎剧当中没有什么语言将爱的知识前提表述得如此清楚。这真正是疯狂的理智，但它也是理智。如果人们把目光都转向没有矛盾的对象，那么也就不会有什么麻烦。问题是我们是否能爱这样的对象。尤利西斯能够沉思这个场景而丝毫不需要自我矛盾，并且平静地接受它。但是对于情人来说，也就是说对于莎士比亚的大多数观众来说，尤利西斯是可憎的。我认为，尤利西斯并不想伤害特洛伊罗斯。倒是有证据表明，他同情特洛伊罗斯。特洛伊罗斯知情后变得愤怒、狂暴，他不能只学会沉思，像尤利西斯那样。他的理想被打碎之后，他也就不可能再如从前那样半理智地生活下去。他对克瑞西达的高贵热情——从而也是对海伦，从而就是对战争的热情，已经彻底消退。尤利西斯当然认为这是一场[104]不理性的战争并要尽力结束它。《特洛伊罗斯与克瑞西达》是莎剧中唯一以哲学化理解的理性为主题的一部戏剧。

接下来，我们看到坦率而理想主义的特洛伊人备战。普利阿摩斯、安德洛玛刻和卡珊德拉努力让大家留下来，赫克托则不可动摇地要去夺取自己的荣誉。特洛伊罗斯支持赫克托，但他责备赫克托太仁慈，他本人则宣布要抛开公道和恻隐之心大开杀戒。他现在唯一的想法就是复仇，一次个人的复仇，但他毕竟没有将其实现。

特洛伊人的高尚节操没有丝毫减弱，他们就这样奔赴战场，绝对如绅士和骑士。赫克托与阿基琉斯遭遇。阿基琉斯无耻地宣称，他比自己的猎物更厉害，但是现在他气喘吁吁，便躬身退出战斗，声称自己不在状态，等整顿好之后回来再战。赫克托接受了这一提议,因为他遵守骑士风度的准则:如何赢比赢本身更重要。莎士比亚用陈述的风格来表现这一点。"你知道结果。现在由我来告诉你结果背后的故事。"在后来的一场中,赫克托杀死一个身着华丽盔甲的希腊人,他在那盔甲下发现一个"腐烂不堪的核心"(5.8.1),这一核心象征着我们在这部戏剧中了解到的关于希腊人的全部。赫克托脱去自己的盔甲。这时,阿基琉斯出现了,并命令他死心塌地的部下们把赫克托包围住,然后阿基琉斯命令他们杀掉赫克托。正如我说过的,这是一起谋杀,是阿基琉斯的卑鄙行为,恰好与赫克托所希望的死亡方式相反。克瑞西达和阿基琉斯成了同类,他们分别践踏了爱和战争的尊严。阿基琉斯把赫克托的尸体绑在马后,招摇着胜利将其拖过战场。阿基琉斯几乎就是苏格拉底在《王制》中说的那样,①也就是阿基琉斯鞭打一具尸体的事。但是,成功除掉赫克托的行为,由于其性质不为人知,便为阿基琉斯赚取了勇士的名声。阿基琉斯拥有一位好诗人。赫克托一死,特洛伊罗斯绝望地痛哭战争结束了。实际上,战争又持续了很久。但是,莎士比亚将其处理得好似战争就此结束了一样。

正如我曾指出的,莎士比亚用粗线条来描摹血气方刚的好斗之人,这并不仅限于这部戏剧。他嘲讽赫克托用骑士风度的繁文缛节来包装本质上残忍的事,更加嘲讽阿基琉斯的屠杀行为。诗青睐有血气、英雄主义的人,这一偏见受到[105]莎士比亚的严厉批判,正如受柏拉图批判那样。尚武之人是必要的,但是我想,正如其他大多数人,尚武之人有其特有的错觉,是这一错觉让他们相信自己所做的事。但是,错觉扭曲世界,有智慧的人必须看透错觉。

---

① 柏拉图,《王制》,388a – 391c。

只要他能力所及,他就努力调节错觉产生的影响。霍茨波有着孩子气的玩性,他其实只是要找人来杀。理智得多的哈尔(Hal)取笑霍茨波不杀人就活不了。如果杀人是理性的,哈尔当然会杀人。实际上,他杀了一个举足轻重的人,那就是霍茨波。这样,他就能仅以一击盗取霍茨波的所有名誉。这就是理性,或者说政治人物的理性。①

这促使我们把目光转向尤利西斯。我认为,他是戏剧的主角。正如我们所见,尤利西斯并不总像主角,因为他代表着不合悲剧或喜剧观众口味的某种东西——理性。这部戏剧没有满足我们的道德感。阿基琉斯没有因自己的邪恶行为受到惩罚,克瑞西达也没有。唯一矫正平衡的是尤利西斯理性的和正义的计谋。尤利西斯把诗和由诗的理想主义而来的危险毒药从战争中祛除了。他把深刻反映人性的战争当作丑恶接受下来。他希望回归简单——如果不光荣——的和平。尤利西斯是戏剧中的中庸角色,但是从一出场,他便说着有理有据的话,并以自己对政治必要性的深刻理解以及认识和激发人类灵魂的能力左右着结局。尤利西斯没有拿出伟大的甚至特别公正的解决方案,但是有用的是,智慧没有变成自大狂,也不相信自己保证能拿出解决人类问题的公正而高贵的办法。尤利西斯并不认为有公正的神们主持着神圣的秩序。该做的都得由人来完成,即便人有其局限,有时候甚至要在更高的权威之下伪装周旋。尤利西斯的政治计谋,通过正义性值得怀疑的行为促成了公共的善,如果公共的善不被看得太伟大。尤利西斯的目标似乎是

---

① 《亨利四世上篇》,A. R. Humphreys 编, Arden Edition (1960, rpt. London: Routledge, 1988),5.4.70 – 72。

和平、简单的和平、丝毫不用粉饰的和平，在此和平之下，像尤利西斯这样一个人，如他在《奥德赛》中的行动所表现的那样，就能够占据舞台的中心。

莎士比亚在《特洛伊罗斯与克瑞西达》中所做的，就是把古典英雄主义放到显微镜下做细致的分析。他可能显得是在支持某种基督教观点，即希腊人的美德不过是一些伟大的[106]缺点。莎士比亚不仅仅戏仿爱和战争，还从喜剧的角度表明，它们分别是靠想象和屠杀才得以维系。但是，莎士比亚与贬低古代的基督教人物不同，他没有加入其中，批判古人的理性的骄傲。古代英雄们经受尖酸的批判洗礼之后，所有荷马式英雄都溶解消散了，唯独剩下一个人，他代表着智慧。在这一意义上来讲，这部戏剧肯定了希腊人，否定了特洛伊人，肯定了古代，否定了现代。希腊人中有一人，单枪匹马便抵消了所有希腊人的丑陋。他就是尤利西斯加苏格拉底。正如我曾说过的，这样一个人物不适于舞台。在普洛斯彼罗身上，我们看到一个有智慧的人，他的愉快精神掩盖了几乎难以承受的生活景象。在尤利西斯身上，我们看到一个有智慧的人应对着真实的生活，他要面对的可能是最令人沮丧的经历。神们和英雄们被揭去面具，希腊曾代表的荣誉，结果根本就不是荣誉。这看起来可能像启蒙式的真相揭发和塞利纳式的（Célinesque）虚无主义。但是实际上，这两样都不是尤利西斯所做的，因为暗淡的背景衬托出独属于智慧（以及追求切实真理的生活方式）的美和尊严。我不能抗拒把尤利西斯和修昔底德作比较的冲动。修昔底德不带希望地记录下他的整个伟大世界的衰落，并从中获得一种肃穆的愉悦。这是一种孤独的生活，脱离了大众的目标和抱负，太超然，所以大多数人无法承受。修昔底德代表与实际生活的所有魅惑恰好相反的沉思生活

(theoretical)，这也使得尤利西斯被隔绝开来，使他虽然是希腊人中的一员，实际上又不属于他们。莎士比亚把尤利西斯和特洛伊罗斯这个诚实而讨人喜欢的人放在一起，让他们一起沉思人类之恶的壮观景象。特洛伊罗斯太投入，故而无法欣赏或者接受它。尤利西斯则相反。毫无疑问，从理性的角度来看，爱以及爱所给的让两个人结合的承诺变得非常令人怀疑。人与人真正能够不带潜在分歧地分享的东西只有理性，要滋养有激情的男男女女，这一点养料是非常单薄的。莎士比亚关于情人们的戏剧都带有一种不合浪漫主义性情的反讽。爱是奇妙的，但是理智的眼睛总是禁不住看穿它，至少看穿一点。

戏剧以潘达洛斯对观众的轻松致辞结束。在《特洛伊罗斯与克瑞西达》中，像帕特洛克罗斯和忒尔西忒斯这样低下的人被拿来与诗人相提并论，戏剧中唯一的吟唱诗人潘达洛斯也被拿来与诗人并举。潘达洛斯是[107]把诗的模仿同观众联系起来的皮条客。看了这出戏，不知不觉间，似乎就会对诗人和演员的坏名声产生一种苛责的看法。"啊，爱国贼和皮条客，人家求您做事的时候是多么殷勤，而你得到的报答是多么惨！为什么我们的卖力这样讨人喜欢，而这个行当却这样讨人嫌？"(5.10.37-40)潘达洛斯兜售的是一种让大多数人愉悦的有污点的爱，或许正如莎士比亚情色的一面那样。潘达洛斯最后宣称，他和他的观众都因染了风月病而痛苦呻吟，吃风月饭就必然伴随着这些痛苦。他保证自己两个月后就会立下遗嘱：

> 到那时我要发发汗水求一身轻，
> 到那时候我再把脏病传给你。(5.10.56-57)

这就是戏剧最后的话。

第五章　冬天的故事

　　[109]《冬天的故事》发生在西西里和波西米亚,时间不详,其人物似乎既有古希腊罗马的宗教和生活气韵,又带着基督教的特质。戏剧以对两位国王古典式友谊的颂赞拉开帷幕。这两位国王就是莱昂忒斯(Leontes)和珀利克塞尼斯(Polixenes)。他们自小认识,对彼此的美德都由衷地崇敬。这一短小的开场散发出亲密和信任的喜悦,又混合着真挚的友谊。人的交往对于这两人来说乃是发于自然,是至高的快乐。他们不利用或者需要对方,至少不在任何狭隘的意义上如此。他们彼此理解,分享观点,纯粹地想与彼此为伴,尽管他们作为国王的职责让他们大多数时间都彼此分离。

　　对动态中的完美友谊匆匆一瞥,即刻就被一阵妒忌的风暴打断了。这场风暴完全不可解释、动机不明,打破了信任和友谊的氛围。妒忌意味着怀疑自己所爱的人的忠贞。① 莱昂忒斯突然开始认为,这个朋友和自己的妻子有不正当关系。莱昂忒斯既是朋友又是丈夫,但是从前,这两种关系之间还从未有过这样的紧张关系。他的妻子赫米温妮(Hermione)似乎正像他本人,视他的朋友为自己的朋友。直率和不矜持是友谊的特征,但是如果是在一个已婚女人和她丈夫以外的另一个男人之间,那就不寻常了。[110]但是这位妻子

---

① 参布鲁姆/雅法,《莎士比亚的政治》,页36–38,51–54。

和这个男人之间的友谊,显然是两个男人之间旧有的友谊的一部分。愤怒的妒忌突然爆发,于是暴露出一个已婚女人与一个男人之间无可指摘的友谊所面临的问题。激起的猜疑使人不可能拥有男女相处而不涉暧昧所要求的自信。而且,这两个朋友新近结成的婚姻也对已婚男人之间友谊的可能性提出了质疑。

妒忌生起得如此突然,仿佛是个谜,需要加以解释。莱昂忒斯的妒忌不像特洛伊罗斯的经历,而像奥赛罗的经历,因为特洛伊罗斯的爱人确实背叛了。然而,莱昂忒斯的情形比奥赛罗极端得多。奥赛罗的激情一定是被某个诡诈的魔鬼诱惑出来的。莱昂忒斯的整个世界观则是瞬间改变,没有外界刺激。莎士比亚通常把这种可怕的激情看作男人的错误。《辛白林》向我们展示了另一个类似的例子。而这部戏中,莱昂忒斯极其异常的是他改变的速度,从信任立刻转变成确信他人的不忠。一旦确信他人不忠,友谊的旧世界就消失了。戏剧虽然最终是和解和大团圆结局,但是这个结局并没有修复旧的世界,它赋予了婚姻相比于友谊更大的重要性。莎士比亚似乎特别关注男人对女人的情感的不信任及其所导致的后果。莎士比亚完全清楚,人与人难以真正结合,甚至在有关爱的问题上也如此或者尤其如此。但是,他如此关注这种猜疑子虚乌有的特性,于是证明了人与人有可能不受束缚地相互联系,这一点反映了莎士比亚的性情。

莱昂忒斯的转变难以解释,几乎像奇迹一般,因为我们不能把莱昂忒斯看作一个精神病态虚弱、容易猜疑的人。在莎士比亚的作品中,我们几乎总是能通过观察一个人有什么样的朋友,以及他与朋友在一起时如何行事,从而对这个人的性格窥见一斑。莱昂忒斯的妻子是一个极了不起的女人,两人一直以来似乎都保持着坦诚相见、没有猜疑的关系。而且显然,莱昂忒斯在友谊上也一向可靠、无可指摘。莱昂忒斯的臣子中没有小人。相反,他周围都是诚实正直的人,并且因为他本人的品性,这些人个个都尽忠职守,与他说话都开诚布公。莱昂忒斯也没有谄媚者,这使得他更不容易顺着自己的妒忌逻辑,[111]因为没有人纵容他这么做。我只能试着以他的改变发生之前的事来解释清楚他的妒忌(1.2.1 – 108)。莱昂忒斯没能说服珀利克塞尼斯延长在西西里小住的时间,于是他把这一任务交给妻子赫米温妮。赫米温妮却成功了,她成功说服珀利克塞尼斯之后,开始打听这对朋友年少时的情形。珀利克塞尼斯告诉她,两人少时可谓形影不离,最大的特点就是两人都天真无邪。珀利克塞尼斯表明,他说的天真无邪指的是不知云雨之事,随即提到原罪——尽管他是异教时代的人。在性萌动之前,若是不算所有人都继承了的罪过,即人的堕落(the Fall),他们真可谓无愧于上天了。赫米温妮顽皮地抓住了这个说法不放,说珀利克塞尼斯——恐怕还有她的丈夫,在天真无邪的岁月之后都曾"失足犯过罪"。珀利克塞尼斯非常含混地回答说,曾经有过这样的诱惑,因为他们生就了"这不能抑制的欲望"。赫米温妮嬉笑地重又责备起来,她说她自己和珀利克塞尼斯的妻子会承担与他们有关的任何罪过。这里,她把婚后的性关系说成罪,却又肯定只要没有同其他人犯别的罪就不会受到惩罚。赫米温妮的说法("只要你们是跟我们犯罪,/而不去跟别人犯罪"),其意可以理解为,珀利克塞尼斯如果曾经和她有过性关系也没有关系,虽然这显然不是她的意图。但是,赫米温妮是在拿一个爱欲主题说笑,即驯服男人的欲望的困难。莱昂忒斯是否听到这些说法呢,这并不确定。为了让妻子说服珀利克塞尼斯留下来,莱昂忒斯显然在一段距离之外踱步回避。这场交涉结束之时,莱昂忒斯再次加入谈话。赫米温妮告诉他,珀利克塞尼斯答应留下来了。莱昂忒斯回答说,赫米温妮说的话从没建过如此奇功。赫米温妮立即跟他卖弄风情起来,她质问道:"从来没有吗?"然后她谈起女人的天性,以及温柔的亲吻如何能比鞭笞更好地驾驭女人。她坚持让莱昂忒斯再重复一遍,在他漫长而艰难的求爱之途的最后,自己是用什么话来慰藉他的:"我永远是你的了。"就这样,赫米温妮把自己说服珀利克塞尼斯与自己交付自己的一生于莱昂忒斯联系起来。她的话建的第一件奇功"挣来一位君王做夫婿",第二件奇功赢得一位朋友。然后,她握住了珀利克塞尼斯的手。

于是,事情就发生了。突然之间,莱昂忒斯就生活在一个诱惑和背叛的世界里。每一个行为和动作都有着明确的性意味。到处都弥漫着淫欲,而且不受道德原则控制。对暧昧的捕风捉影总是合理的,[112]因为想法和性器官的运动不单受意志支配,于是捕风捉影成了确凿事实,整个世界都必须加以修改。首先想到的是自己的孩子是否为合法所生,以及一个戴绿帽子的人会遭到什么嘲笑。有一种偏见是,一个真正的男人对妻子来说必须总是有吸引力,而且只有自己对她有吸引力。正是这一偏见引来人们对戴绿帽子的人的嘲笑。随后就有了报复的想法,冠冕堂皇得似乎纯粹是为了正义。既怕整个世界证实这个通奸的罪行,又责怪那些看不到自己所见之事的人必定是糊涂虫、靠不住的家伙。一切都是国王脑子里的想法,所有的臣子必须赞同国王的想法,要不然就要甘受最严酷的惩罚。我们看到的是,对奸情的怀疑把仁慈合法的王权转变成暴政,如一位心怀妒忌的神的命令,而非自然人类情感的要求。出现背叛的爱情总是这样,不矛盾原则遭到了质疑。似乎需要一种信念,那就是无中可以生有。奥赛罗装满了这一妄想,特洛伊罗斯也一样。除此之外,没有什么能解释从美德到罪的这种转变。理性不再支配世界,暴政是防止混乱的唯一途径。牢固的中心没有了,相反之物"共同行动"(co-act),圣人与罪人从同一源泉涌现。这些就是这样一个人的疯狂的情感——他的生活根基是,另一个人必须总是受他吸引。

莱昂忒斯的妒忌有其发展路线。他命大臣卡密罗(Camillo)毒死珀利克塞尼斯。卡密罗进退两难,要对这个暴君尽忠,但是奉命所行之事又违反道德。卡密罗最终弃莱昂忒斯投珀利克塞尼斯而去。珀利克塞尼斯没有被杀死,也就没能满足莱昂忒斯那暴君的激情,于是他便转向被下入狱中的赫米温妮,下令将赫米温妮弃于王国之外某荒僻之处,任其自生自灭。莱昂忒斯设庭审讯,指控赫米温妮不仅犯通奸罪,还串通珀利克塞尼斯和卡密罗企图推翻他。面对这个无情的、一意孤行的暴君,赫米温妮只有单薄的自我辩护。赫米温妮唯一的支持者是泼辣的宝丽娜(Paulina),她将成为赫米温妮的使徒和复仇精神。猜疑和不可知的意图变得比行动更重要。于是,所有人类——尤其是女人——都带刺、都不可靠这一命题也就顺理成章了。这一认识让放不下的人再也无法信任。审判和牢狱成了[113]唯一的出路。性欲——正如异端——这一心灵的不可知的倾向,成了正义的核心对象。

审讯赫米温妮的进程中,莱昂忒斯的使节到来,打断了审讯。他们来宣布,德尔斐神谕德尔斐已表明赫米温妮的贞洁及余众的无辜,但是莱昂忒斯对这个讯息根本不予考虑。他从别的来源得到确信,取代了对德尔斐神的信念。随即,年轻的王子殿下玛密琉斯的死讯传来,这个他唯一确定的死讯就是对他的惩罚。赫米温妮晕厥过去。这无辜的孩子的死让这个暴君的妒忌立刻烟消云散,一如它产生时那么快。但是一切都太迟了。赫米温妮死了,新生的女儿则已依照莱昂忒斯之命被遗弃、找不回来了。现在,西西里弥漫着内疚和悔恨,宝丽娜成了拜奉已故王后及其子的异教掌门。莱昂忒斯将终日拜谒,在他们的殿内挥洒眼泪,聊以度日。

安提戈努斯(Antigonus)受莱昂忒斯之命弃婴,他把婴儿弃于波西米亚海岸,他自己随即被一头熊吃掉了。但是在波西米亚这里,在这粗朴、不顾时间以及古代与现代之别的背景下,莎士比亚准备用自然那健康的手,治愈西西里之伤。这里的人物超越政制和宗教的更迭以及宫廷不同于一般的必要礼节,或者说他们默默隐藏在这一切之下。我们有一位牧羊人及其小丑模样的儿子,以及一个游吟小偷——其名字和习性正如奥德修斯的祖父。① 此处,纯真和喜剧精神为克服西西里和波西米亚宫廷的黑暗悲剧提供了苗床。

第四幕几乎专门献给了与自然和解这一牧歌般的梦。此处,爱欲自在地嬉戏,全然不受妒忌这一恐怖幽灵的沾染。作为歌队的时间拉开这部戏的第四幕,在其中,人类历史上的不同时代被莎士比亚以极具宫廷风格的方式加以描述。这有助于我们了解,莎士比亚如何理解这个主宰着我们生活的可怕的主人。

> 我既有能力推翻一切世间的习俗,
> [114]又何必俯就古往今来规则的束缚?
> 这一段不小的空白就此搁在一旁,
> 各人的遭遇早已在前文交代端详;

---

① 荷马,《奥德赛》,卷24,第234–235行。

> 如今我再要提说全然新鲜的情由,
> 让陈旧的故事闪烁着灿烂的光流。(4.1.7 – 15)

这恰恰与我们当代人对时间的看法相反,当代人对时间的看法似乎是导致我们必然受制于自己的时代的共犯。正如时间在此处的自我描述一样,它允许剧作家看到法律和习俗诞生又消亡。那些法律和习俗经不起时间的冲蚀。这部戏剧的精神不是严肃对待当下——尤其西西里当前的新秩序,也不是被生成或衰退震慑住,而是寻找一个永恒的标准以及暂存的信仰体系以外的确信。戏剧受制于观众当下的口味。但是莎士比亚表明,真正的剧作家能够教导观众蔑视当前的迷惑。莎士比亚在《特洛伊罗斯与克瑞西达》《辛白林》和《冬天的故事》这样的戏剧中可能戏弄了我们称之为历史的东西,尽管他在《罗密欧与朱丽叶》和《安东尼与克莉奥佩特拉》当中——正如我们所见——也能非常贴近特定时间和地点的真正精神。《冬天的故事》和《辛白林》是莎士比亚的晚期作品,在这两部戏中,他尽情沉浸于自己的历史狂想之旅。最后一部戏《暴风雨》又全然相反,因为它比别的任何一部莎士比亚戏剧都更加遵守时间和地点的古典统一原则。但是,这一例外只会进一步证实莎士比亚后期的自由,他摆脱了我们生活于其中的时代通常强加给我们的限制,因为我们在《暴风雨》中所领略的不过是南柯一梦——实际上是一部戏剧,出于任何历史背景之外,虽然它与文艺复兴时期的意大利相关。这三部剧都令莎士比亚能够显示出他那纯熟的智慧,他从超越历史的角度,体察着各民族的法律和政制以及各种宗教的诞生和消亡。与我们的想法相反,时间对于莎士比亚来说并不毁灭自然这一标准,而是与自然同谋,揭示出什么才是始终的存在而不只是人所造就。[115]时间（Time）发表的这段关于时间（time）的高论，开启了对自然的盛赞。

第四幕第四场是莎士比亚戏剧中最长的一幕戏之一，差不多850行。我们在其中发现一出牧歌式的罗曼史，对自然和习俗的反思使其愈加复杂。一位王子爱上一位牧羊女，有两条线索将利用到这对恋人，其一是卡密罗回到西西里的线索，其二则是奥托吕库斯（Autolycus）完善自己的线索（"天下都爱恋爱的人"，因为恋爱中的人容易任人利用）。贯穿这一幕的主题是珀利克塞尼斯的儿子弗洛里泽（Florizel）与莱昂忒斯失落多年而如今已长成的女儿裴荻塔（Perdita）之间那单纯、炽烈、富有修复力的爱。这桩爱情属于罗密欧与朱丽叶或者斐迪南与米兰达这样的人，是简单的一见钟情的典范，任何一方都不掺杂一星半点虚荣，只是两个漂亮的年轻人相互吸引，有幸在未经俗世历练而分辨出情事上的灵肉之别以前遇见彼此。有了他们就有了现世的永恒，就忘却了时间将给他们和诸民及其法律带来的影响。罗密欧与朱丽叶处于文艺复兴时期基督教的维罗纳这个背景中，几乎必然以悲剧结局。在普洛斯彼罗的引导下，斐迪南和米兰达无忧无虑地恋爱，并迎接着一个无忧无虑的未来。他们的婚姻将使两个王国合二为一，即米兰和那不勒斯。弗洛里泽和裴荻塔得到自然相助，加之弗洛里泽强大的自制力、财富和来自卡密罗的一些智慧。对他们来说，一切都实现了，但是他们的成功没有罗密欧与朱丽叶的失败现实，始终贯穿着一种虚构的氛围。就像在《暴风雨》中一样，所有琐碎的动机都被两人所共有的对美的热烈的爱所驱散了。

浮在弗洛里泽和裴荻塔头上的阴云是由某种矛盾造成的：一方

面,从习俗来看,两人并不门当户对;另一方面,弗洛里泽的父亲有权威使两人的差异成为现实。最伟大的爱情都是以意愿为基础,不受礼节和职分的约束。身体的美显然越过人为的樊篱。父亲们的偏见是:出身决定灵魂,年轻人断然不能对此作出恰当的判断,因为他们都由身体的激情牵着鼻子在走。当然,父亲们——尤其是当国王的——实际上才不在乎孩子的爱情得到满足,他们更关心[116]王国的继承。这是卢梭的观点,但是如果孩子受到了恰当的教育,卢梭是毫不犹豫站在孩子这一边的。① 通常尊重习俗的莎士比亚此处也坚决站在弗洛里泽一边。但是,做父亲的当然也有他的道理。一般来说,遇到一位乡村女孩就迷上的男孩是需要一些约束的,以确保他找到一位合适的伴侣。但是,弗洛里泽迷上的实际上是一位公主,这样一些转折使莎士比亚得以维持了传统道德秩序。所以问题不是贵族与平凡人的对立,而在于如何辨识出一位公主。弗洛里泽似乎具有这一本能。莎士比亚知道自己是平凡人,也知道自己优于所有贵族和国王,但他不允许自己的这一点自我认识决定社会的可能秩序。他高明地融合了自然和习俗,由此在世间为自己不平凡的平凡找到了一席之地。

在裴荻塔分发花朵的那一场,珀利克塞尼斯同裴荻塔讨论了这种融合(4.4.70 – 167)。装扮成垂垂老者的珀利克塞尼斯和卡密罗,收到了他们所称的冬天的花,但他们更愿收到不那么明显暗示他们生命大限的花。裴荻塔说,倒是有合适的花,但是那些花儿都是自然的私生子(她自己的父亲就曾怀疑她是珀利克塞尼斯的私生子),她一枝也不要。她不想要"插手了伟大造物者自然"的人工技

---

① 卢梭,《爱弥儿》,页400。

艺所造的任何东西。对她来说,只有自然产生合法的后代,人工技艺造出私生子。她的观点和国王们的观点正好相反。她有一种自然崇拜,她所崇拜的自然不受人类行为干预和协助。她本人即是这种崇拜的很好示范。珀利克塞尼斯承认她的观点,自然应该是至高的,但是他又称,虽然确有非自然的人工技艺,但是这些人工技艺受自然所安排的等级秩序的指引。珀利克塞尼斯体现了理智所具有的更高权力的自然性,因为理智干预到纯粹的自然中来,为的是保护自然的"意图"。珀利克塞尼斯提出的这个观点与梅尔维尔(Herman Melville)在《大骗子的化装舞会》(*The Confidence Man*)中的观点相反。《大骗子的化装舞会》中,有一个人物声称自己的双眼不是自然造的,而是费城的一个眼科医生造的。① 这位眼科医生有一门技艺是自然不具备的,但他矫正这个视力障碍的能力,正是在研究眼睛的自然完美的基础上得来的。于是,眼睛才得以实现自己的天职,而这一天职并非眼科医生所造。对自然完美的研究或在这方面的技艺大体就是哲学。[117]哲学判断专门的技艺何时服从自然、何时与自然抵触。这是诸般技艺中最精妙的,也是最难从具备它的人身上辨识出来的。但是,比起把毫无雕饰的自然产生的一切都视为值得崇敬,与自然的这种关系要真实得多。裴获塔是不自觉的无知者,在为人处事上,她得接受比她更有智慧的人的指导。莎士比亚自己的技艺与珀利克塞尼斯提出的主题相近,也正是这部戏最深刻的主题之一。莎士比亚承认,裴获塔如此珍爱的那个自然,不管是理解它还是在其中生活都需要技艺。

珀利克塞尼斯有些违反自己心愿地被这个可爱的姑娘打动了。

---

① 梅尔维尔,《大骗子的化装舞会》,第21章。

他对技艺的沉思并不使其成为一位哲人。但是,他是一位统治者,统治者在统治国家及其民的时候行使着某种谨慎,即类似于理性普遍统治着世界一般——《理查二世》中的园丁们表明了这个观点,他们以自己对花园的理性管理为标准来批评理查对国家的统治。①不幸的是,为王的技艺最常被滥用,在做决策的时候不合人性以及人性的完满。唯有柏拉图的《王制》试图把自然整体的技艺与城邦制造哲人王的技艺统一到一起。珀利克塞尼斯在这个姑娘的影响下,表达了如下想法:

> 你瞧,好姑娘,我们常把
> 一枝善种的嫩枝接在野树上,
> 使低劣的植物和优良的
> 交配而感孕。(4.4.92 – 95)

此处,珀利克塞尼斯说起话来好像《王制》中推荐的那种优生学家一样。在《王制》中,哲人王实际上是婚配专家,专门负责混合人的众多血统或天性以产生健康的公民。珀利克塞尼斯似乎没有认识到,他是在为儿子娶一个乡野姑娘提供合理的理由。他的自然眼光暂时胜过了他的政治眼光。

莎士比亚把观众的同情全部给了叛逆的弗洛里泽,而不是他的父王珀利克塞尼斯。弗洛里泽外表保持着尊敬,但是违抗起父命来绝不妥协。爱是他的唯一指引,他的北极星。也许,莎士比亚如此明确地表明立场,是因为这一对恋人[118]宣布了一种新秩序的到来,它将取代由懊悔和内疚统治着的、阴郁而神经质的旧秩序。在

---

① 《理查二世》,3.4.24 – 91。

《暴风雨》中,普洛斯彼罗粗暴地对待斐迪南时,我们完全站在普洛斯彼罗一边,但这是因为我们相信普洛斯彼罗有智慧,他将使一切产生最佳结局。相反,珀利克塞尼斯却是突然被可怖的盛怒笼罩。萨图尔舞蹈之后,珀利克塞尼斯扯开自己的面具,十六年前发生在西西里的惨事好像要在此重演一般,奇怪的是,竟然又是关于同一个孩子的血统。这一次不是莱昂忒斯情欲的妒忌,但同样是试图控制自然情感的暴政。弗洛里泽立刻计划带着爱人出逃,在这一点上,他与罗密欧形成鲜明对比。罗密欧首先是绝望,然后完全依赖于他的神父同伙想出的人工痕迹过重的计策。然后,弗洛里泽接受了卡密罗明智的忠告,向西西里进发,而没有把自己的命运放到大海的赌桌上。卡密罗教弗洛里泽去骗莱昂忒斯,他自己则在欺骗弗洛里泽,因为他想要返乡。结果表明,卡密罗给了个好忠告,不过在某种程度上这也是机缘凑巧,卡密罗在这件事情当中的个人利益,为人们思考君主的谋士提供了素材。

这一场戏以奥托吕库斯为中心,描摹其高昂的情绪和贼心贼脑。这场戏的末尾,奥托吕库斯是父女相认的一个工具,他从中看到了飞黄腾达的可能。但是与他的直觉相反,他帮助了弗洛里泽,却不幸没有得到赞赏。他出现在这一场时,首先是个兜售女人们佩戴的各种玩意儿的小贩。裴荻塔对这些玩意儿极其反感。弗洛里泽也认为这些虚荣对于裴荻塔来说毫无意义。但是奥托吕库斯大受其他女孩儿的欢迎,表明了大多数女人天性中永远不会改变的一面。他还贩卖歌谣,同女孩儿们一起歌唱。这些歌谣内容色情,裴荻塔与朱丽叶一样不以身体之欲为羞,但她向哥哥(小丑)保证,她不愿想这些事。但是这些歌谣很有乐子,成了当天的新鲜事。第五幕在西西里宫廷发生的奇事据说就是编这些歌谣的材料,虽然超过了编歌谣的人的技术(5.2.23-25)。直率地说,奥托吕库斯是莎士比亚编造出来代表自己——至少自己的一部分——的人物之一。奥托吕库斯是个彻底的无赖,除了对法律的蔑视之外别无其他。他绝不让[119]死后命运的想法破坏他眼下的享乐。他从情志上低于他的人那里窃取金钱,但是他想,

> 我们不是傻瓜的人真幸福!
> 可是谁知道当初造物不会把我也造成他们这种样子?
> 因此我也不要瞧不起他们。(4.4.746-748)

傻瓜不幸福,但他们是人,就值得人对他们和善。奥托吕库斯这样的人不禁要占他们的便宜,但是他认识到,他的优越不是自己的而是自然的功劳。不过,他不认同那些有相同看法却认为自然对人的价值或尊严没有贡献的人,具体来说就是卢梭和康德。没有哪位娱乐大众的作者会认识不到,大部分观众是由头脑简单、喜欢粗俗表演的人组成,并且对非真实的东西永远是怀着喜欢的。

奥托吕库斯是一个超道德(supramoral)的人物,莎士比亚不怀好意地让我们对其投以了些许同情。奥托吕库并非什么大奸大恶之人,不过干些小偷小摸的事情,给我们带来解颐的笑声,与自然乐园可喜的——或者暂时的——复得融为一片和谐。在宫廷中寻求重用和高升失败之后,他终于认识到,宫廷终不是他这样的人的所在。这就是莎士比亚对早前提出的问题的评价,即他的平凡在宫廷和贵族等级秩序中的位置问题。莎士比亚胜过他们,因为他们成了莎士比亚的笔下人物。奥托吕库斯使出狡猾的诡辩来证明,他对弗洛里泽的忠心并不与自己的职业矛盾,因为不把弗洛里泽的计划告

诉其父王就是对国王权威的蔑视(4.4.832-843)。于是,我们对莎士比亚的狡猾有了某种解释,那将支持真正的道德秩序。在这部晚期戏剧当中,莎士比亚任由自己把诗人搬上舞台。这个诗人荒唐可笑,潜行于台上演出的伟大行动之下,从哪方面也没有使剧情更进一步。他在演绎世界中只占据转瞬即逝的位置,却深刻地揭示了表演的堂奥。正如第一位绅士在讲述奇迹般的事情时所说的,"这一幕庄严的情景值得供君主们观赏,因为其中的扮演者就是国王和王子啊"(5.2.79-80)。行动与表演之间的界限变得模糊。戏剧的假象是,它所模仿的行动[120]是最重要的事情。但是莎士比亚恐怕会认为,"戏剧就是事情本身",他的故事表现最高的事情(the highest thing)、理解的瞬间、把故事讲给所有后代。有些事情,男男女女们看得极重,奥托吕库斯却满不在乎,因为从诗人或者知识的角度来看并不那么严重。

第五幕第一场,我们初次领略了西西里的凄风苦雨,它的国王满心罪疚,只生活在追悔和自责之中。这个西西里的世界由宝丽娜——殉难的赫米温妮的使徒——掌管着。宝丽娜时刻让国王想起他失去了何许的完美,想起他杀死爱妻的事实。她包揽了莱昂忒斯的私生活,并令其许诺,没有她的允许不可再婚,即便有最为迫切的政治原因要求他再婚。莱昂忒斯现世的(this-worldly)——有人或称其为古典的——统治时期,与当前这个统治时期形成最彻底的对比。宝丽娜宣讲着对继承问题的漠然,但是在莎士比亚对君主制的看法中,这绝对是一个核心问题。宝丽娜当然知道赫米温妮还活着,但此时我们并不知情,我们只见布满了个人罪疚的可怕场面,以及宝丽娜造成的政治的荒废。我们必须记得,宝丽娜将这种状况维持了十六年之久。如果裴荻塔没有找回来,有谁知道她会继续多久? 莱昂忒斯当然应该受到惩罚,但是赫米温妮和裴荻塔都没有死。唯一死去的是幼子玛密琉斯,而这部戏真正令人震惊之处是玛密琉斯几乎被遗忘了。只有莱昂忒斯记着他。他在宝丽娜的计划当中似乎无足轻重,因为他如果没有死就会阻挡裴荻塔继承王位。宝丽娜是专门拜奉赫米温妮的教派的门徒和推广人。

当一位最不平常的侍从官上来禀报裴荻塔的到来以及她如何美貌之时,宝丽娜喊出"赫米温妮"这个圣名,说这个侍从官忘了自己曾写过的赞美赫米温妮"无与伦比"的诗句(5.1.95 – 101)。在《辛白林》和《冬天的故事》中,突然的妒忌扭曲了相互信任的爱情,舞台上的人物都被说成[121]传布某种东西的作者。伴随着妒忌的乃是一部经卷。在《辛白林》中,莱昂纳图斯(Posthumus Leonatus,注意两人名字的相似)最生动地体现了妒忌的想象,

> 也许他没开口,
> 像一头饱餐了橡果的日耳曼野猪,
> "吼"一声扑上去;——

这番话之后,他说:"我要写文章痛骂,/恨她们,诅咒她们。"①写下来的东西是笃信这一宗教的人教育的重要部分。描写赫米温妮的文字与莱昂纳图斯骂女人的文字不一定相互矛盾。一种以忠贞或纯洁为首要特征的新女性成了这一宗教的核心。

虽然我们禁不住相信赫米温妮是无辜的,但是我们必须记住,

---

① 《辛白林》,J. M. Nosworthy 编,Arden Edition(1955;rpt. London:Routledge,1988),2.4.167 – 169,184 – 185。

她不像苔丝德梦娜(Desdemona)和伊摩琴(Imogen),她并没有在舞台上被证明与珀利克塞尼斯没有犯罪关系,而且珀利克塞尼斯在第三场说,是他造成了莱昂忒斯的痛苦(不管怎么说,毕竟因为这个事件,珀利克塞尼斯的后代将统治西西里)。对于宝丽娜,此处的问题不在于证明赫米温妮无辜,而是让她超越批判,不管她是否给一个不是自己丈夫的国王生了孩子。玛密琉斯长得像其父,在这点上赫米温妮正如亚里士多德所讲的那头名为正义的母马,她下的马驹子都长得像给她播种的种马。① 裴荻塔长得像赫米温妮。父亲的角色被削弱了。这位写诗的侍从官听了宝丽娜的责备之后就和她谈了起来。他承认,信仰很容易在当下的影响下被忘掉,除非有谁提醒他。

> 侍从官:夫人,请原谅:
>> 那一位我几乎忘了,请您原谅!
>> 可这一位,当她出现在您的眼前,
>> 您也会赞不绝口。这一位美人儿,
>> 她另立教派,会使其他的信徒
>> 丧失对本教的虔诚;她说一句话,
>> 就让人改换门庭。
>
> 宝丽娜:女人才不会呢!
> [122]侍从官:女人也爱上她,她比哪个男人都更完美;
>> 男人们更是都爱她,喜爱她就为她
>> 是压倒群芳的女人。(5.1.103 – 112)

这样的宗教语言和与之相宜的情感主宰着整个第五幕。这一新的

---

① 亚里士多德,《政治学》,1262a21 – 24。

宗教克服了女人们对其他女人的妒忌，因为事实证明，这个被选定的女人比男人更优秀，表明了女人如何能够融合魅力和自责来摧毁男性主导的旧世界。

莱昂忒斯与弗洛里泽和裴荻塔的相见产生了一种混杂着快乐和懊悔的情感。莱昂忒斯为这一对不顾一切的爱侣而高兴，也为因此能辗转与老友珀利克塞尼斯重修旧好而高兴。但是，这也让他再次想起曾经发生的一切。他说，他失去了一双，很可能是说裴荻塔和玛密琉斯，他们"原可以站在这天地之间"，就像此时站在自己跟前的这"一双美人儿"。莱昂忒斯显然是有点糊涂了，因为他的那"一双"应该是兄妹，也就不可能像眼前"这样"。他祝愿他们小住愉快，因为弗洛里泽有位"神圣的父亲"，自己当初亵渎了其父的圣洁，犯下了重罪。他把自己没有后代归结为上天对这一罪行的惩罚（5.1.123–137, 167–177）。他把自己妒忌的自然后果用神们来过滤，而神们继续惩罚他，给予他无限的内疚（cosmic guilt）。

珀利克塞尼斯很快即将到达，盛怒而来，对儿子的背弃，对裴荻塔，对所有可能和他们串通的人。弗洛里泽说，命运可能阻挡他与裴荻塔的婚姻，却改变不了他的爱。他的爱似乎是绝对超越命运的东西。他让莱昂忒斯去充当安抚珀利克塞尼斯龙颜的人。他告诉莱昂忒斯，若有莱昂忒斯相助，他的"父亲会把天大的事儿也轻易答应"。莱昂忒斯有些不能自禁地说，那他便要把弗洛里泽珍贵的夫人求来给自己了（5.1.223–225）。这位老国王的情欲被激起来了。他不知道这是自己的女儿。莎士比亚的情欲想象——如我们在《一报还一报》中所见的那般活跃——考验了自然吸引与神圣法律之间的关系。这本该令人震惊，但是莎士比亚以并不令观众震惊的手法做到了。《辛白林》中也有类似的一幕：古德律斯（Guiderius）和阿维拉古斯(Arviragus)是王位继承人,[123]却像大自然的孩子般生活着,他们都迷上了一个男孩儿,而这个男孩儿其实是他们的妹妹。① 这一幕造成了一个特殊的问题,左右你都说不清。性欲的可塑性比传统礼节所认为的要大。《冬天的故事》的这一幕是对永恒的俄狄浦斯问题温和而反讽的呈现。时时提防着的宝丽娜提醒莱昂忒斯,并不是性欲不对,而是逝去的赫米温妮要迷人得太多太多,哪怕她无法在此世供人鉴赏。莱昂忒斯借口说,在裴荻塔身上,他看到了赫米温妮。当然,许多父亲会这么说他们的女儿。莱昂忒斯以父亲一般的口吻答应帮助这对情侣——只要他们是纯洁的。

经典的相认场景没有在舞台上展现,而是由旁观者转述。这个大团圆结局像个闹剧一样不合情理,但成功地减轻了复仇和悔恨的情形。两位老朋友重归于好。莱昂忒斯的怒火之下有了一名幸存者。对于珀利克塞尼斯来说,裴荻塔平添了一份美丽以外的价值,亦即使她成为一个可以接受的新娘的价值,爱情得到了公道。这一爱情将是崭新开始的基础,虽然新的开始抹不去以往的历史事实。这一幕结束于奥托吕库斯最后一次亮相,协同着新近结了贵亲的牧人和小丑两父子。这一场戏是场闹剧,这些人是荒唐的绅士,但是它显示了奥托吕库斯适应新世界的能力,在这样一个世界中,像牧人和小丑这样头脑简单的人将继承土地(inherit the earth)。② 他用尽所有惯常的反讽来奉承牧人父子,求得其保护。不过,无论换成怎样的天道主宰,奥托吕库斯都能应付过去。

---

① 《辛白林》,3.7.41–68。
② [译按]"继承土地"语出《马太福音》,和合本为"承受地土"。

第五幕第三场是《冬天的故事》的结局,它是所有文学中最奇怪的故事之一。我们从第二场得知,宝丽娜保存着一尊由意大利大师罗马诺(Julio Romano)雕制的赫米温妮像。如此离谱的时代误植曾令许多世纪的批评家们震惊,但是它却直指这部戏的含义。对艺术家如此溢美的称赞,是对艺术之含义的另一重要反思,同时表明莎士比亚对此有异常清醒的自我认识。罗马诺其人有巧夺天工的手艺,但是他胜过天工的手艺有两个直接的限制。其一,他只是自然完美的模仿者。他巧夺天工的手艺可能在于他造出了自然有意于造出、实际上却从未造出来的美。[124]宝丽娜指出了某种类似的道理。她提到我们正在谈论的赫米温妮像。

> 要是您和世间的每一个女子依次结婚,
> 或者把所有的女子的美点提出来
> 造成一个完美的女性,也抵不上
> 给您害死的那位那样好。(5.1.13-16)

不过,第二个限制最有决定性:雕刻家自身不具有永恒性,至少,按照说这番话的绅士所说的,永恒全然为自然所有,它使自然成为至尊的权威。而且,雕刻家不能让他的作品呼吸。雕像永久矗立,让一份无法达到的完美历历眼前,并为那些失去了赫米温妮、渴念着赫米温妮的人们的内心带来巨大的慰藉。所有人都前去瞻仰这座雕像,"希望她回答"。裴荻塔听了母亲如何死去的故事,便决心去朝拜这座雕像。

> [她]终于一声长叹,我觉得她的眼泪像血一样流下来,因为那是我相信我心里的血液像眼泪一样在奔涌。在场的即使

是心肠最硬的(marble)人,也都惨然失色;有的晕了过去,没有人不伤心。要是全世界都看见这场情景,那么整个地球都会罩上悲哀。(5.2.87–91)

此处,我们看到石头变成血肉之躯,与雕像呈现的人物相似。天然的局限被爱和悲伤的力量超越了。这样的雕像以及对其如此动情的崇拜,在罗马天主教内不管过去还是现在都是为人熟知的:罪人们崇拜雕像,从中感到慰藉甚至得到回应,为这一宗教招来了偶像崇拜的责难。这样的雕像已存在很久,但是这一尊得由一位文艺复兴艺术家来完成。

宝丽娜是伟大的赋生者。她把赫米温妮藏在家中十六年。莱昂忒斯说,他拜访宝丽娜的画廊时从未见过赫米温妮的雕像。宝丽娜显然是位艺术爱好者,像那些文艺复兴时期的王子和主教们一样拥有自己的画廊。因为赫米温妮的雕像是一位艺术家能制作出的最精湛的作品,故而宝丽娜辟别室存之,并且不称其为画廊,而称其为礼堂。宝丽娜尽力从莱昂忒斯看雕像的眼神中搜索一切悔恨和哀伤。但是很可能因为莱昂忒斯[125]见到了裴荻塔,所以他注意到赫米温妮的雕像比他当初所认识的赫米温妮多了许多皱纹。它要是真变成活人,这可不是个好兆头,因为皱纹可能削弱它撩拨人的情欲的力量。珀利克塞尼斯却激动地插嘴说,远没有这么多皱纹。莱昂忒斯恢复崇拜的态度。裴荻塔首先请求传统天主教教规的原谅,不要以为她崇拜偶像,然后她跪下来,以"亲爱的母后"这一称呼开头,祈求雕像的祝福。这明显是艺术模仿,模仿的是对玛利亚而非对自然的崇拜。随后,宝丽娜说,请大家准备接受更大的"惊异",如果没有准备好,便应速速离去。她即将施展"魔法"。她说,她怕被人以为是女巫、"有妖法相助"。她宣称,"你们必须唤醒你们的信仰"。她充当着一场奇迹的司仪。赫米温妮变成了活人,整场戏以皆大欢喜告终。然而,偏向于赫米温妮及其苦难的性情在宝丽娜的精心维护之下将会保存下去(5.3.44–155)。

赫米温妮是一位异常迷人、率真、聪慧而奔放的女人。但是她经历了人世关系的脆弱不堪:男人的猜忌和怀疑,以及痛失儿女的悲剧。这样的遭遇最终给了她一种敏感和深度,正如对她的雕像的描述以及她化成活人后所表达的爱女之情所传达给我们的那样。莎剧当中还有另外两位伟大的女性——苔丝德梦娜和伊摩琴——也是男人妒忌心的受害者。在妒忌加于她们的苦痛之中,在对性欲丑陋而罪恶的描述面前,她们最终变得不只是她们自己,成了世界上某种新的东西。苔丝德梦娜是悲剧中纯粹的受害者,另外两位是不合戏剧传统范畴的所谓的传奇剧中的人物,她们得到莎士比亚的赦免,成为男人们温柔的教化者——男人们永远在为怀疑自己的女人而赎罪,他们自知罪过,怀着自责地爱着自己的女人,并在这种纠结中臻于完善。赫米温妮的泪水是对落泪圣母像的模仿,她的泪水折射出的笑容则是和解与救赎。

莎士比亚似乎认为,基督教有让女人更深刻、让男人对女人更敏感的作用。[126]通过这一番经历,男人的男子气被削弱了,而女人的女人气质及其控制男人的力量却极大地提高了。前基督教时期的伟大女人形象——科利奥兰纳斯的母亲弗伦妮娅、布鲁图斯的妻子珀西娅、克莉奥佩特拉,均有她们独自的令人震撼之处。但是她们都不如苔丝德梦娜或者赫米温妮甚至朱丽叶这样人性化。骑士传统中的女人崇拜在《特洛伊罗斯与克瑞西达》中遭到嘲讽,但是这一崇拜一旦祛除了神乎其神、过分做作、超越人性的人物之后，的确带给女人一种能渗透整个生命的力量，从对光荣的追逐转变到对儿女的挚爱，这种力量是古代世界所没有的。女人的灵魂变得空前富有兴味，莎士比亚是女人的诗人，至少正如他是男人的诗人一般。他清楚地刻画了许多疯狂，以及男女众生的灵魂之伤，这些是基督教的来临带给世界的；同时，他也记录了这一历史取得的许多伟大成就。我们并不清楚，他是否认为智慧在尤利西斯拥有的那种智慧的基础上产生了改善和进步。但是，新天道所揭示的人类灵魂的可能性值得哲人们沉思，也值得诗人们模仿。在这部戏中，莎士比亚让自己摆脱时间的限制，以向我们展示时间所孕育的东西；他把古典的朴素，《旧约》中的妒忌的来临，基督教向非现世希望、爱和罪疚的转向，以及完全属于他自己的一些新东西铺陈在了舞台上。

妒忌似乎是关键的改变，带来了新的怀疑和新的细察。现代意大利与它所取代的罗马相对立，在这一激情的传播中，意大利似乎扮演了关键角色。正是邪恶的伊阿果使奥赛罗为妒忌而妒忌，正是伊阿基摩（Iachimo）使莱昂纳图斯只为了证明一个看法而妒忌。《辛白林》的戏剧时间是莎剧中最接近耶稣诞生的，[①]莱昂纳图斯去罗马会见的人显然是一个现代意大利恶棍，俟其返回不列颠时，他差不多已被罗马化——长远来看是基督教化。《辛白林》和《冬天的故事》这两部戏是诗人的精神现象学。

上文提到的某种新东西即是莎士比亚本人，它体现在戏剧中的罗马诺身上。据信，艺术家罗马诺重再造了（re‑creates）赫米温

---

① 辛白林于公元前33年成为国王，统治了35年。

妮——因其所遭受的苦难而被赐予了新地位的新赫米温妮。[127]
罗马诺是一位文艺复兴艺术家,莎士比亚也是。罗马诺还是一个意大利人,而莎士比亚在许多方面受益于意大利,不仅包括人们在那儿发现的天主教派基督教,还有马基雅维利败坏但却解放的政治教诲及其对宗教的批判,以及艺术特殊的天职这一观念。文艺复兴意味着——如果它有任何意味的话——在美这一层面对古典的重生。它是艺术的重生或新生,不再从属于宗教。所有这些伟大的艺术家们经历的就是重新发现美、身体之美,活着、呼吸着、欲望着的身体,而非原罪视角之下的身体,也非在对来生的飘渺期盼中被贬低的身体。他们撇开世界的疲惫,在人类鼎盛的青春年华里再一次感受到了自己。身体之美的确问题重重,但也被视为有预言性,它至少再次成为起点。这些画家们一方面把画笔重新指向那些不光彩的古代英雄及其在战争和爱中的行动,但另一方面,他们依然专治基督徒的故事,尤其是童贞的圣母及其子,包括绘画和雕刻作品,只不过其风格让人想到古典时代的崇尚声色和爱慕身体。他们促成了神圣向往与声色感官之间的某种和解。这将引领出一个愉悦的时代以及政治和爱的重生。

第六章　哈尔和福斯塔夫

[129]作为与莎士比亚的告别,我们来考察莎士比亚的世界当中最不寻常的关系之一。哈尔王子竟与福斯塔夫有非常深厚的关系:哈尔是未来的亨利五世,据莎士比亚之言,他或许是所有英国国王中最伟大的一位,身负如此高远使命的人竟有福斯塔夫这种朋友,这是非常令人意外的。哈尔成为身具所有政治美德的一位统治者。他至少在自己有生之年成功结束了内战的灾祸,巩固了自己的君权,拓展了英格兰的疆域和影响。他没有莎士比亚刻画的任何其他国王的任何缺点。他的统治为将来的统治者们提供了一本教科书,其教诲可见于普鲁塔克的《希腊罗马名人对比列传》,还符合马基雅维利为君主们所开列的严厉的原则。他是一位严肃的、极有道德感的王子,但却选择与一个肥胖、老朽、好色的小偷厮混来打发自己的青年时光。《亨利四世》上、下两部戏应该是致力于探讨重建英格兰国王权威这一严肃问题的,莎士比亚却用大量笔墨把哈尔和福斯塔夫的荒唐和放荡推上舞台。这一点颇令人好奇,而莎士比亚的理由却并不怎么明确。这并不只是一个不务正业、只等继承王位的年轻人的故事。哈尔一开始就太有心机、太冷漠,所以他不会只管游手好闲。我认为我们可以推测,他与福斯塔夫的关系反映了他的部分[130]品质,这一部分只有在他成为国王之前才能看得出来,而在他继承大统之后将始终是

他性格中隐秘的一面。从某种意义上来说,我们或可说,《亨利四世上篇》和《亨利四世下篇》让人看到,哈尔所受的某种教育并不全然不同于另一位世界历史枭雄的教育,即马基雅维利的对手色诺芬之作《居鲁士的教育》。①

这一关系的确是莎士比亚编造的。莎士比亚的历史剧大体上都非常忠于历史,而福斯塔夫是个例外,几乎完全是虚构。莎士比亚为了表达自己的观点,偏偏就得让这个历史上没有的滑稽家伙出现在历史中。福斯塔夫是个十足的以诺巴布,还颇有些像奥托吕库斯——莎士比亚的又一虚构人物,月亮的宠臣,即一个小偷、民谣歌手。无论男人、女人或小孩儿,福斯塔夫一路通吃(《亨利四世下篇》,2.1.14-17),染了一身杨梅大疮,总是喝得烂醉,饕餮无度,而且满嘴亵渎话,巧舌如簧,满脑子浑才,还是某种理性主义的典范。尽管这么恶贯满盈,他却是莎士比亚最讨人喜欢的角色之一。他践踏一切规则,哪管它神规人律,但他并没有变得惹我们厌恶。莎士比亚创造这一奇迹的方法是,把福斯塔夫的偷窃行为限制在相对轻微的范围内,并表明福斯塔夫虽然虚张声势,却不动人一根毫毛。与福斯塔夫相好的两个女人——桂嫂(Mistress Quickly)和桃儿(Doll Tearsheet),虽然跟他又哭又闹,心里却爱他。他也不主动挑起阴谋,也不背弃朋友。总的来说,他是野猪头酒店这块小小自由国度上受人爱戴的国王。他有一点可能被看作真正的丑行,那就是,他对霍茨波的尸体刺了一剑以让人相信是他将其打败。但是对于那些不敬重尸体的人来说,这也只算给尸体的一剑。最重要的

---

① 参见马基雅维利,《君主论》,第14、17章;《论李维》,卷二,第13章,卷三,第20、22、29章。

是,他用他那令人惊愕的好笑,拯救了自己和观众。而且,虽然在他身上发生了许多闹剧,但是其幽默并不止于此,而是触及喜剧解放素有的许多大主题——诸神、城邦以及家庭。他是一个罪犯,不只因为他放纵的喜好把他引向这个方向,更因为他是针刺传统的牛虻。

或许这已足够解释精明的哈尔为何被福斯塔夫吸引。哈尔似乎自小就明白,关于善恶贵贱的规范有其缺陷,并可能阻碍政治行动。他也是知道如下道理的人之一:成功会随之带来道德美誉,或者人们的施恩者[131]将被奉为好人,那些遵循规范的人却束手束脚,不得施展,成功的可能也随之而渺茫。哈尔知道,他结交这些朋友污染了他的名誉,但他却把污点变成了自己的优势。一个看起来低下最后却证明高尚的人,将因此而获得更好的声誉。高贵的霍茨波与福斯塔夫正好相反,受到福斯塔夫和哈尔的共同鄙夷,他把短暂的一生都用来建造他那高贵的丰碑。哈尔必须做的一切就是杀掉霍茨波,只消此一招,就能攫取霍茨波的所有美誉。(《亨利四世上篇》,5.4.70-72)他是一个盗取他人成果的能手。

哈尔很可能曾想过,在自然之路上行走多年的福斯塔夫,或许能就路上风景给他指教一二。只说哈尔喜欢野猪头酒店是因为他在那里找到了低俗的声色犬马之乐,这是不够的。他这么做,还因为他了解到某些东西:那些乐子是真正的愉悦,虽然在宫廷上找不到而且是被禁绝的。也不能只说,他是为了去了解社会底层,正如他无情刁难酒保弗兰西斯(Francis)时所做的那样(《亨利四世上篇》,2.4.1-109)。要去了解底层社会,犯不着这么耗时费力,更不用参与底层社会的低下行为。福斯塔夫是那种地方的一份子,但是他以超越这种地方的某种精神性来表达它。他是向人介绍罪恶的迷人向导。哈尔似乎觉得野猪头酒店的生活异常惬意,但比起统治来还略逊一筹,如此一来,他万不得已必须放弃这种生活的时候,也便来得容易了。哈尔知道,要等到乃父驾崩,他才能坐第一把交椅,他并没有把等待的时间浪费在恪守孝节之上。他当然想做国王,这意味着他父亲驾崩时,他不会只是单纯的悲伤。哈尔必须等到父亲死后再登王位,他遵守了这一约束,但在野猪头酒店里,他从思想上试探了这一约束。

福斯塔夫是寄居野猪头酒店的人中唯一有自我认识的人,这一点对于哈尔来说似乎——至少暂时——有令人无法抗拒的吸引力。福斯塔夫有语云:"做贼的人这样不顾义气,真该天诛地灭!"(《亨利四世上篇》,2.2.27-28)这让哈尔注意到一个问题,即文明社会在道德上是否真与做贼的人有天壤之别,还是只不过享有更有利的舆论而已。与霍茨波恰好相反的哈尔似乎也像福斯塔夫那样理解政治。哈尔对自己人生这一阶段的动机的唯一说法,相比他对自己后来得以挽回的名声的说法,要更能说明问题得多:

> [132]我们很了解,他[法国王太子]用意是在取笑,
> 我少年时代的放浪,却不曾理会,
> 本人这一个时期有些什么收获。①

法国人即将发现,哈尔在他放浪的少年时代学到了什么东西。他一定懂得的第一件事就是,身体和心灵的放浪毁灭一个人的人格魅力这种看法是错的,至少对于他这样的人来说是错的。他的身体之欲

---

① 莎士比亚,《亨利五世》,J. H. Walter 编,Arden Edition(1954; rpt. London:Routledge,1990),1.2.265-267。

很容易就被他的政治激情给驯服了,没有给他造成任何内在矛盾,一部分原因是他对性已经不再抱有浪漫的期待,而他的理性之欲——绝没有把本身变成目的——则增长了他洞明世事的能力。

哈尔与福斯塔夫这一搭配在某种程度上是对亚里士多德式友谊的戏仿。亚氏认为友谊是两个灵魂的结合:它们相互欣赏、漠视金钱或漠视低俗感官之乐,尽管每个人都爱自己胜过他人,他们却只以彼此为愉悦,都以对方的眼光为镜,从中看到一个得到升华的自己。哈尔和福斯塔夫是对这种友谊的一种戏仿,但戏仿中蕴含着某些真情元素。我们在这两人身上感受到某种强烈的自然情谊,尽管它充满了令其值得怀疑的张力。哈尔喜爱福斯塔夫,并以某种超越道德的方式崇拜他。但是这一友谊竟能如此残酷地被斩断,证明它不是真正的友谊,因为真正的友谊是所有情感中最持久的。哈尔侧面的正派迫使我们站在福斯塔夫的反面。在与福斯塔夫的关系中,哈尔占据上风,并且是他无情地断绝了这一友谊。这显示了政治的某些特点,以及国王孤家寡人的特性。没有人能与国王平起平坐,作为国王,他必须让最高之事服从"大局之需"(raisons d'état)。

福斯塔夫当然从与哈尔的交情中获取利益,这位储君拥有钱财尤其是足够的影响力,能够让他免受严苛律法的惩治。福斯塔夫甚至开玩笑说,有朝一日哈尔为王,自己还有希望得到更大的好处。但是哈尔的用处还不足以说尽福斯塔夫所表达的那种情感。在某种程度上,福斯塔夫实际上并不怎么有野心。他想要一些钱财,以便避开牢狱,并左右一下官爵的分封。他是一个存在于当下的人,对未来没有长远的打算。他最大的心愿就是,逍遥法外地生活在一个有法律的社会而不承担其后果。为了做到这一点,他不得不变成一个敏于察言观色、机智诙谐的人。但是,[133]福斯塔夫的动机还包含了另一些东西,而不只是因为与一个将要成为国王的人打得火热明显会带来好处,正如哈尔对福斯塔夫的感情,也不会因为福斯塔夫明显卑劣的行为而枯竭。福斯塔夫动机中的另一些东西,在某种程度上似乎就是看到一个自己可望将其同化的灵魂和性情时的愉悦。这是一种同谋的快感,这种思想上的同谋自有其独特的魅力,并非庸俗的心理学家们通常有能力鉴赏之物。他对这位前程似锦的年轻人怀着一种爱欲吸引,他希望在这个年轻人身上看到自己得以繁衍(reproduced)。他盼望哈尔成为国王,因为他盼着王位上的哈尔与自己有某种精神性的关系。让他怦然心动的与其说是"我认识国王"这一句自夸,还不如说是"国王是我的"。

福斯塔夫身上有一丝贵族的气韵。与他那帮狐朋狗友不同的是,福斯塔夫本可以为自己开创一番政治事业,尽管他不可能企望当上国王。他没能成就这番事业,则可以理解为通常所说的一个有前途的人因自己放纵欲望而断送前程。同样说得通的是,他之所以走上这样一条路——极为显然的是他喜欢这条路——是因为他看透了贵族们的政治前程,或说他的眼光超越了这样的前程。他曾思索,荣誉是虚无,与生活的实在相反,这体现了一些他对这种仕途抱负的批判(《亨利四世上篇》,5.3.30–61)。而且他有许多这种关于人无法忠于自己的反思。他对享乐的描绘很有诱惑力,比如,他与哈尔清教徒似的兄弟约翰遭遇时,就以菲尔兹(W. C. Fields)一样的口吻对喝酒大加赞颂。

我们可以在最初几场戏中,通过福斯塔夫与哈尔的彼此欣赏,看出他们交情的魅力所在。其乐趣在于他们巧妙的辩才(dialectical skills),双方都试图在机智上胜过对方。那是两个极擅长自我辩白和诡辩的人的竞争。他们的一句交谈完美地体现了言辞本身固有的尊严:"我否认你的论点,要是你愿意拒绝那郡吏(I deny your major, if you will deny the sheriff)。"(《亨利四世上篇》2.4.489)(这句话里,城邦的 mayor[首脑]和哈尔用以证明福斯塔夫是个懦夫的三段论的 major premise[大前提]融合为一体,而 sheriff[郡吏]理应是 mayor 的下属)。① 哈尔认识到福斯塔夫的断言中的真理,即福斯塔夫不仅拥有完全意义上的机智,而且还把他的机智传达给他人。哈尔就是福斯塔夫传达机智的对象之一,他热爱福斯塔夫的机智,而且本身也擅长此技。哈尔设计来让福斯塔夫难堪的两段精彩场面,包括盖兹山(Gadshill)的双重抢劫,还有假扮仆人以便听福斯塔夫怎么吹嘘[134]自己,的确达到了目的,让人看到福斯塔夫在谎言被人揭穿时的反应。福斯塔夫大方承认,反应之敏捷令人称奇。福斯塔夫辩称,作为哈尔的朋友,在一群坏蛋中说他的坏话是合适的,免得坏蛋们爱上他(《亨利四世下篇》,2.4.315-321),这番辩词简直教人无语。哈尔乐于看到的不是福斯塔夫难堪,而是他避免难堪的技巧。这些才构成了他们对彼此的爱的核心。

对于哈尔和福斯塔夫来说,没有什么是神圣的,至少言辞上如此。他们互相辱骂,全然不顾宫廷特有的繁文缛节。他们的相互辱骂是此世的礼节,比贵族们使用的礼节来得更真诚。他们一开始的谈话内容就是要为小偷正名,仿佛哈尔一旦执掌法律大权,这些

---

① [译按]在野猪头酒店,福斯塔夫吹嘘自己勇敢,被揭穿之后,改说自己是因为"狮子无论怎么凶狠,也不敢碰伤一位堂堂亲王"的本能才做了懦夫。哈尔王子的论点是,不管什么本能,福斯塔夫都是个天生的懦夫。此时郡吏正好带人前来搜查野猪头酒店,福斯塔夫便说了文中这句,也就是说,只有哈尔王子下令把郡吏打发走,福斯塔夫才能否认哈尔说他"是个天生的懦夫"的论点。

人就会变成诚恳良民一样。这里边夹杂着轻松的亵渎话。这些自由精神首先要攻击的靶子就是法律和宗教。或许,哈尔玩的最令人震惊的游戏就是,让福斯塔夫扮演自己的父亲,然后由他自己来扮演自己的父亲也即国王——用福斯塔夫的说法,就是将国王罢黜(《亨利四世上篇》,2.4.371-475)。此处,那些奠定家庭基础的、与世袭君主制下的政治相等同的最神圣的约束,即是在理论和实践上遭到最严厉拷问的主题。儿子对父亲的忠诚与责任问题在《亨利四世》上、下两篇中受到极端的考验。哈尔巧妙地跨越在这个问题的两边,他的办法是行为和思想都随心所欲,然后尽力说服父亲,自己是一个好儿子、一个真心诚意的儿子。哈尔生活在其父亲之死的前景之中,所以免不了要问出洛克所说的受父亲妨碍的儿子会提出的那个阴暗问题:"父亲啊,你将在什么时候死去?"①哈尔必须做个好儿子,以便顺利地继承父亲,但是他统治的功业与其父的功业是不同甚至相反的。哈尔摆脱了孝道,最后又表现得似乎有孝道,从而表现出他的某种政治天赋。很可能是福斯塔夫教会他这种思考方式,也只有对福斯塔夫一人他才能演绎出这种方式。

哈尔对福斯塔夫的不孝,以及哈尔对其父的孝顺,很大程度上代表了苏格拉底生命中的一种核心张力,即哲学与对祖先的顺从之间的张力。实际上,福斯塔夫是亨利四世的对手。哈尔知道这一点,尽管亨利四世不知道。福斯塔夫扮演国王,[135]盘问他这位干儿子都结交了些什么狐朋狗友,怎么成日鬼混,就像任何

---

① John Lock,《教育漫思》(*Some Thoughts Concerning Education*),第40节。

称职的父亲那样。但是作为国王,他却赞扬了福斯塔夫,其语言是古典修辞中的华丽文辞,他乃是这门技艺的大师,在整部戏中将其运用得随心所欲、炉火纯青。随后,哈尔想换成这一角色,戴一戴这假想的皇冠。真正的儿子通过猛烈抨击福斯塔夫,演出了父亲的缩影,他称福斯塔夫为"败坏青年人的大恶棍"(《亨利四世上篇》,2.4.455–456)。这是父亲们对苏格拉底的抱怨。这一控诉——败坏青年人——正是扳倒苏格拉底的东西。苏格拉底是父亲们在教育孩子时的对手,在任何传统社会秩序当中,教育的任务都属于父亲们,但是这样的社会秩序被苏格拉底的胜利改变了。

苏格拉底对儿子们的质问不可避免地导致儿子们反过来质问父亲们。哈尔与福斯塔夫的关系并不全然不同于苏格拉底与阿尔喀比亚德之间的关系。阿尔喀比亚德是望族子嗣,政治野心不可限量,与苏格拉底相处过一段时间,他当然受到了苏格拉底的影响,只是受影响的方式难以揣测。阿尔喀比亚德在政治上前途无量,不似别的任何雅典政治家——或许历来所有的政治家。他似乎想要抛开任何法律或传统的约束,他的确抛开了,但却被习俗的力量推倒。为了看到福斯塔夫-哈尔与苏格拉底-阿尔喀比亚德的相似,我们必须依靠色诺芬,他让我们看到一个用苏格拉底的论点嘲笑其监护人佩里克勒斯(Pericles)的阿尔喀比亚德,①也让我们看到一个比柏拉图作品中的苏格拉底显得更粗俗、更滑稽的另一个苏格拉底。福斯塔夫试图向大法官证明自己比大法官更年轻,这个论点颇似色诺芬的苏格拉底试图证明自己比克里托波鲁斯(Critobolus)更美,结果

---

① 色诺芬,《回忆苏格拉底》,卷一,第 2 章,第 40–48 节。

遭到狠狠的嘲笑。① 大法官声称,他"对你[福斯塔夫]颠倒黑白的本事素来是领教过的"(《亨利四世下篇》,2.1.107-109)。这就是通常对苏格拉底的控诉,说他"把弱的说法变强"。② 这不只是个空洞的指控。苏格拉底和福斯塔夫都使用过这一技艺,让自己不受传统推理束缚。戏剧中闪现出苏格拉底身影的地方还不只这些。福斯塔夫的死也与苏格拉底之死相似,与《斐多》里的描述一样,③因为福斯塔夫的身体似乎也是从脚往上变凉的。甚至在《亨利四世上篇》4.2.79-80,福斯塔夫在哈尔帐中[136]描绘自己对打仗的看法时,还引用了《高尔吉亚》:"一场战斗的残局,一席盛筵的开始,对于一个懒惰的战士和一个贪婪的宾客是再合适不过的。"④这更接近真正的苏格拉底的内心。福斯塔夫并不真是一个懦夫,哈尔知道这一点。波因斯(Poins)对哈尔说,福斯塔夫"见来势不对就不会再打下去"(《亨利四世上篇》,1.2.179)。福斯塔夫并不渴望扬名沙场的荣耀。对他来说生命比荣耀更重要。但是,他常常谈到死亡,谈论的方式表明,他接受死亡的不可避免性。他不会为了保存生命而改变生活,比如改变他的性行为。他盼着能够尽量活得长一些,享受佳肴、美酒、风月和机智。我们看待苏格拉底的眼光被一种僵化的虔敬遮蔽住了,所以我们难以看出会饮的纵酒之乐,而会饮是共有的哲学解放的一部分。福斯塔夫当然不是苏格拉底,但在某种意义上,他是苏格拉底式生活的一幅喜剧画像,比起阿里斯托芬

---

① 色诺芬,《会饮》,卷五,第1-10节。
② 柏拉图,《苏格拉底的申辩》,19b-c,23d[译按]原文 make the worse argument appear the better,此处采吴飞译法。
③ 柏拉图,《斐多》,118。
④ 参见柏拉图,《高尔吉亚》,447a。

描绘的苏格拉底来,并不更加令人厌恶。实际上,福斯塔夫要柔和得多,因为莎士比亚这位诗人比阿里斯托芬这位诗与哲学之争中诗的捍卫者更接近哲人。正如我们在此评述中所见,莎士比亚戏剧充满了对理性的爱,以及苏格拉底所说的某种人类智慧。① 莎士比亚在此重现了对人类生活进行哲学观察的愉悦,以及哲学观察可能在人类中形成的各种关系。

哈尔本身与阿尔喀比亚德一样令人费解。他与福斯塔夫似乎有种剪不断的关系,但是他不愿就此认为政治不过是一个游戏。阿尔喀比亚德似乎得到了同样的启蒙,认为哲学在某种意义上是最高的,但他也不能放弃政治,所以他实践的是某种非传统的政治。福斯塔夫在战场上招摇而过、对战事大加嘲弄,对此哈尔不以为意。福斯塔夫甚至把哈尔的重大时刻,也就是打败霍茨波,变成了一出喜剧。福斯塔夫伪造自己的死亡,蒙哈尔为他发表了一番葬礼演说,正如霍茨波也得到这一番礼待一样,从而显示了哈尔的演说术,此术尽把高贵的花冠封予那位不再有威胁的阵亡者。福斯塔夫活转过来,戏弄了哈尔。哈尔似乎轻易接受了这一切,接受得异常平静;他全然没有战士通常具有的那种愤怒,而是继续打他的仗去了。哈尔当然看到了福斯塔夫对正义的揭露,看到了它在人的城邦中真正是怎么施行的,正如福斯塔夫对付大法官夏禄(Shallow)那样。作为国王的哈尔不受道德阻扰,有效地行动着,但他懂得如何借用道德的色彩。[137] 他为了改善自己的名誉,让自己显得正义,干脆甩掉自己的老朋友福斯塔夫,这一行为符合他可能是从福斯塔夫那里学来的教诲。哈尔虽然对大法官投以不敬,但却利用他来惩罚福

---

① 柏拉图,《苏格拉底的申辩》,20d。

斯塔夫，从而加强了法律的严格执行，尽管他本人并不真正尊重法律。哈尔成了一位真正的马基雅维利式国王，这意味着(与通常理解的马基雅维利的高徒的表现相反)他有公正之名，即便打着不公正但却胜利的战争。最重要的是，他像马基雅维利式国王一样，显得笃信宗教，利用教士们来操纵有利于宗教的偏见。但是，他还在另外一种意义上是马基雅维利式国王，即他放弃了与福斯塔夫一起经历的所有次政治的或者超政治的(sub‑ or suprapolitical)享乐。他证明了福斯塔夫的用处，但是他的政治野心令他压制住了福斯塔夫的魅力。哈尔的有趣和邪恶之处在于政治对他的消耗程度，尽管他受益于对政治的猛烈批判。莎士比亚总是为自己保留了非爱欲的政治必然以外的这样一些愉悦。对福斯塔夫的刻画正是他往英国政治的阴暗中插入的与此类似的一种东西，正如其他语境中的奥托吕库斯和潘达洛斯，他们与尤利西斯和普洛斯彼罗这样真正哲学的存在相补益。

福斯塔夫与哈尔之间的关系与《会饮》中泡赛尼阿斯所描绘的娈童癖有些共同之处，①即一位年长男性爱一位容貌俊俏且有前途的男童，以一番教育换得与之交媾。年轻的魅力被用来换取这个男人的一番令人愉悦的话语。哈尔珍视福斯塔夫及其传授的智慧，或许根本只因为从它们获得的政治教益。哈尔和福斯塔夫很难称得上朋友，哈尔当然不是真正的朋友，即便福斯塔夫死于他的拒绝，他也能与福斯塔夫断绝关系。但是他们的关系当中又有某种苏格拉底式的东西。哈尔和福斯塔夫都有各自的性生活，但是他们显然喜欢彼此的陪伴胜过喜欢他们各自的床伴。他们乃是灵魂伴侣(soul

---

① 柏拉图，《会饮》，181c‑185a。

mates),而且不带一丝严肃地证明了纯粹精神关系的可能性,这样一种关系是以对彼此智识天赋的仰慕为基础,完全不必混杂任何身体的、金钱的或权力的东西。这些东西虽然存在,但不是他们之间友谊的核心。他们真正是爱欲关系,是潜在的相契带来的相互吸引。

[138]莎士比亚对这一关系的刻画与当下用所谓男性之间的契合(male bonding)来理解人类联系的努力恰恰相反。作为人,我们似乎相互分离,唯有作为动物,我们才对联系产生信念。那是劳伦兹(Konrad Lorenz)留下的传统,他在对动物的研究中发现,亲近关系的机制以身体需要为基础。我们显然没有能力相信任何没有生物学基础的东西。这完全属于对理性的反叛。莎士比亚向我们展示了一种充满启发的联系,它的基础是仅限于人类的、人身上最高的东西,那就是我们的理性。发现一个吸引我们的灵魂是一件天大的幸事,堪与两个美好的年轻人一见倾情相媲美。这是人类之间联系的一种可能性,而这一联系绝不能被称为肉体欲望衍生而来的升华或任何其他称呼,即便有时可能与它们有关。这种形式的联系,在莎士比亚为其观众打开的最遥远的视野中体现出来。这一联系向我们确保了,有那么一个人的自然群体(natural community of men),它没有陷入所有人对所有人的战争,也没有沦为为结束这一战争、保护作为个体的人而人为建立起来的群体。至少,在某些时刻,可能出现一个以对真理的共同见解为基础的人的群体。这个群体不因身体的对立而四分五裂,为我们切实地坚信爱欲提供了正当性。灵魂们需要彼此对话,从而在对事物本来面目的共同探寻中得到快乐。自私和无私暂时成为同一。哈尔当然并非一个令人满意的爱者,因为他政治性太强而无法爱得太久。

结　语

[139]莎士比亚好像曾经沿用克雷吉奥(Correggio)的说法,"我也是一名画家"。① 莎士比亚有几分委罗内塞(Veronese)或提香(Titian)的风骨,描画着那些最伟大的场面,将他伟大的心灵转向过去那些最伟大的时刻,从中,我们能体会到最富兴味的人类可能性,并借此努力去了解完满的人类生活或者幸福生活会是哪般景象。这样的知识不会降临到一个为自己的时代所奴役的人头上,唯有通过学习和反思,它才变得可及。并没有什么历史不可避免的步伐,唯有从历史学来的关于永恒自然的可能性,正如裴荻塔告诉我们的,那是真正的创造之源。对人类精神的概观,即莎士比亚戏剧的总和,在复杂的认识之艺中,教给我们该敬仰什么又该蔑视什么,该爱什么又该恨什么。莎士比亚的时刻是伟大的时刻,因为所有的选择都是开放的,我们可以想象一个未来,它即便不能摆脱威胁着人的幸福的永恒矛盾,至少可以是一个舞台,而人类潜能的丰富与完满皆可在其上被演绎出来。莎士比亚很可能也把他自己和那些戏剧——最终其实就是它本身——看作对一个人的可能性的完美体现,全然没有各地信仰所强加于他的扭曲。据说,罗马诺比自然更

---

① 据称克雷吉奥观赏拉斐尔《西斯廷圣母》(*St. Cecilia*)时语;对参孟德斯鸠,《法律的精神》,前言。

高超，但是体现于赫米温妮身上的自然却胜过罗马诺。运动的方向是，从自然到艺术再到自然。但是，莎士比亚给予我们他的戏剧，以此胜过了那种自然，这体现了这一运动方向。这不只是一个悖论，因为从古典的含义来讲，自然即是完美；最完美的人类，不是一个虚幻或超卓的抽象概念，而是自然之完美。[140]于是，这位艺术家，这位把所有可能的人类力量置入戏剧中的、对抗着所有可能的人类诱惑的艺术家，可以说就是自然之完美。于是，这位艺术家和自然合为一体。

《冬天的故事》是按照灵魂能在舞台上被呈现的方式，对莎士比亚自己的灵魂的探察。在这部戏中，冬天被用来比喻老年，这部戏即便不是在莎士比亚年老时写成，至少也是从他已近死亡的视角写成。正如普洛斯彼罗在《暴风雨》中告诉我们的，他"三分之一的想法将会是关于坟墓"，在此，莎士比亚可能是在向我们展示这位智慧的老人另外三分之一的想法，即对爱的想法。玛密琉斯说，悲伤的故事最适宜冬天(2.1.25)，的确，这部戏剧充满了忧郁，但同时也是对生命可能之美的一种肯定。这种美通过弗洛里泽与裴荻塔的故事最好地演绎出来，但是整部戏剧的视野并不限于他们的故事的向度。这部戏表达的不是一位老者对已逝青春的追悔，而是一位艺术家对他的沉思之美以及对自然的模仿之美的肯定，与一对相互沉思的恋人的肯定相比，这是不那么直接和炽烈的肯定，而那被模仿的自然本身最是不在于山川河流，而在于那微观世界——人。这是超越了爱的美好活动，但是恋人们的经历与莎士比亚这样一位艺术家的经历是彼此的映照。这部戏以其本身的谦逊方式、不带后世艺术家们的自以为是，关涉着有朽的艺术家和自然。

有人或许会认为，在解读这些戏剧的过程中，我过度地关注宗教问题。对于这一点,有赖读者诸君阅读这些戏剧以及这些戏剧对古今宗教或直白或隐约的提及之后,自行作出判断。《冬天的故事》这部戏就展现了希腊诸神与基督教习俗精妙的混合编织。德尔斐的神谕实际上支配着这部戏,但是赫米温妮是一位圣徒。此处,莎士比亚的想象力混合了两者,但是在那些遵循逼真原则、对诗人自身的灵魂状况揭示性稍弱的戏剧中,这两种元素是分开的并且准确的。莎士比亚的创作早于政教分离。政教分离有其显然的优点,但也容易让我们忘记:早前的所有社会秩序和政治秩序,最终总是受神们及其特异品性所要求的美好生活的景象支配。根据亚里士多德,政治天然就是要探讨人的综合的善,而关于这一综合的善是什么,[141]我们遇到的最初看法,就来自于受到城邦权威支持的各种宗教及其神们。没有一个正经人能摆脱矛盾的神们各相矛盾的主张,神们包围着他,约束着他。无疑,莎士比亚知道并且受古代共和主义的影响。古代共和主义影响了他对自己在《理查二世》中刻画的中世纪基督教君主制的理解。在他的历史剧中,他重新阐明了君主制应该是什么样子,他这么做部分是基于古代共和主义包含的真正优点。莎士比亚教给我们不同种类的政治共同体,以及个人与它们的关系。我们不可能不相信,他对那些庇护着各色生活方式的各色神们有深刻的认识,尤其在遇到爱和爱欲问题时。爱欲的激荡和渴望,其意义很大程度上依赖于身体的地位,在奥林匹亚诸神的世界里和圣经世界里,这一地位受到的评价是不同的。莎士比亚被迫要在迥异如克莉奥佩特拉与赫米温妮、安哲罗与福斯塔夫这样的人物身上,就不同宗教的道德教诲展开思索。

莎士比亚的爱欲感受力和想象力显然范围宽广。如何应对这一把人类聚集又分离的巨大力量——从福斯塔夫的纵欲到赫米温妮绝对的忠贞以及许多的中间状态,最终的许多解决方式都有不足、不完美,对这些,莎士比亚充满了同情。莎士比亚和我们一样沉迷于两个人的爱欲结合,也如现代艺术家和思想家一样,深知将这种关系中的我们拆散的一切因由。没有人能像莎士比亚那样令我们爱上爱,也没有人能像他那般有效地令人对爱绝望。他与我们之间的不同——正如我在对他的若干戏剧所做的这番思考之初指出的,在于他没有站在某些哲学的基础上假定,分离或结合是一个非此即彼的、作为对立面的衍生来源的根本自然前提(natural given)。他忠于现象,把爱欲关系连同其断层线(fault lines)展现给我们。他当然向我们展示了,人身上有某种因素是与他人联系在一起的,而且人的爱欲特性把人引向他人。但是,他也向我们展示了强大的个体化动机——不仅包括明显的、有缺点的[142]动机,如自我保存和对金钱的欲望,还展示了单个的人无力容纳所有的美这一事实,以及理性的异化效果——理性不为恋人们所有,但指向另一种人类联系,即对真理共同的感知力。在莎士比亚笔下,人类依然是一种令人费解的动物,其快乐和痛苦更多是由他自己的选择决定的,而非由困扰其他动物的各种意外所决定。我们可以确定的一点是:有一种天然的感知力和渴望,它指向那完全不可化约的、不可能源自低劣动机的美的事物,它是一种意识,它并不一定会在我们应该追寻哪一种爱这个问题上给予我们多大帮助,也不能如某些人可能期望的那样简化我们的生活,而是使我们的生活复杂。当然,这种意识可能因原则、理论和不利的环境被湮灭,但它是严肃参与世界的一个永久的起始点,并且我们需要诗人们为我们提供表达这一意识的语词。这对于现代头脑来说似乎是非科学的,仅仅是为了拔高诗而编造的东西。但是,要测试任何关于爱欲之本质——或关于人的其他任何部分的本质——的说法,就是要验证它能否解释一个人实际经验的和想象的。在这一批评方面,莎士比亚轻易胜过弗洛伊德及其属,对我来说,他还胜过卢梭和浪漫派小说家们。

然则,莎士比亚最突出的特征乃是其自然性及其对自然的爱,他对自然的爱乃是一个人文主义者而非环保主义者的爱。他能展示给我们一切,能让我们与许多东西惺惺相惜而不担心削弱哪种教诲或道德。并不像某些人可能会认为的那样,莎士比亚就是高雅而现代作家就是低俗,因为莎士比亚从来不标榜高雅。事实是,莎士比亚非常明白,人是高和低的混合体,而通常被视为低的东西掌管着通向最高事物的关键。以诺巴布在描述克莉奥佩特拉之时指出了这一点,他说克莉奥佩特拉"身上的邪恶全神气活现",甚至"连她做了亏心事,神圣的教士们都要替她祈福"。① 莎士比亚看到了自然的美,有时它们就出现于习俗当中。但是,当自然冲破习俗的桎梏之时,他依然祝福自然。他当然教导我们要爱正派,是一个可以放心推荐给孩子们的作家,但他同时也能够向我们表明,奥托吕库斯或者福斯塔夫这样的人看到了那些"高等"人看不到的东西。我们已经习以为常地在电视的各个频道间不停转换,[143]里边尽是低俗的性和暴力,我们再换到公共广播台,发现高的东西如今已被吹得浮夸变形、底下没有一丁点儿真实,而低的东西也被扭曲得面目全非,完全失去了与高的东西之间的联系。高的和低的文化之间的区分对于莎士比亚来说是完全陌生的,因为他的戏剧二者兼具。我们当前的经验没有把我们同低的东西联系起来,而是令我们对高与低绝望。当一位地位低下的士兵以诺巴布说起克莉奥佩特

---

① 《安东尼与克莉奥佩特拉》,2.2.238–240。

拉,我们知道,他拥有一些不为我们的愚蠢演说家们所知的高贵经历。莎士比亚的笔下从来没有一段话是与实际经验无关的,这就是他与众不同的地方。他从不用科学家那样的干巴巴没有活力的实验室语言,也没有我们的大众艺术那种贫瘠与丑陋。对于我们来说,他就像一个奇迹,因为他并没有冲击我们的道德,也似乎并不用他的道德来压迫我们的本能。一切就摆在那里。他激励我们向善,但无需我们唾弃自己。

  对莎士比亚最近的这番解读,其结果对于我来说就是一种更新的信念:我所想或感受的东西,不论高低,没有他不曾更好地想过、感受过或表达过的。这是对个人的冒犯,因为一个人总喜欢认为自己拥有别人难以理解的唯一性和独特价值。这也是对集体偏见的冒犯,因为集体偏见认为,我们的时代对至关重要的事情实在是在行,尤其在性的问题上,这一方面给予了我们的时代某种超过别的所有时代的特殊的优越感。甚至连我们的虚无主义者们都以自己的无能为自豪,说我们这个时代更高一筹,这么一说让他们感到自己也更高一筹。他们所不能想象的一件事就是,有一个人决然高于他们,他们应告退到一边去学习这个人,而不是因为这个人不能支持他们的道德观就对其进行严厉的讨伐。对于我们当前的缺乏敬意的批评家,我只能根据自己的经历说:"试试吧,你会喜欢它!"毋庸置疑,当然有一些已经发生在我们身上的事,乃是莎士比亚既无法想象也无法预测的,在这种情形下,我们需要能帮助我们看清自己的作家,尽管此类作家凤毛麟角。莎士比亚对不同时代、不同国家里那些认真阅读他的人产生的影响证明了,我们身上存在着某些永恒的东西,为着这些永恒的东西,我们必须一次又一次重新回到他的戏剧。一旦克服了当下所具有的唾手可得的魅惑,人们就能认识到，我们的尊严或我们的缺乏尊严，恰来源于我们如何面对从来就寓于人身上的东西。当我随意翻阅着莎士比亚戏剧的各种评注时，通常是些平庸之辈所写，我[144]突然明白了，他们在莎士比亚与我们之间的中介角色使他们得到了提升。他们对莎士比亚的敬意不一定能说得清楚，但却赋予他们一种人生使命，为莎士比亚作品持久的生命力做出了贡献。一个思想共同体是由这位伟大的艺术家以及围绕他聚集起来的传统解释构成的。这是实际上存在的最接近"存在大链条"的东西。莎士比亚的伟大灵魂启迪评注者们的渺小灵魂，使其得到提升，赋予它们更好的存在目的（raison d'être），若是凭靠自己，它们不会有如此成就。这样的传统把我们领回到莎士比亚，而非某个籍籍无名的私人的"源流"。这绝对没有让后来的伟大艺术家们——比如歌德——丧失能力，相反，他们的眼界越过那些平庸的注解家们的幽谷，直逼莎士比亚本人这一巅峰的挑战。这些注解家们不免给莎士比亚蒙上了许多灰尘，但他们没有将其埋没在深深的无视当中。我们始终还能为其拭去尘土、令其重现光彩，正如伟大的人如莱辛者所为，英格兰的理性主义者只能自顾汗颜。正是这一解释传统为我们建立了文明。这一传统非"创造性误读"，也非对"影响的焦虑"所表现的空洞的叛逆，而是顺理而做的解释并为有幸与比自己更优秀者相伴而快乐。莎士比亚让人的世界和军队活了起来。抛弃解释所形成的伟大体系，也就是抛弃对维也纳公爵以及莎士比亚来说最重要的东西——对自我认识的追寻。

索 引

（以下阿拉伯数字为原书页码，即在中文版方括号中的页码）

阿基琉斯(Achilles,见《特洛伊罗斯与克瑞西达》):埃阿斯与他的竞争,94;阿尔喀比亚德对他的模仿,98;相对于尤利西斯的全然的膂力,88;克瑞西达拿特洛伊罗斯与其比较,83;他关于死的爱欲性语言,100;赫克托被其谋杀,95-96,97,99,104;荷马谈他的幽灵,15-16,69;他的多种动机,99;并不太聪明的他,94;与帕特洛克罗斯,87-88,98-99,101;提出与赫克托单打独斗,89-90;莎士比亚与荷马对他的刻画,81;苏格拉底对他的谈及,104;偏安于帐中,84,99;与忒尔西忒斯,94;尤利西斯对他的腐蚀,95-99;不受惩罚,105

阿克提姆之战(Actium,Battle of):31,38,46-47,49,54

埃斯库罗斯(Aeschylus):6

阿加比(agape):6

阿尔喀比亚德(Alcibiades):98,135-136

《阿尔喀比亚德前篇》(*Alcibiades I*,柏拉图):96-97,98

安哲罗(Angelo,见《一报还一报》):以为自己的地位固若金汤,61-62;克劳迪奥被其谋杀的假象,64,71-72,73,76;公爵知道他的真面目,63;公爵密谋推翻他,70-71;伊莎贝拉被其强暴的假象,64;与伊莎贝拉不相上下,64-65;伊莎贝拉恳求他开恩,74;伊莎贝拉遭他垂涎,63-64;伊莎贝拉在关于他的事情上向公爵撒谎,74;伊莎贝拉与他第一次晤面,65-66;伊莎贝拉与他第二次晤面,66;玛丽安娜被他抛弃,63;他作为剧中唯一的恶

徒,64;对他的惩罚,62,75–76;作为答尔丢夫,63

愤怒(anger):19,93

《安娜·卡列尼娜》(*Anna Karenina*,托尔斯泰):48

安东尼(Antony):在阿克提姆,46–47;与克莉奥佩特拉毁灭性的情事,34,35,36;作为非历史主义者,51;对克莉奥佩特拉的愤怒,53–54;失去理智,54;裘力斯·恺撒的军事膂力寓于他一身,43;克莉奥佩特拉应对他的死,55–56;克莉奥佩特拉折磨他,37;阿克提姆之后江河日下的他,49;他所象征的古代的结束,34;以诺巴布作为他的见证人,49;以诺巴布对其斥责,48;初晤克莉奥佩特拉,39–42;与荣誉,53;以他为典型的晚期共和国,36;他说:"让罗马消融在台伯河里",31,34;作为最超卓的人,42;与富尔维娅的婚姻,36,38;娶渥大维娅,38–39,44;成熟的,30;疏于职责,35–36;与渥大维,31,36,42–44,52,53,54,55;作为一个"超常人物",36;帕里斯与他比较,34;战士的激情与情人的激情寓于他一身,33,49;保罗与他比较,35;庞培的高贵与他的高贵比较,45;他作为新秩序的开启者,35;一切问题都是他的罪责,42;回到罗马,42;将以诺巴布的财物送上门去,50;对克莉奥佩特拉的性欲,36,54;莎士比亚刻画的他与普鲁塔克刻画的他比较,30,31–32,42;士兵对他的崇敬,34;他的自杀,51,52–53,54–55

《安东尼与克莉奥佩特拉》(莎士比亚),29–57:阿克提姆之战,31,38,46–47,49,54;夏蜜安,35,39;侍者爱若斯,55;爱欲,32;极端异域的特点,32–33;对历史的忠实程度,114;伊拉丝,56–57;莱比多斯,43;梅西那斯,41;太监马迪安,35;曼那斯,44;渥大维娅,38–39,44;其中的政治与爱欲,33;其政治,42–46;小庞培,36,43–44;与《罗密欧与朱丽叶》相对比,30,39;西里乌斯,46;其中的自杀主题,51,52;与《特洛伊罗斯与克瑞西达》相对比,79,80;其中的两对关系,31;标题含有两个人名6;文提丢斯,46。另见"安东尼","克莉奥佩特拉","以诺巴布","渥大维"("恺撒·奥古斯都")

《苏格拉底的申辩》(*Apology of Socrates*,柏拉图):93

欲望(appetite):87,93

阿里斯托盖通(Aristogeiton):87

阿里斯托芬(Aristophanes):6,21,136

亚里士多德(Aristotle):基督教与他的伦理学相对比,30;论友谊,13,19,132;赫克托援引亚氏,92;论模仿,87;认为生命令人愉快,68;论名为正义的母马,121;论节制,34;论政治,140;论骄傲的人,97;灵魂三分,93;论奇迹,16

艺术(art):刻画出的身体之美,39-40;作为模仿,87-88;自然相比艺术的优越性,123-124,139-140;文艺复兴的艺术,127;艺术刻画的智慧,16,80

奥古斯都·恺撒(Augustus Caesar):见"渥大维"

奥斯丁(Jane Austin):48,77

培根(Bacon,Francis):33

贝勒(Bayle,Pierre):100

贝娄(Bellow,Saul):24

亵渎(blasphemy):21

切萨雷·博尔贾(Borgia,Cesare):62

布尔乔亚(Bourgeoisie),死亡在其视野中具有爱欲吸引力,52

布鲁图斯(Brutus),55

恺撒(Caesar,Julius),37,43,47,50

恺撒·奥古斯都(Caesar Augustus):见"渥大维"

卡图(Cato):49-50,53

乔叟(Chaucer,Geoffrey),82,95

基督教(Christianity):与古代美德的对立,30,105-106;反爱欲的,6,32,64;让女人更深刻,125-126;关于激情,47;新教改革,77;清教徒,64,65;关于自杀,51-52;《特洛伊罗斯与克瑞西达》作为对基督教骑士传统的嘲讽,82

丘吉尔(Churchill,Winston):52

克劳迪奥(Claudio,见《一报还一报》):安哲罗比他更恶劣,63;被安哲罗谋杀的假象,64,71-72,73,76;他所代表的中心地带,65;公爵向安哲罗揭发他, 63;公爵拯救他,73;公爵对他说教,67,68;伊莎贝拉评说他让朱丽叶怀孕 的事,63;伊莎贝拉探监,68-70;他的婚姻,77;恐惧的他,67,68;他对性的 态度,66-67;他承受的痛苦,62,67

克莉奥佩特拉(Cleopatra):在阿克提姆,38,46,47,54;作为非历史主义者,51; 安东尼被与她的情事毁了,34,35,36;对安东尼之死,55-56;对安东尼与 渥大维娅的婚姻,38-39;安东尼对她恼怒的时刻,53-54;安东尼被她折 磨,37;要求一切,37-38;与裘力斯·恺撒,37;与恺撒·奥古斯都,51,52, 54,56,57;向罗马对手妥协,54;克瑞西达与她比较,83;她的爱欲,39;与安 东尼初会,39-42;与富尔维娅,36,38;诉说对安东尼的爱,38;朱丽叶与 她对比,39;成熟,30;阴晴不定的情绪,38;与自然,42;作为东方女神,38; 与老庞培,37;对安东尼的性激情,36,54;她的自杀,51,52-53,54-55, 56-57;不可控制的激情,37

柯勒律治(Coleridge, Samuel Taylor):16

喜剧(comedy):阿里斯托芬,6,21,136;莎士比亚的喜剧,6-7;对自负者的揭 穿,21

喜剧消遣(comic relief):18

《大骗子的化装舞会》(*Confidence Man, The*,梅尔维尔):116

《克里奥兰纳斯》(*Coriolanus*,莎士比亚):32-33

克瑞西达(Cressida):克莉奥佩特拉与她比较,83;"像克瑞西达一样负心",95; 希腊英雄对她的喜爱,100;对特洛伊罗斯不忠,101-104;朱丽叶与她比 较,83,84;体现放纵淫荡,83;与特洛伊罗斯幽会,95;十足的卖弄风情的 女人,83;与特洛伊罗斯分离,99-100;不把特洛伊罗斯当回事,83-84;尤 利西斯对她的评价,100;不受惩罚,105

《辛白林》(*Cymbeline*,莎士比亚):110,120-121,122-123,125,126

但丁(Dante):2

死亡(death):阿基琉斯对它充满爱欲的语言,100;它的爱欲吸引力,52;与爱,14,38;《一报还一报》中的,68,69-70;哲学对死亡的看法,15,69-70;自杀,51-52;死的意愿,52

德奥尔科(de Orco,Remirro):62

笛卡尔(Descartes,René):33

秽语(dirty talk):22

杜夏特雷夫人(Duchâtelet,Mme.):20

《居鲁士的教育》(Education of Cyrus,色诺芬):130

启蒙(Enlightenment):77,106

以诺巴布(Enobarbus,见《安东尼与克莉奥佩特拉》):评安东尼与克莉奥佩特拉之间的情事,34,35;与安东尼的堕落,49;安东尼将其财物送上门,50;评论安东尼与渥大维娅的婚姻,44;作为安东尼的见证人,49;评阿克提姆之战,46,47;评克莉奥佩特拉,32,39,40,41,142,143;评克莉奥佩特拉的眼泪,54;作为揭露者,32;投奔恺撒,130;作为虚构的人物,19;论理性与激情,48

爱欲(eros):14,21-22,32-33,37,39,49,55-57,64,77,82,102,142。另见"爱欲(eroticism)";"性(sex)"

爱若斯(Eros):32,64

爱欲(eroticism):古代的,32;《安东尼与克莉奥佩特拉》中的,32;基督教的反爱欲,6,32,64;克莉奥佩特拉的,39;死亡的,52;家庭的反爱欲,8;作为不一致和分裂,23;朱丽叶的,12,23,83;语言不足以表达,22-23;马基雅维利政治视野的非爱欲,32-33;与情色,20;哲学对苏格拉底来说是爱欲活动,48;被当作荒唐可笑,6;《暴风雨》中的,33;特洛伊战争中的,81;与战争,82。另见"爱欲(eros)","性"

派系斗争(faction):9

福斯塔夫(Falstaff,见《亨利四世》上篇、下篇),129-138:传达莎士比亚的意旨,19;作为虚构人物,130;有趣,130;哈尔在两人关系中占上风,132;与哈尔是灵魂伴侣,137;哈尔对他的着迷,64;130-131;哈尔对他的惩罚,64;哈尔与其断绝关系,132;作为亨利四世的对手,134-135;霍茨波的尸体被其创伤,130;他的动机,133;没有什么是神圣的,134;并非真正的懦夫,136;并非野心勃勃,132;与哈尔的男色关系,137;扮演亨利四世,134-135;他的自我认识,131;苏格拉底与他比较,135-136;他身上的贵族气韵,133;他的罪恶,130;他的机智,133-134

名声(fame):98

家庭(family):8,9,75,102

第一次世界大战(First World War):82

福楼拜(Flaubert,Gustave):48,54

愚蠢(folly):82

命运(fortune):44,45,84-85,122

弗洛伊德(Freud,Sigmund):142

友谊(friendship):亚里士多德之论,13,19,132;哈尔与福斯塔夫之间的,129-138;莱昂忒斯与赫米温妮之间的,109-110;莱昂忒斯与珀利克塞尼斯之间的,109;与爱比较,13-14;与婚姻,110

吉本(Gibbon,Edward):51

荣耀(glory):80,93,98,99,136

神性(godship):50

歌德(Goethe,John Wolfgang von):2,21,144

《高尔吉亚》(Gorgias,柏拉图):135-136

《大幻灭》(Grand Illusion,雷诺阿):82

感激之情(gratitude):98

存在大链条(the Great Chain of Being):86

古特里(Guthrie,Tyrone):83

哈尔(Hal,见《亨利四世》上篇、下篇),129-138:阿尔喀比亚德与其比较,135-136;对福斯塔夫的着迷,130-131;野猪头酒店为其所喜,131;与福斯塔夫是灵魂伴侣,137;福斯塔夫被其惩罚,64;福斯塔夫的机智为其欣赏,133-134;在与福斯塔夫的关系中占上风,132;与其父亲的死,134;与霍茨波对比,93,105,131;霍茨波被其所杀,131,136;一位马基雅维利式的国王,137;他的动机,131-132;没有什么是神圣的,134;对善恶规范的态度,130-131;与福斯塔夫的男色关系,137;扮演亨利四世,134,135;政治对他的消耗,137;遵守约束,131;成功的统治,129;盗取他人成果的能手,131;与福斯塔夫断绝关系,132;

《哈姆雷特》(Hamlet,莎士比亚):2

幸福(happiness):16,28,85

哈默丢斯(Harmodius):87

赫克托(Hector,见《特洛伊罗斯与克瑞西达》):阿基琉斯对他的谋杀,95-96,97,99,104;赞成和平,90,91;与埃阿斯搏斗,82,89-90,100-101;态度陡转,93;已婚,95;尤利西斯拿他与特洛伊罗斯比较,92

特洛伊的海伦(Helen of Troy,见《特洛伊罗斯与克瑞西达》):海伦以及克瑞西达对特洛伊罗斯的不忠,103;海伦体现的殷勤,83;荷马评说她的美貌,39;特洛伊英雄们围绕她的争论,90,91,92,93

《亨利四世》上篇、下篇(Henry IV,Parts I and II,莎士比亚),129-138:大法官,135,137;桃儿,130;引用《高尔吉亚》,135-136;霍茨波,93,105,130,131,136;约翰王子,133;桂嫂,130;波因斯,136;夏禄,136;儿子对父亲的忠诚,134。另见"福斯塔夫","哈尔"

赫米温妮(Hermione,见《冬天的故事》):还活着的,120;变成活人,125;她的死,113;她的敏感和深度,125;与苔丝德梦娜和伊摩琴比较,121,125;与莱昂忒斯的友谊,109-110;她的孩子与她相像,121;她的无辜,121;莱昂忒斯将其下狱,112-113;宝丽娜作为她的使徒,112,120;珀利克塞尼斯被其说服留在西西里,111;一个圣徒,140;她的雕像,123-123,139

希罗多德(Herodotus):81

英雄(heros):79,81,88,92,93,105-106

历史主义者(historicist):29,51,52 之注释

历史(history):希罗多德,81;历史主义者,29,51,52 之注释;历史哲人莎士比亚,29-30;莎士比亚对历史的戏弄,113-114;修昔底德,81,106。另见"历史剧"。

历史剧(history plays):其中的福斯塔夫,19;对历史的忠实,130;爱不是其中主题,6;莎士比亚在其中的政治观点,141;继承问题,120

霍布斯(Hobbes, Thomas):33,39,91

荷马(Homer):评特洛伊阵营的镇定,68;评海伦之美,39;《伊利亚特》,16,39,80,82,84;《奥德赛》,105;评阿基琉斯的幽灵,15-16,69;莎士比亚对荷马的理解,30;与《特洛伊罗斯与克瑞西达》对比,81

荣誉(honor):53,68,133

《伊利亚特》(Iliad,荷马):16,39,80,82,84

模仿(imitation):87-88

纯洁/纯真(innocence):安哲罗的性欲被其激起,63;与克莉奥佩特拉,37;与克瑞西达,83;朱丽叶的,12,23,83;裴荻塔的,117;珀利克塞尼斯评,111

伊莎贝拉(Isabella,见《一报还一报》):与安哲罗不相上下,64-65;遭安哲罗强暴的假象,64;安哲罗对她的欲望,63-64;求安哲罗开恩,74;评说克劳迪奥让朱丽叶怀孕的事,65;与克劳迪奥在狱中,68-70;与克劳迪奥死的假象,71-72;公爵被其吸引,65,70;于城门迎接公爵,73;与公爵合谋对付安哲罗,70-71;公爵对她的建议,77;公爵的折磨,70,71;不介意维也纳的风气,65;所用的爱欲语言,66;狂热,65-66;初会安哲罗,65-66;被公爵下狱,73-74;就安哲罗的情况对公爵撒谎,74;对玛丽安娜的苦难,

70–71;再见安哲罗,66;自以为是,65,74;承受的痛苦,62;她的童贞,65,66,68

妒忌(jealousy):意大利对它的传播,126;莱昂忒斯的,109,110–112;男性妒忌之下的莎士比亚的女性受害者,125;特洛伊罗斯的,101–102,110;女人对女人的,122

朱丽叶(Juliet,见《罗密欧与朱丽叶》),12–13:她的假死,8,12,26–27;与克瑞西达对比,83,84;她的毁灭,7–8;她的死,14,28;周围人露骨、毫不浪漫地谈论性,19–20;她的家庭和爱情,8;与她的奶妈,13;单纯的爱欲,12,23,83;与罗密欧的婚姻,25,26;与《暴风雨》中的米兰达比较,16,39;她的疑虑时刻,13;从来不是情色的,19;与罗密欧共度的良宵,10,12–13;十足女人气的,12;与罗密欧形成一对完美的情人,7;她死的假象令罗密欧自杀,8,12,27;与罗密欧关系的实质,13;与蒂巴特之死,9,13

罗马诺(Julio Romano):123,126–127,139

《裘力斯·恺撒》(*Julius Caesar*,莎士比亚):31,50,51

正义(justice):72,92

康德(Kant Immanuel):119

《李尔王》(*King Lear*,莎士比亚):2

《理查二世》(*King Richard II*,莎士比亚):45,86,101,117,141

莱昂忒斯(Leontes,见《冬天的故事》):被裴荻塔激起欲望,122–123;与赫米温妮的友谊,109–110;与珀利克塞尼斯的友谊,109;满心罪疚,120;赫米温妮被其下狱,112–113;与赫米温妮雕像,124–125;他的妒忌,109,110–112;见到弗洛里泽与裴荻塔,122;臣子中没有小人或谄媚者,110–111;与奥赛罗比较,110;下令害死珀利克塞尼斯,112

莱辛(Lessing,Gotthold Ephrain):2,39,67–68,144

《安东尼传》(*Life of Antony*,普鲁塔克):30,31,47

洛克(Lock,John):33,134

劳伦兹(Konrad Lorenz):138

爱(love):"天下都爱恋爱的人",8,115;古代人不予严肃对待,6;与愤怒,19;《安东尼与克莉奥佩特拉》中的,30-57;基督教对其的态度,6;与死亡,14,38;初看之下的,5;自由的,13,115;与友谊比较,13-14;没有束缚,9;作为高与低之间的连接,7;男性情人,87;《一报还一报》中的,77;爱的自然性,2;与情色,19,21,22,23;与理性,102,103;文艺复兴的意大利作为爱的所在,9;《罗密欧与朱丽叶》中的,5-28;作为沉闷的美德实践的替代,11;《特洛伊罗斯与克瑞西达》中的,79-107。另见"爱欲(eroticism)"

运气(luck):85

卢克莱修(Lucretius):69-70

《麦克白》(*Macbeth*,莎士比亚):8,53

马基雅维利(Machiavellie,Niccolò):论由代理人来完成卑劣的事,62;论尘世的和平靠无情来达到,25;论教导政治真理的极端时刻,43;论文艺复兴意大利的宗族矛盾,9,28;论命运,44,85;哈尔成为一个马基雅维利式国王,137;论忘恩负义,98;论低下的行动与公共利益,87;《曼陀罗》,32-33;非爱欲的政治视野,32-33;论教士作为统治者,61;论美名作为美德本身,97;莎士比亚与,9,33,45,127;论养虎为患,43

《包法利夫人》(*Madame Bovary*,福楼拜):48,54

疯狂(madness):49[译按:原文误注为48]

男性之间的契合(male bonding):138

《曼陀罗》(*Mandragola,The*,马基雅维利):32-33

婚姻(marriage):与友谊,110;《一报还一报》中的,60-61,75;哲人王作为婚配专家,117

马斯特和约翰逊(Masters and Johnson):22之注,84

《一报还一报》(Measure for Measure,莎士比亚):59-78;巴那丁,73;窑子,60;施行正义时现实与表象之间的不对等,72;爱斯卡勒斯,59,60,63,76;托马斯神父,59-60;论法律的人性化,62-63;朱丽叶,65,66,67;路西奥,63,65,72,74,75,76,77;玛丽安娜,63,70-71,74,75-76,77;婚姻在维也纳缺席,60-61;咬弗动太太,60,64,71;庞贝,60,62,72;狱中,72-73;与《罗密欧与朱丽叶》比较,59;与《特洛伊罗斯与克瑞西达》对比,95。另见"安哲罗","克劳迪奥","伊莎贝拉","文森修公爵"

梅尔维尔(Melville,Herman):116

男人(men):基督教让男人对女人更敏感,125-126;为女人决斗,89;离去得太快,95;男性之间的契合,138;《一报还一报》论男人,74,76;男色关系,87,137;假扮男人的女人,5-6;女人的情感不受其信任,110,125

节制(moderation):15,34,49

莫里哀(Molière):2

孟德斯鸠(Montesquieu):61 之注

自然(nature):艺术家作为自然的完美,139-140;克莉奥佩特拉与,42;与人类价值,119;自然法,93;有自然禀赋的统治者,86-87;裴荻塔的自然宗教,116;高于艺术,123-124,139-140

尼采(Nietzsche,Friedrich):64,92

虚无主义(nihilism):106,143

怀旧(nostalgia):80

情色(obscenity):18,19-23,32,118

渥大维(Octavius,亦恺撒·奥古斯都,见《安东尼与克莉奥佩特拉》):与安东尼,31,36,42-44,52,53,54,55;成为恺撒,46,50-51;与克莉奥佩特拉,51,52,54,56,57;以诺巴布投奔他,50;幸福依赖于命运,55;没有朋友,47;和平时代的引领者,35;非爱欲,34

《奥德赛》(*Odyssey*,荷马):105

原罪(original sin):13,111

《奥赛罗》(*Othello*,莎士比亚):与《安东尼与克莉奥佩特拉》对比,53;让不同阶层的人们心中翻腾不已,2;其中的妒忌,126;与《特洛伊罗斯与克瑞西达》比较,101 – 102,110,112;与《冬天的故事》比较,125

戏仿(parody):21

帕特里奇(Partridge,Eric):18

激情(passions,the):愤怒,19,93;基督教的激情观,47;模仿艺术对激情的刻画,80;理性与,47 – 49。另见"妒忌","爱"

保罗(Paul):35

男色关系(pederasty):87,137

裴荻塔(Perdita,见《冬天的故事》):被弃,112,113;到达西西里,120;论女人的打扮,118;与弗洛里泽,115 – 116,122,140;听到母亲之死的故事,124;莱昂忒斯被其激起欲望,122 – 123;莱昂忒斯接见弗洛里泽和她,122;与珀利克塞尼斯,116 – 117;她的自然宗教,116;与赫米温妮相像,121;不自觉的无知,117;

完美(perfection):7,116 – 117,139 – 140

彼得拉克(Petrarch):2

《斐多》(*Phaedo*,柏拉图):135

《斐德若》(*Phaedrus*,柏拉图):33,47,49

哲学(philosophy):关于死亡,15,69 – 70;对于苏格拉底来说的爱欲活动,48;与对祖先的顺从,134;作为婚配专家的哲人王,117;与诗之争,136;罗密欧论哲学,14 – 15,25;廊下派主义,55,67 – 68,84 – 85;作为对自然完美的研究,116 – 117;尤利西斯在《特洛伊罗斯与克瑞西达》中代表哲学,81;惊奇是哲学的根源,16

柏拉图(Plato):《阿尔喀比亚德前篇》,96 – 97,98;《苏格拉底的申辩》,93;论艺术无法让智慧变得有吸引力,16;《高尔吉亚》,135-136;论模仿,88;严肃地看待爱,6;论战士与情人的激情,33;《斐多》,135;《斐德若》,33,47,49;《王制》,30,33,74,81,91,104,117;《会饮》,6,33,137

享乐(pleasure),92

普鲁塔克(Plutarch):30,31,34,42,47

政治(politics):《安东尼与克莉奥佩特拉》中的,42-46;蜂巢之喻,86;教导政治真理的极端时刻,43;哈哈尔王子被政治消耗,137;与宗教,140-141;《罗密欧与朱丽叶》中的,9,28;两性的结合,8。另见"统治者"

珀利克塞尼斯(Polixenes,见《冬天的故事》):称自己造成了莱昂忒斯的痛苦,121;与莱昂忒斯的友谊,109;赫米温妮对他的劝说,111;与赫米温妮的雕像,125;莱昂忒斯下令害死他,112;与裴荻塔,116-117;盛怒,118,122

骄傲(pride):97

《傲慢与偏见》(*Pride and Prejudice*,奥斯丁):48

教士的统治(priests, rule of):61

新教改革(protestant reform):77

清教徒(Puritans):64,65

拉辛(Racine, Jean):2

理性(reason):亚里士多德灵魂三分中的,93;理性使荣耀和爱变得黯淡,80;与幼稚的英雄主义,92;与爱,102-103;仅作为算计,47;与高贵者的本能对比,93;对理性的反叛,138;统治激情,47-49;作为《特洛伊罗斯与克瑞西达》的主题,102,104;特洛伊罗斯攻击理性,90-91,102

《红与黑》(*Red and the Black, The*,司汤达):48

文艺复兴(Renaissance):9,28,127

雷诺阿(Renoir, Jean):82

《王制》(*Republic, The*,柏拉图):30,33,74,81,91,104,117

报复(revenge):92

索引　191

传奇剧(Romances):125

浪漫派(Romantics):造作的爱欲,32;爱作为其主题,6;关于情色,21;《罗密欧与朱丽叶》与浪漫派小说对比,5;罗密欧作为浪漫派情人的典型,10;浪漫派作为莎士比亚的中介,1;莎士比亚对经验的解释与浪漫派比较,142;莎士比亚的反讽与浪漫派对比,106;莎士比亚笔下的女人与浪漫派对比,39;关于作者是自己历史的记录者,79

罗马(Rome):30–31,32,35,51

罗密欧(Romeo):10–12;他的毁灭,7–8;周围人露骨、毫不浪漫地谈论性,19–20;与斐迪南比较,16;与弗洛里泽对比,118;罗密欧之死的前兆,14;与劳伦斯神父,15,24–25;没有突出的美德,12;他的家庭和爱情,8;与朱丽叶形成一对完美情人,7;朱丽叶的痛苦超过他的痛苦,13;爱上爱,11;与朱丽叶的婚姻,25,26;与马库修,12,18–19;与朱丽叶共度的良宵,10,12–13;非浪漫派英雄,10;他的情色,19;杀死帕里斯,27;拒绝哲学,14–15;浪漫派情人的典型,10;可笑的一面,10;与罗莎琳,10,11,18,;与朱丽叶关系的实质,13;自杀,8,12,27;为其辩护的三场戏,10;蒂巴特被其所杀,9,12,13,18–19,24;感情上不合格,10

《罗密欧与朱丽叶》(Romeo and Juliet,莎士比亚):5–28;与《安东尼与克莉奥佩特拉》对比,30,39;班弗柳,11,12,23,24;凯普莱特,24;凯普莱特夫人,8,20;家庭与该剧结局,8;劳伦斯神父,10,12,13,14–15,18,19,24–28,67;其中的善意,23–24;格莱戈里,20;对历史的忠实,114;与《一报还一报》比较,59;马库修,12,15,18–19,20–21,23,32,39;没有一个人物足以与爱的魔力对抗,15;朱丽叶的奶妈,13,18,20,25;其中的情色,18,19–20,32;帕里斯,20,27;其中的政治问题,9,28;君主,9,25;复活,27;桑普森,20;年轻与年纪的斗争,15;与《暴风雨》比较,16–18,28;标题中含有两个名字,6;蒂巴特,9,12,13,18–19,23,24;缺乏恶棍,23;与《冬天的故事》比较,115;论智慧的优越性,15;年轻人对该剧的反应,5。另见"朱丽叶","罗密欧"

卢梭(Rousseau,Jean-Jacques):造作的爱欲,32;艺术不足以使智慧变得有吸引力,16;殷勤被其认为是对爱的戏仿,83;论爱与习俗,116;论男人不再为女人而决斗,89;论自然与人的价值,119;论情色,21;论重新统一原罪以后的人,13;论性教育,78;与莎士比亚对比,1,2;莎士比亚对经验的解释与卢梭比较,142

统治者(rulers):亨利四世,129,137;君主制继承,120;自然与现实之争,86-87;教士作为统治者,61;统治中的现实与表象之争,72

肉欲(sensuality):33

性(sex):安东尼与克莉奥佩特拉对彼此的欲望,36,54;喜剧贯穿着性的主题,6;露骨谈性的话,22;与妒忌,109;《一报还一报》中的,59-78;男色关系,87,137;性的可塑性,123;罗密欧与朱丽叶共度的良宵,10,12-13;莎士比亚教导如何谈论性,23;对于希腊人来说的不自由的标志,19。另见"爱欲(eroticism)"

莎士比亚(Shakespeare,William):人的含混性,141;关于古代人的看法,30;奥托吕库斯代表他的部分,118;他的喜剧,6-7;莎士比亚的戏剧消遣,18;优于贵族和国王的平凡人,116,119;没有说教,1;忠于现象,141;他笔下的希腊罗马英雄,30;他笔下的高与低,142-143;按人的本来面目呈现人,1-2;他编造的人物,19;他的晚期戏剧,114;连接古代和过去,2-3;与马基雅维利,9,33,45,127;作为古代与浪漫派之间的中道,6;他的自然性,2,142;他笔下的情色,18,21-22,23;作为画家,139;作为历史哲人,29-30;戏弄历史,113-114;对人类精神的概观,139;论教士的统治,61;对清教徒没有好感,64;他笔下的宗教问题,140;作为文艺复兴艺术家,127;他的传奇剧,125;浪漫派与他的地位,1;他笔下的廊下派言论,68;与忒尔西忒斯比较,94;论时间,114-115;他的悲剧,6-7;《冬天的故事》作为对其灵魂的探察,140;论作者应该克服自己的经验,79。另见"历史剧",以及以人名为题的戏剧

诽谤(slander):21

苏格拉底(Socrates):与阿基琉斯,93,104;与阿尔喀比亚德,98;阿里斯托芬对他的刻画,136;苏格拉底之死,135;论爱欲与对不朽的渴望,56;论爱欲与节制的对立,49;与福斯塔夫比较,135-136;漠视人们对他的看法,53;比作尤利西斯,98,106;把"弱的说法变强",135;对他来说的哲学与顺从祖先之间的张力,134;论哲学即是学习赴死,15;论灵魂,47;借学生的虚荣吸引学生,96-97;一个有智慧的人,80;色诺芬对他的刻画,135

索福克勒斯(Sophocles):6,18

斯宾诺莎(Spinoza,Benedict):33

司汤达(Stendahl):48

廊下派主义(Stoicism):55,67-68,84-85

施特劳斯(Strauss,Leo):21

自杀(suicide):51-52

《会饮》(*Symposium*,柏拉图):6,33,137

《暴风雨》(*Tempest, The*,莎士比亚):关于动机与动力,17;古典主义的时间和地点统一律,114;其中的爱欲,33;与《一报还一报》比较,72;论对智慧的刻画,16,80,106;哲学的普洛斯彼罗,137;普洛斯彼罗"三分之一的想法将会是关于坟墓",140;与《罗密欧与朱丽叶》比较,16-18,23,28;该剧的背景,29;与《冬天的故事》比较,115,118

戏剧(theater):戏剧的假象,119;真正的戏剧家教育观众,114;另见"喜剧","悲剧"

修昔底德(Thucydides):81,106

托尔斯泰(Tolstoy,Leo):48

悲剧(tragedy):埃斯库罗斯,6;在《暴风雨》中得到防止,17;莎士比亚悲剧,6-7;悲剧中本能高于理性,93

特洛伊罗斯(Troilus):正面的形象,81,95;克瑞西达不把他当回事,83-84;克瑞斯达与他分离,99-100;克瑞西达对其不忠,101-104;关于赫克托的态度陡转,93;他的理想主义,91;他的妒忌,101-102,110;论正义,92;与克瑞西达幽会,95;对爱天真的执着,95;与奥赛罗比较,101-102,110,112;他代表真正的爱,83;论理性,90-91,102;"像特洛伊罗斯一样忠贞",95;尤利西斯对他的评论,92-93;复仇的心思,104

《特洛伊罗斯与克瑞西达》(Troilus and Cressida,莎士比亚),79-107:关于智慧,80;埃涅阿斯,89-90,100;阿伽门农,84,85-86,87-88,89,99;埃阿斯,82,89-90,94,96,100-101;安德洛玛刻,104;安特诺尔,99;与《安东尼与克莉奥佩特拉》对比,79,80;该剧的阴暗,79;卡尔卡斯,90,101;卡珊德拉,91-92,104;女人崇拜被嘲讽,126;狄俄墨得斯,83,100,102;戏剧上的失败,80;希腊阵营,84-89,94-95;赫勒诺斯,90;英雄遭到戏仿,79,81,105-106;幼稚的英雄主义与理性之间的张力,92;低下的人与诗人比较,106;与《一报还一报》对比,95;特洛伊贵族们的会议,90-94;美涅洛斯,93,100;既非喜剧也非悲剧,80;涅斯托,84,85-86,87-88,89,90;不算悲剧,93;潘达洛斯,83,95,106-107,137,;帕里斯,83,92;帕特洛克罗斯,87-88,89,94,98-99,101,106;对历史的戏弄,114;普里阿摩斯,90,92,104;忒尔西忒斯,94,101,106;特洛伊人优于希腊人,81;特洛伊人备战,104;特洛伊战争遭到嘲笑,81-82;标题含有两个人名,6。另见"阿基琉斯","克瑞西达","赫克托","特洛伊的海伦","特洛伊罗斯","尤利西斯"

特洛伊战争(Trojan War):81-82

尤利西斯(Ulysses,见《特洛伊罗斯与克瑞西达》):论阿基琉斯与帕特洛克罗斯,87-88;阿基琉斯只有膂力,88;阿基琉斯被其腐蚀,95-99;论阿伽门农,85-86;以阿基琉斯为代价使埃阿斯膨胀,94;论克瑞西达,100;与克瑞西达对特洛伊罗斯的不忠,101-104;以胜利者的形象浮现出来,80;作为戏剧的主角,105;从行动的视角解释言辞,87;爱与荣耀被其揭穿,99;遭到批评家们的误读,93;非情人,102,103;不怎么被喜欢,80 - 81,103;作为观察者,83;透彻地洞悉灵魂和盛着这些灵魂的人物,100;哲学的,137;论希腊人面临的问题,85 - 87;与单独迎战赫克托的建议,90,96;苏格拉底被其模仿,98,106;与修昔底德比较,106;论特洛伊罗斯,92,93;根本上是为重建和平,82;体现智慧,106

文森修公爵(Vincentio, Duke,见《特洛伊罗斯与克瑞西达》):安哲罗被其惩罚,75 - 76;与巴那丁,73;克劳迪奥被其向安哲罗揭发,63;克劳迪奥为其所救,73;他的残忍,71;邪恶,71;伪装成教士,61,62,72,74;神样的行为,61;伊莎贝拉对他的吸引,74;伊莎贝拉在城门将其拦住,73;伊莎贝拉受其折磨,70,71;他的正义,73 - 78;知道安哲罗的真面目,63;他的婚姻,61;作为一位弥赛亚,73;为匡扶正义做最后准备,72 - 73;有利家庭的政策,75;向伊莎贝拉求婚,77;与普洛斯彼罗比较,72;他的大计的目的,65;使用计策重振维也纳的法律,60 - 61;对克劳迪奥说教,68,70;监视伊莎贝拉与克劳迪奥的谈话,68,70

美德(virtues):11,30,51,84 - 85,97,105 - 106

《西城故事》(West Side Story):5

死的意愿(willingness to die):52

《冬天的故事》(Winter's Tale,莎士比亚),109 - 127:安提戈努斯,113;奥托吕库斯,115,118 - 120,123,130,137;卡密罗,112,115,116,118;小丑,113,118,123;该剧结局,123 - 125;与《辛白林》比较,120 - 121,122 - 123,125,126;第一位绅士,119;弗洛里泽,115 - 116,117 - 118,122,140;玛密琉斯,113,120,121,140;老牧羊人,113,123;宝丽娜,112,113,120,121,123,124 - 125;对历史的戏弄,113 - 114;其中的宗教,140;与《罗密欧与朱丽叶》比较,115;伴随着妒忌的经卷,1120 - 121;该剧的背景,109;作为对莎士比亚灵魂的探索,140;与《暴风雨》比较,115,118;时间歌队,113 - 114。另见"赫米温妮","莱昂忒斯","裴荻塔","珀利克塞尼斯"

智慧(wisdom)：与祖先的权力之争,85-86；艺术难于刻画智慧,16,80；普洛斯彼罗的,16,17；罗密欧蔑视智慧,14-15；《特洛伊罗斯与克瑞西达》关乎智慧,80；尤利西斯代表智慧,106；与战争,88,89

女人(women)：由男童扮演,57；基督教使其深刻,125-126；女人崇拜,126；莎士比亚笔下女人的多样性,5,39；基于女人的家庭道德秩序,102；对其他女人的妒忌,122；骑士为其贞洁而战,89；男性伪装下的,5-6；《一报还一报》论女人,74,77；男人不信任女人的感情,110,125；女人童贞的神圣化,74；女人的不可靠,112

惊奇(wonder)：16

色诺芬(Xenophon)：130,135

图书在版编目（CIP）数据

爱的戏剧：莎士比亚与自然/（美）阿兰·布鲁姆（Allan Bloom）著；马涛红译. --北京：华夏出版社，2017.1（2019.1重印）
（西方传统：经典与解释）
书名原文：Shakespeare on Love and Friendship
ISBN 978-7-5080-9009-2

Ⅰ.①爱… Ⅱ.①阿… ②马… Ⅲ.①莎士比亚（Shakespeare, William 1564-1616）－戏剧文学－文学研究 Ⅳ.①I561.073

中国版本图书馆CIP数据核字（2016）第260052号

Shakespeare on Love and Friendship by Allan Bloom
Licensed by The University of Chicago Press, Chicago, Illinois, U.S.A
© 1993,2000 by the Estate of Allan Bloom.
All rights reserved.

版权所有，翻版必究。
北京市版权局著作权合同登记号：图字 01-2009-3696

爱的戏剧——莎士比亚与自然

著　者	[美] 阿兰·布鲁姆
译　者	马涛红
责任编辑	王霄翎
责任印制	刘　洋
出版发行	华夏出版社
经　销	新华书店
印　刷	北京汇林印务有限公司
装　订	北京汇林印务有限公司
版　次	2017年1月北京第1版 2019年1月北京第2次印刷
开　本	880×1230　1/32
印　张	6.75
字　数	153千字
定　价	39.00元

华夏出版社 地址：北京市东直门外香河园北里4号　邮编：100028
网址：www.hxph.com.cn　电话：（010）64663331（转）
若发现本版图书有印装质量问题，请与我社营销中心联系调换。

西方传统：经典与解释
Classici et Commentarii
HERMES
刘小枫◎主编

古今丛编

货币哲学　[德]西美尔 著

孟德斯鸠的自由主义哲学
——《论法的精神》疏证　[美]潘戈 著

莫尔及其乌托邦　[德]考茨基 著

试论古今革命　[法]夏多布里昂 著

但丁：皈依的诗学　[美]弗里切罗 著

在西方的目光下　[英]康拉德 著

大学与博雅教育　董成龙 编

探究哲学与信仰
——基尔克果与苏格拉底　[美]郝岚 著

民主的本性
——托克维尔的政治哲学　[法]马南 著

梅尔维尔的政治哲学
——《切雷诺》及其解读　李小均 编/译

席勒美学的哲学背景　[美]维塞尔 著

果戈里与鬼　[俄]梅列日科夫斯基 著

自传性反思　[美]沃格林 著

黑格尔与普世秩序　[美]希克斯 等著

新的方式与制度
——马基雅维利的《论李维》研究
[美]曼斯菲尔德 著

科耶夫的新拉丁帝国　[法]科耶夫 等著

《利维坦》附录　[英]霍布斯 著

或此或彼(上、下)　[丹麦]基尔克果 著

海德格尔式的现代神学　刘小枫 选编

双重束缚　[法]基拉尔 著

古今之争中的核心问题
——施米特的学说与施特劳斯的论题　[德]迈尔 著

论永恒的智慧　[德]苏索 著

宗教经验种种　[美]詹姆斯 著

尼采反卢梭　[美]凯斯·安塞尔-皮尔逊 著

舍勒思想评述　[美]弗林斯 著

诗与哲学之争　[美]罗森 著

神圣与世俗　[罗]伊利亚德 著

但丁的圣约书　[美]霍金斯 著

古典学丛编

探究希腊人的灵魂　[美]戴维斯 著

尤利安文选　马勇 编/译

论月面　[古罗马]普鲁塔克 著

雅典谐剧与逻各斯
——《云》中的修辞、谐剧性及语言暴力
[美]奥里根 著

莱园哲人伊壁鸠鲁　罗晓颖 选编

《劳作与时日》笺释　吴雅凌 撰

希腊古风时期的真理大师　[法]德蒂安 著

古罗马的教育　[英]葛怀恩 著

古典学与现代性　刘小枫 编

表演文化与雅典民主政制
[英]戈尔德希尔、奥斯本 编

西方古典文献学发凡　刘小枫 编

古典语文学常谈　[德]克拉夫特 著

古希腊文学常谈　[英]多佛 等著

撒路斯特与政治史学　刘小枫 编

希罗多德的王霸之辨　吴小锋 编/译

第二代智术师
——罗马帝国早期的文化现象　[英]安德森 著

英雄诗系笺释　[古希腊]荷马 著

统治的热望
——修昔底德笔下的阿尔喀比亚德和帝国政治
[美]福特 著

论埃及神学与哲学
——伊希斯与俄赛里斯　[古希腊]普鲁塔克 著

凯撒的剑与笔　李世祥 编/译

伊壁鸠鲁主义的政治哲学
[意]詹姆斯·尼古拉斯 著

修昔底德笔下的人性　[美]欧文 著

修昔底德笔下的演说　[美]斯塔特 著

古希腊政治理论　[美]格雷纳 著

神谱笺释　吴雅凌 撰

赫西俄德：神话之艺
[法]居代·德·拉孔波 等著

赫拉克勒斯之盾笺释　罗逍然 译笺
《埃涅阿斯纪》章义　王承教 选编
维吉尔的帝国　[美]阿德勒 著
塔西佗的政治史学　曾维术 编

古希腊诗歌丛编
古希腊早期诉歌诗人　[英]鲍勒 著
诗歌与城邦　[美]费拉格、纳吉 主编
阿尔戈英雄纪（上、下）
[古希腊]阿波罗尼俄斯 著
俄耳甫斯教祷歌　吴雅凌 编译
俄耳甫斯教辑语　吴雅凌 编译

古希腊肃剧注疏集
希腊肃剧与政治哲学　[美]阿伦斯多夫 著

古希腊礼法
希腊人的正义观　[英]哈夫洛克 著

廊下派集
廊下派的神和宇宙　[墨]里卡多·萨勒斯 编
廊下派的城邦观　[英]斯科菲尔德 著

希伯莱圣经历代注疏
希腊化世界中的犹太人　[英]威廉逊 著
第一亚当和第二亚当　[德]朋霍费尔 著

新约历代经解
属灵的寓意　[古罗马]俄里根 著

基督教与古典传统
保罗与马克安
　　——一种思想史考察　[德]文森 著
加尔文与现代政治的基础　[美]汉考克 著
无执之道
　　——埃克哈特神学思想研究　[德]文森 著
恐惧与战栗　[丹麦]基尔克果 著
托尔斯泰与陀思妥耶夫斯基
[俄]梅列日科夫斯基 著
论宗教大法官的传说　[俄]罗赞诺夫 著
海德格尔与有限性思想（重订版）
刘小枫 选编
上帝国的信息　[德]拉加茨 著
基督教理论与现代　[德]特洛尔奇 著

亚历山大的克雷芒　[意]塞尔瓦托·利拉 著
中世纪的心灵之旅
　　——波纳文图拉神学著作选　[意]圣·波纳文图拉 著

德意志古典传统丛编
彭忒西勒亚　[德]克莱斯特 著
穆佐书简　[奥]里尔克 著
纪念苏格拉底——哈曼文选　刘新利 选编
夜颂中的革命和宗教
　　——诺瓦利斯选集卷一　[德]诺瓦利斯 著
大革命与诗化小说
　　——诺瓦利斯选集卷二　[德]诺瓦利斯 著
黑格尔的观念论　[美]皮平 著
浪漫派风格——施勒格尔批评文集　[德]施勒格尔

美国宪政与古典传统
美国1787年宪法讲疏　[美]阿纳斯塔普罗 著

世界史与古典传统
西方古代的天下观　刘小枫 编
从普遍历史到历史主义　刘小枫 编

启蒙研究丛编
浪漫的律令
　　——早期德国浪漫主义概念　[美]拜泽尔 著
现实与理性　[法]科维纲 著
论古人的智慧　[英]培根 著
托兰德与激进启蒙　刘小枫 编
图书馆里的古今之战　[英]斯威夫特 著

荷马注疏集
不为人知的奥德修斯　[美]诺特维克 著

品达注疏集
幽暗的诱惑
　　——品达、晦涩与古典传统　[美]汉密尔顿 著

欧里庇得斯集
自由与僭越
　　——欧里庇得斯《酒神的伴侣》绎读　罗峰 编译

阿里斯托芬集
《阿卡奈人》笺释　[古希腊]阿里斯托芬 著

色诺芬注疏集
居鲁士的教育　[古希腊]色诺芬 著
色诺芬的《会饮》　[古希腊]色诺芬 著

柏拉图注疏集

柏拉图书简　彭磊 译著
克力同章句　程志敏 郑兴凤 撰
哲学的奥德赛——《王制》引论　[美]郝兰 著
爱欲与启蒙的迷醉
　　——论柏拉图的《会饮》　[美]贝尔格 著
为哲学的写作技艺一辩
　　——《斐德若》疏证　[美]伯格 著
柏拉图式的迷宫——《斐多》义疏　[美]伯格 著
哲学如何成为苏格拉底式的　[美]朗佩特 著
苏格拉底与希琵阿斯　王江涛 编译
理想国　[古希腊]柏拉图 著
谁来教育老师——《普罗塔戈拉》发微　刘小枫 编
立法者的神学
　　——柏拉图《法义》卷十绎读　林志猛 编
柏拉图对话中的神　[法]薇依 著
厄庇诺米斯　[古希腊]柏拉图 著
智慧与幸福
　　——柏拉图的《厄庇诺米斯》　程志敏 选编
论柏拉图对话　[德]施莱尔马赫 著
柏拉图《美诺》疏证　[美]克莱因 著
政治哲学的悖论
　　——苏格拉底的哲学审判　[美]郝岚 著
神话诗人柏拉图　张文涛 选编
阿尔喀比亚德　[古希腊]柏拉图 著
叙拉古的雅典异乡人
　　——柏拉图《书简七》探幽　彭磊 选编
阿威罗伊论《王制》　[阿拉伯]阿威罗伊 著
《王制》要义　刘小枫 选编
柏拉图的《会饮》　[古希腊]柏拉图 等著
苏格拉底的申辩（修订版）　[古希腊]柏拉图 著
苏格拉底与政治共同体　[美]尼柯尔斯 著
政制与美德——柏拉图《法义》疏解　[美]潘戈 著
《法义》导读　[法]卡斯代尔·布舒奇 著
论真理的本质　[德]海德格尔 著
哲人的无知　[德]费勃 著
米诺斯　[古希腊]柏拉图 著

亚里士多德注疏集

亚里士多德《政治学》中的教诲　[美]潘戈 著
品格的技艺　[美]加佛 著
亚里士多德哲学的基本概念　[德]海德格尔 著
《政治学》疏证　[意]托马斯·阿奎那 著
尼各马可伦理学义疏
　　——亚里士多德与苏格拉底的对话　[美]伯格 著
哲学之诗
　　——亚里士多德《诗学》解诂　[美]戴维斯 著
对亚里士多德的现象学解释　[德]海德格尔 著
城邦与自然——亚里士多德与现代性　刘小枫 编
论诗术中篇义疏　[阿拉伯]阿威罗伊 著
哲学的政治
　　——亚里士多德《政治学》疏证　[美]戴维斯 著

普鲁塔克集

普鲁塔克的《对比列传》　[英]达夫 著
普鲁塔克的实践伦理学　[比利时]胡芙 著

阿尔法拉比集

政治制度与政治箴言　阿尔法拉比 著

莎士比亚绎读

莎士比亚的历史剧　[英]蒂利亚德 著
莎士比亚戏剧与政治哲学　彭磊 选编
莎士比亚的政治盛典　[美]阿鲁里斯/苏利文 编
丹麦王子与马基雅维利　罗峰 选编

洛克集

上帝、洛克与平等　[美]沃尔德伦 著

卢梭集

论哲学生活的幸福　[德]迈尔 著
致博蒙书　[法]卢梭 著
政治制度论　[法]卢梭 著
哲学的自传
　　——卢梭的《孤独漫步者的遐思》　[美]戴维斯 著
文学与道德杂篇　[法]卢梭 著
设计论证
　　——卢梭的《社会契约论》　[美]吉尔丁 著
卢梭的自然状态　[美]普拉特纳 等著
卢梭的榜样人生
　　——作为政治哲学的《忏悔录》　[美]凯利 著

莱辛注疏集
汉堡剧评 [德]莱辛 著
关于悲剧的通信 [德]莱辛 著
《智者纳坦》研究版 [德]莱辛 等著
启蒙运动的内在问题
——莱辛思想再释 [美]维塞尔 著
莱辛剧作七种 [德]莱辛 著
历史与启示——莱辛神学文选 [德]莱辛 著
论人类的教育
——莱辛政治哲学文选 [德]莱辛 著

尼采注疏集
尼采引论 [德]施特格迈尔 著
尼采与基督教
——尼采的《敌基督》论集 刘小枫 编
尼采眼中的苏格拉底 [美]丹豪瑟 著
尼采的使命
——《善恶的彼岸》绎读 [美]朗佩特 著
尼采与现时代
——解读培根、笛卡尔与尼采 [美]朗佩特 著
动物与超人之间的绳索 [德]A.彼珀 著

施特劳斯集
原著
论僭政（重订本）——色诺芬《希耶罗》义疏
[美]施特劳斯 [法]科耶夫 著
苏格拉底问题与现代性（增订本）
——施特劳斯讲演与论文集：卷二
犹太哲人与启蒙（增订本）
——施特劳斯演讲与论文集：卷一
霍布斯的宗教批判
斯宾诺莎的宗教批判
门德尔松与莱辛
哲学与律法——论迈蒙尼德及其先驱
迫害与写作艺术
柏拉图式政治哲学研究
论柏拉图的《会饮》
柏拉图《法义》的论辩与情节
什么是政治哲学
古典政治理性主义的重生（重订本）
回归古典政治哲学——施特劳斯通信集
苏格拉底与阿里斯托芬
研究作品
论源初遗忘
——海德格尔、施特劳斯与哲学的前提 [美]维克利
政治哲学与启示宗教的挑战 [德]迈尔 著
阅读施特劳斯 [美]斯密什 著
施特劳斯与流亡政治学 [美]谢帕德 著
隐匿的对话
——施米特与施特劳斯 [德]迈尔 著
驯服欲望
——施特劳斯笔下的色诺芬撰述 [法]科耶夫 等著

施米特集
宪法专政
——现代民主国家中的危机政府 [美]罗斯托 著
施米特对自由主义的批判 [美]约翰·麦考米克

伯纳德特集
古典诗学之路（第二版）
——相遇与反思：与伯纳德特聚谈 [美]伯格 编
弓与琴（重订本）
——从柏拉图解读《奥德赛》 [美]伯纳德特 著
神圣的罪业 [美]伯纳德特 著

布鲁姆集
巨人与侏儒（1960-1990）
人应该如何生活——柏拉图《王制》释义
爱的设计——卢梭与浪漫派
爱的戏剧——莎士比亚与自然
爱的阶梯——柏拉图的《会饮》
伊索克拉底的政治哲学

沃格林集
自传体反思录 [美]沃格林 著

大学素质教育读本
古典诗文绎读 西学卷·古代编（上、下）
古典诗文绎读 西学卷·现代编（上、下）

中国传统：经典与解释
Classici et Commentarii

华夏传统

刘小枫 陈少明 ◎ 主编

《孔丛子》训读及研究 / 雷欣翰 撰
论语说义 / [清]宋翔凤 撰
周易古经注解考辨 / 李炳海 著
浮山文集 / [明]方以智 著
药地炮庄 / [明]方以智 著
药地炮庄笺释·总论篇 / [明]方以智 著
青原志略 / [明]方以智 编
冬灰录 / [明]方以智 著
冬炼三时传旧火 / 邢益海 编
《毛诗》郑王比义发微 / 史应勇 著
宋人经筵诗讲义四种 / [宋]张纲 等撰
道德真经藏室纂微篇 / [宋]陈景元 撰
道德真经四子古道集解 / [金]寇才质 撰
皇清经解提要 / [清]沈豫 撰
经学通论 / [清]皮锡瑞 著
松阳讲义 / [清]陆陇其 著
起凤书院答问 / [清]姚永朴 撰
周礼疑义辨证 / 陈衍 撰
《铎书》校注 / 孙尚扬 肖清和 等校注
韩愈志 / 钱基博 著
论语辑释 / 陈大齐 著
《庄子·天下篇》注疏四种 / 张丰乾 编
荀子的辩说 / 陈文洁 著
古学经子 / 王锦民 著
经学以自治 / 刘少虎 著
从公羊学论《春秋》的性质 / 阮芝生 撰

刘小枫集

以美为鉴：注意美国立国原则的是非未定之争
海德格尔与中国
古典学与古今之争 [增订本]
这一代人的怕和爱 [第三版]
沉重的肉身 [珍藏版]
圣灵降临的叙事 [增订本]
罪与欠
儒教与民族国家
拣尽寒枝
施特劳斯的路标
重启古典诗学
共和与经纶
设计共和
现代性与现代中国：现代性社会理论绪论
诗化哲学 [重订本]
拯救与逍遥 [修订本]
走向十字架上的真
卢梭与我们
西学断章
现代人及其敌人
好智之罪：普罗米修斯神话通释
民主与爱欲：柏拉图《会饮》绎读
民主与教化：柏拉图《普罗塔戈拉》绎读
巫阳招魂：《诗术》绎读

编修 [博雅读本]

凯若斯：古希腊语文读本 [全二册]
古希腊语文学述要
雅努斯：古典拉丁语文读本
古典拉丁语文学述要
危微精一：政治法学原理九讲
琴瑟友之：钢琴与古典乐色十讲

译著

普罗塔戈拉

经典与解释辑刊

1. 柏拉图的哲学戏剧
2. 经典与解释的张力
3. 康德与启蒙
4. 荷尔德林的新神话
5. 古典传统与自由教育
6. 卢梭的苏格拉底主义
7. 赫尔墨斯的计谋
8. 苏格拉底问题
9. 美德可教吗
10. 马基雅维利的喜剧
11. 回想托克维尔
12. 阅读的德性
13. 色诺芬的品味
14. 政治哲学中的摩西
15. 诗学解诂
16. 柏拉图的真伪
17. 修昔底德的春秋笔法
18. 血气与政治
19. 索福克勒斯与雅典启蒙
20. 犹太教中的柏拉图门徒
21. 莎士比亚笔下的王者
22. 政治哲学中的莎士比亚
23. 政治生活的限度与满足
24. 雅典民主的谐剧
25. 维柯与古今之争
26. 霍布斯的修辞
27. 埃斯库罗斯的神义论
28. 施莱尔马赫的柏拉图
29. 奥林匹亚的荣耀
30. 笛卡尔的精灵
31. 柏拉图与天人政治
32. 海德格尔的政治时刻
33. 荷马笔下的伦理
34. 格劳秀斯与国际正义
35. 西塞罗的苏格拉底
36. 基尔克果的苏格拉底
37. 《理想国》的内与外
38. 诗艺与政治
39. 律法与政治哲学
40. 古今之间的但丁
41. 拉伯雷与赫尔墨斯秘学
42. 柏拉图与古典乐教
43. 孟德斯鸠论政制衰败
44. 博丹论主权
45. 道伯与比较古典学
46. 伊索寓言中的伦理
47. 斯威夫特与启蒙
48. 赫西俄德的世界
49. 洛克的自然法辩难
50. 斯宾格勒与西方的没落
51. 地缘政治学的历史片段